KNAUR SCIENCE FICTION

Herausgeber
Werner Fuchs

Gregory Benford wurde 1941 in Mobile/Alabama geboren und ist heute neben Arthur C. Clarke der herausragendste Vertreter der naturwissenschaftlich orientierten Hard-SF. Er ist Professor für Physik an der Universität von Kalifornien und hat seit den frühen siebziger Jahren gut ein Dutzend SF-Romane verfaßt. Sein Roman »Timescape« gewann den Nebula-Award und wurde von vielen Kritikern als einer der besten SF-Titel der letzten zwanzig Jahre bezeichnet.
Mit »Wider die Unendlichkeit« schuf er ein Werk, in dem die Abenteuer von Entdeckung und wissenschaftlicher Forschung vor dem Hintergrund einer lebensfeindlichen Umwelt mit dem Abenteuer des Heranwachsens eines Jugendlichen auf faszinierende Weise verknüpft ist.

Deutsche Erstausgabe

Titel der Originalausgabe »Against Infinity«

Umschlaggestaltung Franz Wöllzenmüller
Umschlagillustration W. Siudmak
Satz Compusatz, München
Druck und Bindung Elsnerdruck, Berlin
Printed in Germany 5 4 3 2 1
ISBN 3-426-05798-0

Gregory Benford

Wider die Unendlichkeit

Science-Fiction-Roman

Aus dem Amerikanischen von Berndt Holzrichter

Knaur

ISBN 3-426-05798-0 880

Für James Alton Benford

Teil 1

JENSEITS VON SIDON

1.

Als ungeordnete Karawane, die sich klappernd und knirschend über die festgestampfte, ausgetretene Purpurebene schlängelte, brachen sie aus Sidon auf. Das Eis um Sidon war viele Male geschmolzen und wieder gefroren. Die landenden Raumfähren und Heizabstrahlungen der Raupenschlepper hatten das Eis immer wieder verflüssigt, so daß es jetzt uneben und verfärbt war. Regenbogenkleckse und große Flecken giftiger Substanzen sprenkelten die Fläche. Über dieses verkrustete, festgebackene Eis zogen sie, und bei ihnen war der Junge Manuel. In ihren keuchenden und ächzenden Maschinen sangen sie und knufften einander und waren wie gewöhnlich bald bei Kippsprit und Whiskey angelangt.

Der Junge war dreizehn. Er beobachtete alles mit weiten Augen. Seit fünf Jahren hatte er gewartet und den Gesprächen über Eisriffe und Ammoniakflüsse des schmelzenden Landes gelauscht. Neben einem Heizer hockend hatte er Abend für Abend zugehört, ohne zu wissen, wieviel er glauben konnte, aber eigentlich immer mit dem Wunsch, jedem Wort zu trauen, aus Angst, etwas zu vergessen, was er später einmal brauchen könnte, denn schon damals wußte er, daß sich alles als nützlich erweisen würde, was man lernte. Es war nur eine Frage der Zeit. Am gründlichsten wußte er um die Größe der Wildnis, in die sie jetzt hineinkrochen. Sie war größer als irgendeine der kleinen menschlichen Ansiedlungen, ungeheuer weit und machtvoll und mit einer ihr eigenen Vernunft und Logik. Ganymed – der größte Mond im Sonnensystem mit fast soviel Land und Eis wie die alte, abgenutzte Erde, aber jung und bis vor zwei Jahrhunderten vom Menschen noch nicht gezeichnet. Manuel hörte die Gespräche, dachte an die gewaltigen, weglosen Weiten und wußte, es war leeres Gerede, ganz gleich von wem es kam – von den neuen Erdlern, die vor einigen Jahren eingefallen waren, begierig darauf, die großen Eisberge auf der Suche nach Metallen und Lagern seltener Elemente zu zerhacken und zu zerspalten; von den Biotechnikern, die die angepaßten Tiere herbrachten und sich sicher waren, ihre Kreaturen würden hier einen neuen Ort finden, um zu jaulen und zu arbeiten und den Menschen die Bürde abzunehmen; von den alten Siedlern (wie Petrowitsch), die die großen hydroponischen Kuppeln hochgezogen hatten und sich jetzt in ihrem Innern umtaten, die Nahrung heranzogen und töricht genug waren zu glauben, sie hätten einen stärkeren Einfluß auf die gewaltige, kalte Wildnis als diejenigen, die als Neulinge der Raumfähre entstiegen; von den Älteren, Männern und Frauen, die die ersten Schmelzsprenger hinausgeschickt hatten, um das Land mit Schürhaken und Feuer zu bearbeiten, von den noch Älteren, von denen Manuel nur Old Matt Bohles mit der Reibeisenstimme und dem langsamen, gebeugten Gang kannte; Old Matt Bohles, der wenig redete, aber dessen Augen voller Geschichten glänzten; von all den Menschenwellen, die über Ganymeds Oberfläche brandeten und dann versickert waren, die nur jene übriggelassen hatten, die die Kraft der Ausdauer und die Demut besaßen, die vielen Fertigkeiten zu lernen und gegen die grauenhafte, mitleidlose Kälte anzukämpfen.

In den ersten Stunden wurde die altkluge Tünche von ihm weggewischt. Er sah zu, wie sie den Kippsprit runterspülten und probierte sogar selbst einen Schluck, aber er war noch nicht nach seinem Geschmack, und er dachte erleichtert, daß dies wohl auch besser wäre. In der dichten, verbrauchten Luft der Kabine schienen sich Geruch und Schweiß der Männer eng um ihn zu legen, und er begnügte sich damit, durch große Bullaugen die vergrößerten und servo-angetriebenen Tiere zu beobachten, die sich auf der pockennarbigen Ebene tummelten. Eine pfenniggroße Sonne ließ Farben auf ihren Rückenpanzern schillern; Stahlteile glänzten blaugrün, Keramikteile schmieriggelb. Ausgelassen genossen sie es, wieder außerhalb der Sidonsiedlung zu sein, fort von den Kuppeln, wo sie ihre Rücken bei der Agroarbeit beugten und als Belohnung die dumpfen Freuden von Nahrung, Sex, Bildergeschichten und Sensos in ihren Freistunden erhielten. Doch nichts davon vermittelte den Reiz desTollens in der dünnen Luft draußen, wo sie um die rumpelnden Schlepperketten herumliefen, pfiffen und schnatterten und in der stechenden Kälte kurze Schreie austauschten. Sie steckten so lange in ihren Multiplex-Servohüllen, daß Manuel sich kaum erinnern konnte, was ihre Basiskörper gewesen waren. Short Stuff war vielleicht ein Schimpanse und The Barron, so weit er erkennen konnte, ein hochgezüchteter Hund. Die anderen waren Schweine, Delphine oder sonstwas. Oft wußten die Tiere es selbst nicht. Mit ihren verkürzten Körpern, den wachstumsbelebten Kleinhirnen und den auf fast 40 menschliche IQ-Einheiten aufgeblasenen Hirnen waren sie verwirrt, aber weit gescheiter als vorher und begierig darauf, ihre Fähigkeiten zu benutzen. Sie waren auf sanftes, unterwürfiges Verhalten getrimmt. Mit Freuden erledigten sie Arbeiten, die ein Roboter nicht erledigen konnte oder ein Mensch nicht erledigen wollte, und ihre Begeisterung für die Arbeit kannte keine Grenzen.

»War gut, sie mitkommen zu lassen«, sagte Manuel zu seinem Vater, Colonel López.

»Ja. Aufpassen, daß sie sich nicht in den Ketten verfangen oder einen der Geher zum Stolpern bringen!«

Den faltigen Bergrücken hinauf ging es, der sich über der großen Ebene hochwand, so daß sie, wenn sie sich umblickten, das Flimmern der Siedlungskomplexe von Sidon sehen konnten, das wie ein edelsteinbesetztes Taschentuch, weggeworfen von Riesenhand, dort unten lag. Die Gespräche setzten wieder ein. Wie gewöhnlich ging es um die Überwachung der Sprungesel und Steinfresser, der ammoniakgetränkten Roller und der Krauchies, denn das war der vorgebliche Zweck dieser jährlichen Expedition. Doch bald wandte sich das Gespräch, wie gelenkt von einem Strom, der sie alle durchfloß, dem besten Jagdwild zu, dem besten Thema zum Zuhören und Denken, während die blauweiße Wüste draußen vorbeizog. Er hatte es schon früher gehört. Zuerst waren die Stimmen ruhig, gewichtig und näherten sich behutsam dem Thema, als die Siedlung hinter ihnen zurückfiel; Erinnerungen kamen hoch wie Blasen, die zur Oberfläche eines tiefen Teiches aufsteigen. Auch wenn er erst ein Junge war, hatte er die Geschichten schon in Siedlerhütten, die ihren Druck kaum halten konnten, gehört, in Agrokuppeln, Werkstätten voller Metallspäne und ätzender Säuren, in Wohnräumen, wo auch die Frauen, die in der Vergangenheit auf der Jagd gewesen waren, erzählten, wenn auch auf andere Weise, und in Zuchttanks, wo Männer auf die ständig anwachsende Masse trägen Puterfleisches einhackten, so groß wie ein Geher und in fettigem Schleim dampfend. Er hatte die schrekkenerregenden Erzählungen gehört, ab und zu die abgegriffenen Faxfotos gesehen und gewußt, daß das, was da auf ihn zukam, aus einem Zeitalter stammte, das weit vor allem lag, was er wissen konnte. Er spürte, daß etwas auf ihn wartete, wenn ihm schließlich erlaubt würde, aus den kleinen und unbedeutenden Verkrustungen herauszukommen, die der Mensch über der schweigenden Oberfläche Ganymeds verstreut hatte; wenn er herauskäme, um teilzunehmen an der Niederhaltung der kleineren Geschöpfe und in den weiten Wüsten das Ding fände, das ein Teil dessen war, was Ganymed für die Menschen bereithielt und das auf sie wartete. Weil er hier geboren war, hatte er mehr geerbt als die Erdler, die später gekommen waren. In diesem Erbe lag, ohne daß er es jemals gesehen hatte, das große, leuchtende Artefakt mit dem gezackten, strahlgeschnittenen Schlitz und den V-förmigen Laufschienen, das sich in den vielen Millionen Quadratkilometern Ganymeds einen Namen erworben hatte, der Achtung und auch Entsetzen beinhaltete, denn es war anders als die übrigen zerstörten und von der Zeit abgenutzten Stücke fremder Herkunft, die über das gesamte Satellitensystem des Jupiters verstreut waren. Sie nannten es Aleph. Ein Jude hatte es so getauft – ein inhaltsleerer Name, der erste Buchstabe des hebräischen Alphabets: ein neutraler Vokal, der die undurchsichtige Natur des klotzigen, trächtigen Dings ahnen ließ, des massiven Blocks, auf dem sich die Menschen mit ihren Schneidewerkzeugen und Zugmaschinen einzuschreiben versucht hatten, ohne auch nur den kleinsten Kratzer zu hinterlassen. Ein neutraler Name, und doch war er die Quelle einer langen Legende von aufgerissenen und zerstörten Kuppeln, von Gehern und Krauchern und sogar ganzen Außenposten, die zerquetscht und zertrampelt wurden, während das Ding sich auf seiner vergessenen Mission weiterbewegte, von Behausungen und Hütten, auseinandergerissen, als es sich aus dem Eis erhob, von Mauern, gespalten durch Verwerfungen, wenn es aus dem Eis hervorbrach und sein kantiges Gesicht – augenlos, mit Sägezahnöffnungen, die das markierten, was die Menschen in ihrer Unwissenheit ein Gesicht nannten, um ihm so einen Teil seiner Fremdartigkeit zu nehmen – erneut ins trübe Sonnenlicht hinausstreckte, stets auf der Suche nach Materialien, welche die Menschen ebenfalls brauchten und in ihren Unterkünften und Fabriken zusammengepackt hatten, wodurch sie gezwungen waren, sich vergebens gegen die Legende zur Wehr zu setzen, die der Metalle und seltener Mineralien wegen kam, wobei das Aleph keinen Unterschied machte zwischen dem, was Menschen horteten oder die freie Landschaft offen anbot, so daß es nahm, wo es fand und die ständige Legende nährte, die von unbeachteten Alarmeinrichtungen und achtlos beiseite gewischten Fallen handelte, von zerschmetterten Servo-Waffensystemen, von zerstückelten Tieren, von verletzten Männern und Frauen und von Laser- und sogar Elektronenstrahlsalven, die auch auf Kernschußweite absolut nichts bewirkten, als absorbiere das fremde Ding alles, ohne etwas abzugeben, indem es die lächerlichen Bemühungen der Menschen, es zu Tode zu bringen, einfach abschüttelte und ohne Unterbrechung weiterzog – durch eine Schneise aus Trümmern und Zerstörung, die vor Manuels Geburt und sogar vor Old Matt begann und durch die das Aleph brach, nicht schnell, sondern mit erbarmungsloser Entschiedenheit, wie eine Maschine und doch auch wie ein Mensch; in ewiger Bewegung auf einer Bahn, die von den Menschen nicht zu erraten war, trieb es für immer in des Jungen Träumen, eine riesige, uralte Alabastergestalt.

Für Manuel erhob es sich über die Wildnis aus Eis und Stein

und wurde größer als die trostlose Öde, bedeutsamer als dieser schiefergraue Mond, den die Menschen anzukratzen begonnen hatten. Er hatte die Furchen im Eis gesehen und einmal sogar, deutlich in das harte Felsgestein eingeprägt, den deltaförmigen Abdruck, den das Aleph manchmal zurückließ, wo sich eine Extremität, die ein Fuß oder vielleicht eine Art Saugrüssel sein mochte – das wußte keiner –, herabsenkte und etwas aus dem Boden nahm, wobei es sich mit Mitteln bewegte, die nicht einmal Hochgeschwindigkeitskameras erfassen konnten. Manchmal glitt es dahin, manchmal schien es das gewaltige Gewicht des unregelmäßig zerkratzten und abgeschabten Körpers rumpelnd von einer Seite zur anderen zu verlagern, körnig und doch anders als Felsgestein, denn mit den Jahren veränderte es seine Farbe, so daß die alten Fotos den cremefarbenen Keil einer sich schnell bewegenden Leuchterscheinung zeigten, und als die Menschen es erfolgreicher aufspürten und bessere optische Instrumente herbeischafften und die wissenschaftlichen Teams von den Forschungssatelliten näher zum Jupiter kamen, fixierten sie es in festerer Gestalt. Es war größer als fünf Geher zusammen und nutzte zur Fortbewegung eine Vielzahl von Dingen: schnelle, kräftige, beinähnliche Extremitäten; elektromagnetische Repulsoren, die ihre Felder in eisenreiche Meteorbruchstücke senkten und sie hinter ihm hochschleuderten; Lochbohrer, um das Eis zu durchdringen; ein propellerähnliches Gerät, das es in den tiefen Schlamm- und Flüssigkeitsschichten unter der siebzig Kilometer dicken Eishülle trug, die Ganymed umgab; Gleitkufen auf einer Seite; Schwebfelder – alles dann eingesetzt, wenn es benötigt wurde, um das Ding unbeirrt durch Horden schreiender Menschen und Rudel servo-angetriebener, aber nutzloser Tiere zu tragen, durch Metall und Fels, als wären sie Butter, durch Wissenschaftlergruppen mit sorgfältig ersonnenen Todesfallen und elektrischen Strömen, die bewegungsunfähig machten, durch Generationen vergeblicher Pläne und Expeditionen, die versuchten, es zu studieren, es langsamer zu machen, es anzuhalten, es zu töten. Rache war ein Teil der Legende, Schulden, die beglichen werden mußten für zerstörte Siedlungen, abgetrennte Gliedmaßen, vernichtetes Leben und erlittene Martern – für das menschliche Elend, das es hinter sich herzog. Doch nach Generationen entdeckten die Wissenschaftler auf den weiter von Jupiter entfernten Monden interessantere – oder zumindest weniger gefährliche – Artefakte und zogen dorthin, um Dinge zu studieren, die sich nicht bewegten, niemanden verletzten oder abschüttelten. Sie verloren das Interesse am Aleph und entwickelten eine Theorie, daß es sich um ein geistloses, zerstörerisches Ding handelte, beschädigt, aber immer noch gefährlich, funktionslos jenseits seiner nackten Existenz, ein Überbleibsel aus den Zeitaltern, in denen die Fremden gekommen waren. Die Fremden hatten einen Mechanismus gebaut, um den Jupiter mit einfachem, eßbaren Leben zu bepflanzen, hatten ganze Monde umstrukturiert und ein Fundament für eine künftige Nutzung gelegt, die noch nicht eingetreten war. Einmal klassifiziert, konnten die unbeweglichen Artefakte von den Männern und Frauen, die darum kämpften, auf den Monden zu leben, vergessen werden. Sie waren allein am Rand des menschlichen Universums, gegen eine Unendlichkeit gedrückt, die keinerlei Nachsinnen duldete. Die Wissenschaftler stellten das Aleph für eine spätere Zeit zurück, vielleicht in der Hoffnung, es würde sich ganz einfach abnutzen und sterben und wie die anderen ein gefahrloses, erstarrtes Studienobjekt werden.

Petrowitsch rief ihn: »He, du, kleiner López! Machen wir was Gebratenes, hm?«

Manuel ging zu ihm, um ihm bei der Zubereitung zu helfen. Arbeit machte ihm nichts aus. Er wußte, es war eine Fähigkeit, die ihm weiterhelfen würde, wenn Gewitztheit allein nicht reichte, deshalb stürzte er sich auf sie und machte sie zu einem eigenen Anliegen. Hagel prasselte auf den Rumpf des Schleppers. Er betrachtete die Landschaft, während er dabei war, die Gemüseröhren zu schneiden. Draußen zog von Norden her ein träger Nieselregen auf. Daran würde er sich später erinnern, wenn er an seinen ersten Ausflug in die Wildnis zurückdachte:

eine endlose herannahende Wand aus Wasser, Hagel und Ammoniaktropfen – wobei das Ammoniak zurückgegangen war, seit die Roller es fraßen und wasserlösliche Verbindungen ausschieden, die dem Menschen weniger schädlich waren. Die Sonne ging auf, nur zwölf Stunden in der wochenlangen Dauer des Ganymed-»Tags«, und warf langgezogene blaue Schatten über einen flachen, ausgedehnten Kratergrund. Manuel befand sich im Leitschlepper, der, von dem Knarren abgesehen, in der Schwebe zu ruhen schien, so wie ein einzelnes Boot auf ruhiger See, das die Flutwelle erwartet. Der Schlepper schaukelte, wie es in Manuels Vorstellung Schiffe taten, obwohl der Junge nie einen Ozean gesehen hatte und nie einen sehen würde. Old Matt kam nach vorn, um sich Suppe zu holen, und sah mit ihm den Rand des Kraters näher kommen, der sich aus der völlig flachen Ebene zu erheben und Arme hochzureißen zu schien, um die kleine Karawane zu umarmen.

»Du hast den Streuschießer mitgenommen.« Old Matt machte keine Frage daraus. Er wußte einfach immer, wie sich die Dinge abspielten, ganz gleich, wie unbedeutend sie waren, so daß seine Fragen Feststellungen waren, die man nickend bestätigte.

»Nützt wenig«, murmelte Manuel. »Weiß nicht, warum ich ihn mitgenommen habe.«

»Übung. Man braucht immer Übung. Der Schuß bringt keinen Nutzen, aber das Ziel.«

Petrowitsch hatte zugehört und rief: »Sag nur nicht, du meinst, du bekommst so bald eine Chance. Ich lache. Nur müßte ich weinen.«

»Ach was«, sagte Manuel. »Ich wollte nicht...«

»Sicher wolltest du! Jeder Junge kommt hier raus und will es *töten.* Aber hör mir zu!« Petrowitsch beugte sich vor, die Flasche auf dem Knie. »Du wirst zu Eis erstarren, wenn du es siehst. Und das dauert nicht lange.«

»Mikrosekunden, vielleicht«, murmelte Major Sánchez.

»Richtig. Aber hör zu! Schon Glück, wenn du es überhaupt *siehst.*«

»Ich weiß.«

»Es kommt, *zapp*, weg ist es.«
Old Matt sagte leise: »Nicht immer.«
»Na schön! Manchmal läßt es sich Zeit, stampft jemanden nieder.«
»Das habe ich nicht gemeint.«
»Und es stimmt auch nicht«, schaltete Colonel López sich ein. »Es verletzt Menschen nicht absichtlich. Das haben die Statistiker bewiesen.«
»Hör zu, es ist viel schlauer als die Statiss... Statissi...« Die grüne und braune Flüssigkeit hatte sich seiner Zunge bemächtigt. Petrowitsch blinzelte, schloß den Mund und ließ den Kippsprit auf sich einwirken.
»Kein Anzeichen, daß es schlauer ist«, wiederholte Manuel.
»Ich meine, wir sind nicht hier draußen, um diese Frage zu klären«, sagte Manuels Vater laut. Er war der Leiter der Gruppe, und seine Aufgabe war es, die Unterhaltung in die rechte Bahn zu lenken. »Wir sind hier, um die neuen Mutationen zu prüfen, sie auszumerzen und vielleicht einige lebende Exemplare mitzunehmen.«
»Oder tote«, sagte Major Sánchez.
»Richtig. Oder tote. Aber ihr wißt alle, das Kataster erlaubt nicht, daß zum Vergnügen gejagt wird.«
»Eine Menge Krauchies«, flüsterte Major Sánchez. Seine Worte waren zwar zu hören, mußten den Colonel aber nicht unbedingt zu einer Reaktion herausfordern.
»Kraucher werden noch gebraucht. Es gibt noch viel Felsgestein, das sie aufbrechen können.« Der Colonel wandte sich an Sànchez. »Wir schießen nur Muties, *si?* Keine guten Krauchies.«
»Nicht doch, ich dachte nur...«
»Denk was anderes!« brummte Colonel López, und das Gespräch war für eine Weile beendet.
Sie fuhren weiter. Über die eingestürzten, einst gezackten Wälle des uralten Kraters. Durch ein runzliges Tal, in dem verstreut Felsbrocken in gelbbraunen Schneedriften lagen. Über eine wüste Ebene, immer noch von Kratern übersät, die

von der dünnen, sich aufwärmenden Atmosphäre noch nicht ausgetilgt worden war. Und schließlich zum ersten Lager. Der Junge durchquerte die Wüsten, als könnten sie sich jeden Moment öffnen, um ihn aufzunehmen und sich hinter ihm zu schließen, die Welt zu versiegeln, so daß es in allen Richtungen nur das geleckte Eis gäbe, das Eis und Felsgestein in den Hügeln und den stetigen Hagel und Regen, die auf diesem Mond die erste Andeutung auf das gaben, was es bedeuten würde, Luft zu haben, wenn die Menschen ihr Werk beendeten. Nichts davon war für Manuel fremdartig, denn er hatte oft daran gedacht und gespürt, wie es sein mußte. Das Lager war eine behelfsmäßige Hütte mit groben Schweißnähten und Kompressoren, die stöhnend und quietschend zum Leben erwachten. Es dauerte Stunden, sie zu erwärmen, und er arbeitete mit den anderen daran, undichte Stellen zu flicken und Schaltkreise zu reparieren, die ganze Zeit mit dem merkwürdigen, nagenden Gefühl, jede Bewegung im voraus zu kennen, etwas bereits Bekanntes zu erleben. Er aß den Feldproviant, den die Männer verwünschten, aber er fand ihn schmackhaft, anders als die Siedlungsnahrung, reichhaltiger mit Gewürzen, die der Cong-Koch beigab. Er schlief in Rauhfaser-Schlafsäcken, die aus der Zeit stammten, als sie nachts die Wärmezufuhr abgestellt hatten, um Erdgas zu sparen, und er fand sie wärmer als sein Bett zu Hause. Die Hütte knackte und knarrte, als die Kälte erbarmungslos eindrang. Er spürte sie als ein Gewicht, das die dünnen Schichten, welche die Menschen mit sich trugen, zu durchbrechen versuchte. Ständig weckte sie ihn auf. Ein dünner Wind heulte an den Ecken. Er lauschte nach Geräuschen jenseits dieses Heulens und schlief darüber ein. Nach einem zeitlosen Intervall kam der Morgen. Die Männer begannen zu ächzen und zu husten und standen schließlich auf und stampften mit den Füßen, um den Blutkreislauf wieder in Gang zu setzen.

2.

Zum Frühstück gab es Bitterwurzel, Kaffee und Laurer. Die dichten Gerüche vermischten sich und regten Manuels Magen an, bis er zu knurren begann. Das Laurerfleisch war gut – dicke Scheiben, geschnitten von dem alten Stück in Sidon, Fleisch, in dem noch Zellen aus dem ersten Puter steckten, der die Reise überlebt hatte. Jahrelang hatten die ursprünglichen Siedlerfamilien aus dem alten Mexiko von kaum etwas anderem gelebt. Die Männer aßen voller Konzentration, schmatzten und redeten so gut wie gar nicht, bis der Colonel begann, die bevorstehenden Aufgaben zu umreißen.

Petrowitsch murmelte: »Ich werfe lieber Blicke auf Krauchies, Colonel.«

Bevor Colonel López etwas erwidern konnte, sagte Major Sánchez gereizt: »Du hast doch gehört, was er gestern abend gesagt hat.«

»Hmm, kann mich nicht erinnern.«

»Du erinnerst dich daran, dir Kippsprit in den Hals geschüttet zu haben, was?«

»Bestes schwedisches Zeug. Trivialer Alkoholgehalt.«

Major Sánchez seufzte laut. »Hübsches Wort, ›trivial‹. Bedeutet, du mußt es – *cojones* –, du brauchst dich nicht darum zu kümmern. Wenn du nicht...«

»Laß ihn in Ruhe«, sagte der Colonel milde.

»Ich will nicht, daß er mit verkatertem Kopf in meiner Nähe auf Krauchies ballert.«

»Ich sage es noch einmal, zum letzten Mal.« Die Stimme des Colonels klang jetzt schärfer. »Um Roller auszumerzen, werden wir bezahlt, und an Roller halten wir uns auch.«

»Häßliche Dinger«, murmelte Petrowitsch. »Tausendfüßler mit Panzern, Farbe wie Haufen Scheiße.«

»Hiruko macht sie für die Arbeit«, erinnerte Major Sánchez. »Nichts als Haustierchen.«

»Schon mal einen gerochen? Kriegst was auf deinen Anzug, kommst wieder rein, mußt kotzen...«

»Soll's dir schlecht werden, wenn's dir paßt«, sagte der Colonel. »Wir werden nicht bezahlt, um Kritik zu üben.«
Major Sánchez lachte. »*Si*, oder wir kommen auf die Straßenreiniger zu sprechen, die du in Sidon einführen wolltest, Petrowitsch.« Leises Kichern breitete sich um den Tisch aus. »Groß wie ein Bär, und Leute über den Haufen rennen, um an den Müll zu kommen...«
»Können wir jetzt los?« unterbrach Petrowitsch abrupt und stand auf. »Zuviel dummes Geschwätz.«
Sie schwärmten vom Lager in das Gebiet südlich des Angeles-Kraters aus. Der Colonel überwachte die Stichproben, die für die Männer eine Strafarbeit waren, denn es war die schlimmste Tätigkeit, langweilig und methodisch, und von dieser Arbeit gab es genug in der Siedlung. Sie waren hinter den Rollern her. Biotechnik hatte vor fünf Monaten einen Bericht über die langen Kriechtiere veröffentlicht. Roller waren entwickelt worden, damit sie Ammoniakverbindungen über ihr Verdauungssystem in und sie zu Oxy-nutzbare umwandelten. Sie suchten in Bächen und Teichen nach ihrer übelriechenden Nahrung oder kauten notfalls auch Eis, und dann schieden sie ständig ätzende Ströme aus, von denen Bio behauptete, sie wären gut für Pflanzen und auf lange Sicht sogar für Tiere. Das Problem war nur, daß die langkettige DNS der Roller keine guten Kopien von sich selbst schuf. Sie paarten sich wie wahnsinnig. Die Hälfte der Nachkommen waren mißgebildet, wahnsinnig oder fraßen nicht die richtigen Verbindungen. Bio hatte ungewollte Spielarten gefunden, die sich von den Exkrementen der anderen ernährten, wie Schweine, die sich durch Kuhfladen wühlen.
Es gab zwei Methoden, dem zu begegnen. Bio konnte ein neues Tier herstellen, das mit den entarteten Rollern konkurrierte. Das würde eine weitere Komplikation der Biosphäre mit weiteren unvorhergesehenen Nebenwirkungen bedeuten. Andrerseits konnte Bio die Siedler anheuern, die Mutationen durch Jagd niederzuhalten. Der Colonel hatte Verhandlungen mit Hiruko, der Zentralbehörde auf Ganymed, geführt. Die Buch-

haltung zwischen Sidon und Hiruko war kompliziert. Manuel konnte sich erinnern, wie sein Vater Nächte vor dem Terminal verbracht hatte, mit finsteren Blicken an seinem Schnurrbart zupfend und fluchend. Als der Junge seinen Vater so sah, konnte er ihn sich kaum als den Colonel vorstellen, eine ferne Gestalt, die in der Siedlung ganz automatisch Respekt genoß. Unbewußt fühlte Manuel, daß es sein Vater war, der sich spät nachts ärgerte und sorgte, und eine völlig andere Gestalt, der Colonel, der schließlich den Handel mit Hiruko Central abschloß. Er hatte einen fairen Preis erzielt, für den die Sidon-Siedler hinauszogen und die Muties jagten. Die Jagdmethode erhielt den Zuschlag, weil sie billiger war als die Entwicklung eines neuen Tiers.

An jenem Morgen ging Manuel mit Old Matt, der langsam war und die Geduld hatte, ihn zu lehren. Ein Geher setzte sie fünfzehn Klicks von der Basishütte entfernt ab. Sie stiegen in einem Eislauf ab und bückten sich, um ihre Vakuumverschlüsse zu sichern. Während der Geher davonstampfte, stieg Nebel um sie herum auf. Orangefarbene Dämpfe machten sich in der dünnen Luft breit, als die winzige Sonne auf die entfernte Eiswand traf. Es gab hier wenig Leben, nur einige Steinkauer, die im Geröll scharrten. Sie waren wie vierbeinige Vögel mit Meißelschnäbeln, pickten ständig im Eis herum, schluckten automatisch Tiere wie Maschinen, jenseits der vergangenen Diktate Darwins. Sie besaßen wenig Abwehrmittel gegen Raubtiere. Die unbeholfenen grauen Gestalten blickten nicht einmal auf, als die Menschen vorbeitrampelten. Sie spritzten jedoch auseinander, als Old Matt Kieselsteine hochtrat. Sie waren blind, konnten aber – wenn auch schlecht – durch ihre Füße hören.

Manuel sah den ersten Roller, aber er war in Ordnung – normal, ein langgestrecktes, flaches Ding mit Krebsbeinen und einem Maul, das einem dunklen Fleck ähnelte. Es ignorierte sie, als es aus der Eisrinne schlürfte. Sie marschierten eine Stunde, ohne mehr als graue Fels- und Eisplatten zu sehen und einen Kanal, der vor Jahren von einem Schmelzschlepper gegraben worden und inzwischen ausgetrocknet war. Die Hügel senkten sich, und das Tal ging in eine Ebene über. Dort fanden sie eine Herde Roller, die in den blauen Schatten alle wie wild ausTeichen mit kondensierten Dämpfen soffen. Es war eine stille, friedliche Szene. Old Matt streckte den Arm aus. Weit entfernt, zwischen den kleinen Anhöhen, sah Manuel bleichgelbe, flache Gebilde.

»Langsam die Flinte hoch. Halt sie im Anschlag und steh fest!«

»Ganz schön weit weg. Ich glaube nicht, daß ich sie treffen kann.«

»Sie werden zu uns kommen. Sie folgen den normalen, also müssen sie links vorbeiziehen. Bleib ruhig stehen, dann werden sie nicht ausreißen.«

Und tatsächlich, die flinken Gebilde kamen näher, tummelten sich inmitten der normalen Gestalten, huschten zwischen Felsbrocken und Eishügeln umher. Es waren fünf, alle mit kleinen Unterschieden durch rote und schwarze Streifen und Punkte kenntlich. Ihre hektischen Bewegungen stecken voller Energie.

»Entwickeln sich schnell«, murmelte Old Matt. »Haben eigene Paarungskämme – siehst du, bei dem ersten? Und schau dir den Dampf an, der von ihren Ausscheidungen hochsteigt.«

Es war ein perlrosa Dunst. »Wandeln sie den Rollermist wieder auf Ammoniakbasis um?« fragte Manuel.

»Oder noch schlimmer.« Old Matt musterte sie prüfend. »Du nimmst den letzten.«

»Der vorne ist näher.«

»Sicher. Und wenn sie ihn niederstürzen sehen, spritzen sie auseinander. Immer von hinten heranarbeiten!«

Manuel hob langsam die kleine Flinte, um sie nicht aufzuschrecken. Er zielte, kniff die Augen zusammen und bekam das Gebilde ins Visier, wie es sich duckte und hüpfte und sich jedes Stückchen der Exkremente schnappte. Ein widerwärtiger Anblick, dachte der Junge, aber wenn man drüber nachdachte, fraß alles Lebende auf lange Sicht die Scheiße von etwas anderem.

Er feuerte. Der Abartroller sackte zusammen. Manuel wandte sich dem nächsten zu und sah ihn sich auflösen, als Old Matt ihn erwischte. Dann mußte die Gruppe etwas gehört oder gespürt haben, denn sie flohen in wirrem Zickzack, hasteten auf ihren schnellen Beinchen und krabbelten in die blauen Schatten. Manuel legte auf einen an und feuerte dreimal. Mit jedem Fehlschuß löste sich ein Dunstfächer aus dem Eis. Er erwischte das Ding, als es gerade in den Schatten eines Felsblocks geriet. Der Bolzen bohrte sich sauber durch die braune Panzerung. *Gut*, dachte er und schwenkte die Waffe zurück, aber es war nichts mehr da, auf das er hätte feuern können. Old Matt hatte die übrigen getroffen.

Auf dem langen Marsch zurück ins Lager verspürte er Stolz. Am Spätnachmittag erspähten sie ein weiteres Rudel, erstaunliche Muties in einem Kanal, aber dann rannten die mutierten Tiere davon und mischten sich unter die normalen Roller, und Old Matt stieß die Flinte des Jungen zur Seite, bevor er schießen konnte.

»Bio ist sehr streng, wenn die normalen getötet werden.«

»Okay.« Manuel ging weiter, die Waffe im Arm, und beobachtete die in Deckung eilenden Gebilde.

»Sichern!«

»Ich könnte einen aufs Korn nehmen, wenn er aus der Deckung kommt«, entgegnete Manuel.

»Wenn du den einen Extraschuß versuchst, dann passiert's, dann werden Bäuche aufgeschlitzt und Füße weggefetzt.«

Er gab nach und sicherte die Waffe, bewußt von dem hektischen, stupiden Rudel wegschauend, das noch immer dem Schatten zustrebte. Er trottete, einen halben Schritt hinter dem Mann, weiter durch den gleißenden Ganymedmorgen auf das endlose Piepen zu, das die Richtung des Lagers wies.

Es dauerte länger als eine Woche, bis er und Old Matt die Tiere hörten. Sie waren auf eigene Faust draußen, verfolgten Rollerherden, sobald sie welche fanden. Der Mann brachte Manuel bei, wie man sich bewegte und wo die überfrorenen Todesfallen waren, die vor Jahren von den Schmelzraupen ausgehöhlt worden waren, und wie man durch das dünne Eis fallen und sich selbst bei der geringen Schwerkraft dieses Mondes ein Bein brechen konnte. Ein Rudel Roller war vor ihnen aufgeschreckt, und der Junge hatte zwei der entarteten erwischt – farblose, häßliche Dinger, die davonhasteten und fließend über die anderen hinwegkrochen –, bevor die Mutationen sich unter die übrigen mischten.

»Schlechtes Zeichen. Sie wissen schon genug, um das zu tun.«

»Warum programmiert Bio die Normalen nicht, die Muties anzugreifen?«

»Wollen ihnen keine hochentwickelten Überlebensinstinkte eingeben. Um so schwerer wird es sein, sie auszurotten, wenn wir die guten Lebensformen einführen, die hier eine stabile Ökologie schaffen sollen.«

»Aha«, sagte Manuel mit gespielter Gleichgültigkeit, »das heißt also, noch mehr jagen und ...«

»Hör mal!«

Über den Kurzwellenempfänger kam ein leises Knistern, das in den statischen Störungen von Jupiters Strahlungsgürtel fast unterging. Doch Manuel hörte die hektischen Schreie aus dem Rudel, ein verschwommener Chor, der aber hohe, schrille Laute ausstieß. Jede Stimme war ein einzelnes Tier, das mit fieberhafter Energie reagierte. Er brauchte nicht zu fragen, was ihnen die Schreie entlockte. Mit einem Griff schaltete er sein Gewehr ein, obschon er wußte, daß es zwecklos und eine reine Geste war. Aber es war wichtig, diese Geste zu machen, genauso wichtig wie atemlos zu warten und vor seinem geistigen Auge zu sehen, was die Schreie und Tierlaute verfolgte: das Ding, das sich wie Rauch durch die Eisfelder bewegte und mit blinder Triebkraft rannte, das sich wandelnde Alabastergebilde. Old Matt hatte ihn gelehrt, sein Gewehr mit der Mündung schräg nach oben zu halten und zu warten – reglos und aus den Augenwinkeln beobachtend, ohne den Kopf zu bewegen. Er stand da und versuchte, ein erwartendes Beben zu spüren, ein Rollen, ein Flackern des Lichts, das ihm etwas verriet, ihn warnte. Die Tierschreie waren jetzt lauter, aber nicht kräftiger – sie waren höher geworden und hatten einen Klang von

Verwirrung und Unterwerfung unter das Unvermeidliche angenommen; nicht müde, aber auf eine Weise ermattend, die der Junge nicht benennen konnte, aber fühlte.
Er legte seinen Helm gegen den des Mannes und flüsterte, ohne das Funkgerät zu benutzen: »Kommt es?«
Die Schreie wuchsen zu schrillem Kreischen an, ohne sich auch nur einmal in einem klaren Laut aufzulösen. Dann war Stille.
Old Matt antwortete nicht. Langsam drehte er den Kopf, so daß Manuel sein Gesicht sehen konnte, und schüttelte mit einem Blick stiller Achtsamkeit den Kopf. Von den Tieren war jetzt nur noch ein träges Dröhnen zu hören, ergeben und schwindend. Old Matt lächelte.
»Es hat noch nie Notiz von ihnen genommen. Diesmal ist es nicht einmal schneller geworden.«
»Aber es ist hier! Die erste Sichtung seit... wie lange... seit fast einem Jahr.«
»Die erste, von der wir wissen. Oft sagt keiner was.«
»Sucht es nach etwas?«
»Könnte sein. Ein Mineral, das es braucht, um sich aufzufrischen, zu regenerieren, ich weiß nicht. Es scheint keine Energie zu benötigen. Es sei denn, es hat einen Kernbrenner innen drin und filterte Isotope aus dem Eis.«
»Ja, und wenn es etwas von hier benötigt...«
»So dringend benötigt es gar nichts.« Er warf einen Blick über das öde Tal vor ihnen und sah dann auf Manuel. In seinem verwitterten, ortho-behandelten Gesicht bewegten sich leuchtende Augen, fließend. Ersatzkiefer und -wangen glänzten selbst in dem trüben Sonnenlicht, und seine ursprüngliche Haut war faltig wie altes, zerknittertes Papier. Die Augen schienen das Lebendigste an ihm zu sein, am wenigsten verwittert von den langen Jahrzehnten, die über das Gesicht hinweggegangen waren, das die Jahrhundertgrenze fast beiläufig überschritten hatte bei all den Wunden und Strahlen, dem Schweiß und dem Schmerz, die es geprägt hatten.
»Die Wahrheit ist, es braucht gar nichts. Es steckt hier in der Falle, soweit ich es begreife. Kein Antrieb, um es von der

Oberfläche abzuheben. Kann nicht in den Orbit. Muß vor langer Zeit verletzt worden sein und muß sich jetzt durchs Wasser unter uns und übers Eis bewegen wie ein Mann, der in seiner Zelle auf und ab geht, den Stein des Fußbodens abwetzt, aber niemals stehenbleibt. Ich wette, es blickt zu den Sternen hinauf, denkt und will dorthin. Aber es kann nicht. Es ist nicht vollständig, sonst würde es hinaufziehen. Also wandert es. Nicht, weil es irgend etwas gibt, das es braucht, sondern weil es sich umschauen will. Sehen, wer neu ist, was für Menschen in diesem Jahr hier draußen sind und was sie können, und ob es dieses Jahr ein Servo-Tier oder eine Maschine gibt, die wir gegen es einsetzen können und die besser ist als all die anderen, die es in den Jahren vorher hinter sich gelassen, zerschmettert oder umgeworfen hat. Mag sein, es ist neugierig, oder es folgt einer Spur.« Er zuckte die Achseln. »Aber so über es zu reden, ergibt für uns einen Sinn, und in einem bin ich mir sicher: Es ergibt keinen Sinn. Und wird es nie.« Die Tiere waren fort, der Nahbereichsfunk schwieg. »Sie werden hinter ihm herrennen, bis es sieht, was sie wert sind. Dann wird es sich eingraben, siebzig Klicks oder mehr, ganz wie es will, geradewegs nach unten, direkt in den Schlamm und das Wasser, auf dem das Eis nur die Schaumkappe ist – und das war's dann. Fort. Bis es wiederkommen will.«

Als sie das Lager erreichten, waren die Tiere bereits dort, drängten sich an der Wand des Schuppens zusammen, als suchten sie die gegenseitige Wärme. Sie waren alle schon vor einer Stunde gekommen, alle bis auf Short Stuff. Ein grauer Regen fiel, und kleine Bovistwolken zogen über ihnen dahin, herangeblasen aus den wärmeren Regionen im Süden, wo große Mengen Methan und Ammoniak unter den Schmelzschleppern verdampften. Old Matt hockte sich neben die Herde und berührte die gelbe Keramikflanke von einem. Sie alle fuhren auf, ihre Körper schrammten aneinander, ihre Augen, jetzt blaugesprenkelt, rollten, und sie stießen Laute aus, Blöken und Winseln und ein leises, ständiges Zwitschern, das der Junge keinem bestimmten Tier zuordnen konnte. Sie zitterten alle auf die gleiche Art: irdisches Leben, zurückgekehrt von einer Begegnung mit etwas, das ihm unbekannt war. Zwei Stunden nach dem Abendessen, die Whiskyration war bereits erschöpft, kam Short Stuff zur Eingangsschleuse gekrochen und kratzte an ihr. Es schnatterte schwach, bildete ungeordnete Worte, schwerfällig und dröhnend: *Schmerz... schnell groß... Feuer... Brechen... Schmerz...* Manuel, Petrowitsch und Old Matt führten es in den Werkstattschuppen und entfernten den eingedrückten Sammelleiter in seiner linken Seite, wo es von etwas gestreift worden war – nur ein flüchtiger, beiläufiger Hieb, ohne die Absicht zu töten, sonst wäre Short Stuff nicht hier.

»Seht nur. Das Fleisch ist aufgerissen«, sagte Petrowitsch. Blut sickerte unter dem eingedrückten Stahl hervor.

»Keine Knochenbrüche«, sagte Old Matt, als er die Rippen des Tiers abtastete. Das filzige Haar roch nach Angst und Schweiß. Manuel sah, daß Short Stuff ein kleiner Affe war, eingeschirrt in die Umwandler und Servos, welche die hagere Gestalt umhüllten.

»Glück gehabt, daß es noch lebt«, bemerkte Petrowitsch, während er örtliche Betäubungen setzte und das zerfetzte Fleisch flickte, die Blutung stillte und die trockenen roten Krusten abwischte.

Old Matt murmelte: »Es ist zu nahe herangekommen.«

»Ich habe einmal einen Schnellfilm gesehen«, sagte Petrowitsch. »Es hat sich Tiere gegriffen und sie zu Boden geschmettert. Es wird töten.«

»Diesmal nicht. Nicht ohne Grund.«

Der Affe zuckte und heulte leise, wahrscheinlich vor Schmerzen, vielleicht aber auch in Erinnerung daran, wie er verbissen und schnell auf etwas zugelaufen war, das zu fangen er nicht hoffen konnte.

Old Matt tätschelte Short Stuff. »Er hat es schon einmal gesehen. Kannte es. Ein Schimpanse eben, schlauer als die meisten anderen, und er sieht sich mehr als Mensch. Als er es sah, wartete er nicht, sonst wäre er nie so nahe herangekommen. Er muß viel darüber nachgedacht und gewußt haben, daß er eines Tages auf es zulaufen müßte, und nicht weg wie die anderen. Um wie ein Mensch zu sein. Auch wenn es zwecklos war und er seinen Preis dafür zahlen mußte.« Er streichelte beruhigend das Tier und sprach leise zu ihm. Der Junge half ihm, ein gebogenes Ersatz-Stahlblech und eine neue Isolierung für die Rippensektion zu formen.

Als sie den Werkstattschuppen verließen, war es dunkel. Jupiter verdunkelte die Sonne. Die kleine, helle Orangekugel glitt hinter die Zirrus-Ammoniakwolken, und ein rosiger Halo legte sich um den zusammengedrückten Planeten mit dem Wassermelonenring. In der Nähe der Pole konnte der Junge ein leuchtendes Morgenviolett sehen, durchschimmernde Lichtvorhänge, wo Atome von herabstürzenden energiereichen Elektronen angeregt wurden. Über der sich langsam verändernden Oberfläche der dunklen Welt gabelten sich gelbe und bernsteinfarbene Blitze. Tausende Kilometer lang, überbrückten sie die Kluft zwischen Wolken aus Ammoniak und Wasser, die weit größer als Ganymed waren. Der Halo änderte sich allmählich, gab der riesigen Welt einen diffusen Rand aus beißendem Elfenbein und Rosa. Hier war die Sicht besser als inmitten der Lichter der Siedlung, und die Männer blieben stehen, um die langsame Bewegung der Welten zu beobachten, als die Planetenschwere jede sanft auf ihren geraden, gemächlichen Weg zog. Der Planet gab das Licht wieder frei, und es wurde zu dem hell brennenden Punkt ihrer Sonne, brachte den Mittag zurück. Sie senkten wieder die Köpfe und dachten an andere Dinge, an die Ruhepause, bevor die Jagd morgen wieder begänne, und kratzten Eis und Dreck von ihren Stiefeln, bevor sie in den abgestandenen Geruch, das Stimmengesurr und die beißende Umwälzluft der Menschen zurückkehrten.

3.

Der Junge sah nicht, wie Old Matt früh am nächsten Morgen aufbrach, als die Männer noch kochten und Manuel Zwiebeln für die Brühe schnitt.
»*Madre!* Der haut ab, sagt kein Wort«, schimpfte Colonel López. »Hält sich für zu alt, um sich an Regeln zu halten.«
Petrowitsch sekundierte: »Holt sich allein den Tod. Fällt in einen Kanal, keiner da, seinen Anzug abzudichten, wenn er leckt.«
Sie riefen Old Matt über den Leitfunk, aber er antwortete nicht. Er marschierte langsam, aber stetig nach Westen, in die Berge, die Halberstams genannt wurden.
»Ich könnte ihn einholen«, meinte Manuel, obgleich er vermutete, Old Matt könnte ihm in den Bergen nur zu leicht entgehen.
Colonel López knurrte ärgerlich. »Dann hätten wir zwei Vermißte. Nein. Das hat er früher schon gemacht, mit anderen Jagdgruppen.«
»Er kann sich einen Funktionsverlust im Arm holen«, sagte Petrowitsch. »Oder im Gesicht. Könnte sterben, bevor wir ihn hierher zur Behandlung schaffen.«
»Es ist seine Entscheidung«, sagte der Colonel. Er zuckte die Achseln.
Später am Tag sagte der Colonel zu ihm: »Du versäumst es nicht, mit Old Matt hinauszugehen, was?«
»*Si.*«
»Du könntest keine bessere Wahl treffen, Sohn. Er ist ein Vorbild.«
»Warum geht ihr dann nicht hinter ihm her?«
»Ich tue fast alles, um hier draußen einen Mann oder eine Frau am Leben zu halten. Nur unterdrücken werde ich sie nicht.«
Manuel sagte nichts. Er hatte den harten Zug an seinem Vater schon häufig bemerkt, aber dies war das erste Mal, daß er ihn verstand.
An den nächsten drei Tagen zog Manuel mit den anderen

Teams hinaus. Jeden Morgen stand er auf und hoffte, der alte Mann wäre in der Nacht zurückgekehrt. Jeden Tag zeigte ihm der pulsierende, orangefarbene Punkt von Old Matts Indikator seine Bewegungen in einer Reihe von Bögen mit häufigen Pausen, wahrscheinlich, weil er ausruhte. Manuel schloß sich Petrowitsch an und dann seinem Vater, und er zeigte dem Colonel, wie er schießen konnte. Sie erwischten einige Rollervarianten und fanden am zweiten Tag eine neue Spielart der Felsfresser, ein Exemplar, das dazu übergegangen war, von dem Ammoniakbächen zu trinken und nicht, wie vorgesehen, die schwierigeren Steine zu verdauen. Der Colonel schloß sich mit Bio kurz, und sie töteten das Ding. Die Tiere gingen mit dem Colonel, so daß es viele Aktivitäten gab, die Manuel auf der Jagd noch nicht erlebt hatte. Die Tiere rannten die Kämme hoch und trieben Roller aller Sorten hinunter, und die Männer versuchten, die entarteten zu erschießen, bevor sie entkommen konnten. Am dritten Tag hatten sie eine große Herde in einem Tal ohne Ausgang eingekreist und erschossen zweiundzwanzig Mutationen und drei weitere der entarteten Steinfresser. Manuel half, sie auszuweiden, um Proben für Bio zu nehmen. Er hatte selbst fünf erwischt und nur zweimal danebengeschossen. Auf dem Rückmarsch fühlte er sich in Jubellaune.
Mit schweren Schritten kam er hungrig in die Kabine und warf sich auf seine Koje, bevor er sah, daß Old Matt in einer Ecke hockte und passiv und entrückt eine Suppe in seinen halbmetallischen Mund löffelte. Er machte einen ernsten, nachdenklichen Eindruck. Manuel sprach ihn an, stellte Fragen, aber der alte Mann antwortete nur mit kurzen Sätzen oder überhaupt nicht. Die Männer ließen ihn in Ruhe. Nach dem Essen wurde Manuel zum Kartenspielen eingeladen und vergaß, noch einmal mit Old Matt zu sprechen. Dann wurde er müde und legte sich schlafen.
Der nächste Morgen war trübe. Ganymeds Nacht wurde von Jupiter beherrscht, der das Sonnenlicht reflektierte, so daß die Schatten verschwommen und vage wirkten. Der Schatten des Mondes kroch über die orangefarbenen und braunen Bänder.

Ohne viel Worte zu machen, nahm Old Matt ihn wieder mit hinaus. Der alte Mann nahm einen zweisitzigen Dreiradwagen, und zischend und brummend nahmen sie ihre Route über glasrandige Krater in Richtung der Halberstamberge. Manuel hatte sie noch nie gesehen. Sie waren neu, von Eisbeben aufgeworfen. Die großen Scheiben verschoben sich und stießen gegeneinander wie lebendige, schwangere Gletscher, angetrieben von mahlenden Strömungen tief im Innern des Mondes. An einigen Stellen teilten Klippen und gezackte Spitzen aus Eis das Felsgestein, und dann, kaum einen Kilometer entfernt, wendete sich die Schlucht, und eisengraue Schultern eines uralten Meteoriten brachen durch eine spiegelglatte Decke aus Ammoniakeis, ließen es zersplittern, um neue Höhlen zu bauen. Hier hatte es noch keine Zeit für den Wandel der Jahreszeiten gegeben, der Flüssigkeiten in den Spalten gefrieren und auftauen ließ, Felsstein von Felsstein abspaltete, Steinplatten freisprengte und sie dann zermahlte, im Verlauf der Jahrhunderte pulverisierte, zu Staub machte.
Hier und da hatte die von dem Zusammenprall erzeugte Wärme Eis geschmolzen, und nun sägten schmale Bäche Schlangenlinien in die sich hebenden Talböden. Sie verließen das Dreirad und gingen zu Fuß in eine enge, schneeverwehte Schlucht, wo es von Eiszapfen tröpfelte und Ammoniaknebel wie dünne Schleier in die Höhe stiegen. Im Dunkel der Nacht warf das Jupiterlicht matte Bernsteinreflektionen von Schneewehen zurück. Old Matt blieb stehen und spähte nach vorn. Dann winkte er schweigend, und der Junge sah einen Kanal, der durch den zehn Meter tiefen Schnee gegraben war, so groß wie ein Raupenschlepper auf schwarzstreifigen grauen Felsgrund stoßend, der zerschabt und geschunden war und auf seiner freigelegten Oberfläche den großen, deltaförmigen Abdruck trug. Von dem tiefen Kanal führten keinerlei Spuren fort, und der Junge konnte nicht sehen, wie das Ding gekommen und gegangen war. Das Delta lag im Fels, stumm, und er spürte eine Andeutung dessen, was er im Blöken und Schreien der Tiere gehört hatte, als sie ihm begegnet waren, manche von ihnen

ebenfalls zum ersten Mal. Er blickte sich in der schmalen Schlucht um und fühlte sich wie in einer Falle. Unruhig wandte er sich um, kämpfte gegen die plötzliche Angst an, daß hinter seinem Rücken etwas war, das er nicht rechtzeitig sehen konnte, eine Bewegung.
»Hast du was gefunden?« fragte er unnötigerweise, nur um etwas zu sagen und die Stille zu vertreiben.
»Nein. Ich habe einige Spuren im nächsten Tal gesehen. Sah so aus, als kämen sie hierher. Ich wollte dich dorthin mitnehmen.«
Manuel nickte. Er spürte Vorfreude und zugleich Furcht, ein Geruch in seiner Nase wie heißes Kupfer in den Metallwerkstätten. Der Geruch überschwemmte ihn, erzeugte ein Gefühl von Verhärtung in seinem Magen, als er zum ersten Mal das Zeichen dafür sah, daß dies ein sterbliches Ding war, lebendig und wirklich, nicht nur eine Gestalt, die durch seine Träume trieb und sich in den Geschichten bewegte, welche die Männer erzählten, wenn sie halbbetrunken waren und ihnen nicht unbedingt zuzutrauen war, daß sie es richtig schilderten – kein Bruchstück seiner Welt, sondern größer als sie.
»Meinst du, es ist noch hier?«
»Kann sein. Die Wissenschaftler sagen, es bleibt eine Weile an einer Stelle – sucht, glauben sie. Weiß nicht. Vielleicht kommt es, um einen Blick auf uns zu werfen, und zieht dann weiter.«
»Morgen können wir alle kommen. Es vielleicht einkreisen.«
Er lachte. »Es einkreisen? Genausogut kann man einen Menschen in einer Nebelfahne einfangen.«
»Wir können es *versuchen.*«
»Sicher. Wir können es versuchen.«

An jenem Abend stürzte sich Petrowitsch in eine politische Diskussion mit Major Sánchez. Die beiden Männer wurden laut, der Whiskey bestritt den größten Teil des Gesprächs. Es war bekannt geworden, daß die Asteroidenvereinigung die Entwicklung einer Anlage zur Mineralöl-Synthetisierung auf

Ganymed vorantreiben wollte, und der Mond als Ganzer mußte darüber abstimmen.
Major Sánchez meinte, es wäre schon lästig genug, die Nahrungsmittel für die gottverdammten Asteroiden anzupflanzen, und was hätte Ganymed schon von dem Handelsaustausch außer Kleinkram, den keiner wollte außer den Stadtmenschen, und die wären es ja nicht, die sich den Arsch aufreißen müßten, um eine gottverdammte Ölanlage zu bauen.
Petrowitsch hielt das für dumm und nicht vorausschauend, oder wollte der Major etwa auf ewig Öl von Luna oder gar, Gott stehe uns bei, von der Erde selbst kaufen und dabei jedem Zwischenhändler zwischen hier und Brasilien die Taschen füllen?
Teufel auch, bellte Major Sánchez, in der Siedlung gäbe es keinen Liter Öl, der nicht aus Samen oder Halmen gepreßt wäre, für ihre Zwecke reichte das völlig, und wenn die Asteroiden Grundstoffe höherer Qualität wollten, könnten sie sie ja kaufen. Und wozu brauchten sie das Öl überhaupt, wenn sie für ihre Arbeit hauptsächlich Servo-Tiere einsetzten, und Tiere brauchten anders als Maschinen sowieso keine Schmiermittel – das wäre der Grund dafür, erst einmal gute Servo-Tiere zu entwickeln, um hier draußen an Schmiermitteln zu sparen, wie jeder Idiot wüßte, wenn er sich ein wenig mit Geschichte befaßte, anstatt sich jeden Abend mit Kippsprit vollzuschütten und so in jeder freien Minute sein Hirn zu verkorksen – richtig?
Petrowitsch öffnete den Mund, um zurückzubrüllen, aber seine Augen waren glasig, und es bereitete ihm Schwierigkeiten, so schnell wie Sánchez zu denken – wegen des Kippsprits –, und in dem Moment trat Colonel López ein, unterbrach ihr Sreitgespräch und befahl beiden, zu Bett zu gehen.
Petrowitsch saß auf seiner Koje und schüttelte eine Weile vor sich hinmurmelnd den Kopf. Er wußte, er sollte schlafen, wollte aber nicht den Anschein erwecken, des Colonels Befehlen zu folgen, und dann sah er Manuel und fragte mit undeutlicher Reibeisenstimme: »Du glaubst, du triffst es morgen?« Als

der Junge nichts erwiderte, drängte ihn Petrowitsch mit einem »Hä?«
»Keinen Zweck.«
»Sicher hat Zweck. Lernst zu schießen. Vielleicht hast Glück, verletzt es.«
»Weiß nicht, auf was ich zielen soll.«
»Weiß keiner. Es ist rund, wie ein Ei. Nichts, wo das Auge sich festklammern kann.«
»Nein, ist es nicht!« Major Sánchez sprang auf. »*Mierda!* Es besteht aus Blöcken, drei zusammenhängenden Blöcken. Die Beine kommen von den Ecken, jeder Block hat vier – nein, der mittlere nicht, also sind es acht Beine.«
»Ist rund«, widersprach Petrowitsch. »Ich habe es drei-, viermal gesehen. Ist rund und rollt.«
»Es gibt Bilder! Wir gehen nach Sidon zurück, ich zeige dir Schnellaufnahmen, sie ...«
»Es kriecht, du Blindling. Und auf dem Bauch, nicht auf Beinen«, tönte eine schleppende Stimme aus den Kojen. »Ich hab' gesehen, wie es sich an einer nackten Felswand hochzog, indem es Enterhaken benutzte. Knapp fünf Jahre ist es her.«
Der Colonel stand auf und brachte die Stimme mit einer Handbewegung zum Verstummen. »Es gibt viele Formen. Ihr vergeßt, daß die Kameras von Zeit zu Zeit unterschiedliche Ergebnisse zeigten.«
»Jedesmal, wenn *ich* es sehe«, brummte Petrowitsch, »ist es genauso.«
»Vielleicht versucht die gute Maschine einfach, die Dinge für dich ganz simpel darzustellen, mein Freund«, spottete Major Sánchez.
Petrowitsch tat das Thema mit einem Grunzen ab und rollte sich auf seine Koje. Unter den Rohrgestellen der Kojen wurden leise Gespräche fortgesetzt, zusammenhanglose Wortfetzen in der abgestandenen Luft. Old Matt war in diesen Teil des windschiefen Schuppens gekommen, um näher bei den summenden Heizern zu sein, und setzte sich neben Manuel. »Sie streiten über nichts.«

»Mir scheint wichtig zu wissen, wonach man Ausschau hält«, sagte Manuel.
»Es verändert sich. Nicht um uns zu verwirren. Nur für sich.«
»Müßte eine verwundbare Stelle haben, sollte man meinen.«
Old Matt zuckte die Achseln. Sein Gesicht legte sich in tausend Fältchen. »Manchmal hat es Löcher. Ein Maul oder ein Arsch oder nichts, wofür wir einen Namen haben. Ist auch egal.«
»Wir müssen etwas tun können. Die Wissenschaftler...«
»Sie sind Jäger von einem anderen Schlag. Sie wissen es nur nicht.«
»Mit E-Strahlen und den ganzen Fallen – als ich in Loki Patera war, habe ich mir einige angeschaut – haben sie es jedenfalls versucht.«
»Sie haben es nie in die Enge getrieben. Morgen, wenn es rauskommt, und wir schließen es ein... Nun, manchmal hat es sich in der Vergangenheit nicht die Zeit genommen, sich durchs Eis zu graben und zu entkommen. Weiß nicht, warum. Es könnte also direkt durch uns hindurch, schnell wie ein Höllentier. Dann mußt du aufpassen.«
»Was... Du meinst mich ganz speziell?«
»Richtig.«
»Es würde mich herausgreifen?«
»Könnte sein.«
»Du meinst, ich war noch nie hier, und trotzdem kennt es mich?«
»Ich weiß nicht. Aber das hat es schon gegeben, Leute, die neu waren und... Sieh mal, vielleicht erinnert es sich an alles, vergißt nie einen Menschen, einen Schlepper, ein Tier oder sonstwas. Wenn nun jemand Neues kommt, interessiert es sich für ihn.«
»Warum?«
»Es ist schon sehr lange Zeit hier. Millionen von Jahren, sagen sie anhand der Altersbestimmungen für die Sachen von den äußeren Monden. Kann sein, es langweilt sich.«
Dem Jungen schien es, als wären Langeweile oder andere, schlichte menschliche Gefühle nicht die Kategorien, in denen

man über das gewaltige Gebilde denken könnte. Seine Gleichgültigkeit ihnen gegenüber bedeutete, daß es nichts von ihren Werten und Illusionen teilte. Old Matt wollte nicht mehr davon sprechen. Er schüttelte nur den Kopf und empfahl Manuel, sich früh in seine Koje zu begeben und sich auszuruhen. Am nächsten Tag wäre es noch früh genug.

4.

Das Land lag weit und leer unter dem Sturm, der wieder von Süden aufgekommen war und einen trägen Nieselregen methannasser und ammoniakgetränkter Tröpfchen herbeibrachte, die sich in dem noch dünnen, quasi laborerzeugten Gas drehten, welches die neue Luft darstellte. Knapp über dem Gefrierpunkt wälzte sich der Dunst schwerfällig herbei – rötliche Nebelbänke, die sich an die Eisüberzüge hefteten, als sehnten sie sich nach einer Rückkehr zu der ursprünglichen stabilen Existenz, die sie über Milliarden von Jahren erlebt hatten; als wollten sie herabsinken, gefrieren, ruhen und nicht von der rauhen Wärme gemartert werden, die die Menschen herbeigebracht hatten, um die Elemente in eine Decke aus Gas zu zerkochen, um die alte, tote Welt, die jetzt wiederauferstand, einzuhüllen. An jenem Tag waren neununddreißig Männer und Frauen auf der Jagd. Drei waren bereits nach Sidon zurück, um bei irgendwelchen Hydroverfahren zu helfen. (Jedenfalls hatten sie das gesagt. Petrowitsch und einige andere grummelten über dampfenden Frühstückstellern, die drei wären übernervös gewesen, als sie von dem Aleph gehört hätten, und sie hätten die dringliche Aufgabe, die in Sidon zu erledigen war, arg schnell entdeckt, als sie am Abend vorher zu Hause angerufen hätten. Der Colonel wies sie an, das Gerede hinter dem Rücken der Betroffenen zu unterlassen und schickte die beiden Lautesten hinaus, um das Nachteis von den Gleitflächen der Raupenschlepper abzuflammen, ein Job, den niemand mochte.)

Zu den neununddreißig gehörten einige Ältere, aber keiner, der so alt wie Old Matt war, und einige Männer, die ein paar freie Tage hatten. Sie hatten nie wirklich gejagt und wußten auch jetzt kaum mehr als der Junge. Als sie am Fuß der Halberstams von ihren Transportgefährten stiegen, gab es dennoch weniger Scherze und gutgelaunte Worte, weniger ziellose Bewegungen, weniger Diskussionen darüber, wer was tragen sollte und welche Route man in die bizarre Öde wählte, die über ihnen aufragte. Sturmwolken jagten über die rauhe Felsoberfläche und stahlen ihren Anzügen Wärme. Sie erzeugten auf ihren Anzügen Temperaturdifferenzen, die ausreichten, die Mehrschichtisolierung enorm zu belasten, so daß die Nähte knackten und knarrten. Sie marschierten los. Die Schlepper und Geher fielen zurück und warteten am Rand der glasartigen, pockennarbigen Ebene, als die Männer in die zerklüfteten Hügel stiegen und sich in Gruppen aufteilten, um die schmalen Täler und Schluchten zu durchkämmen. Manuel ging mit Old Matt, dem Colonel und neun anderen. Die Männer stapften schwerfällig die dunstigen Täler hinauf, suchten nach Abdrükken im Schnee und Kratzspuren auf den Eisauswüchsen. Sie hatten sechs Tiere mit, die am Kopf und am Schwanz der Kolonne herumtollten und bei ihren Sprüngen und Sprints und den spielerischen Verfolgungsjagden mehr Energie als die Männer verbrauchten. Old Matt mühte sich, Schritt zu halten. Er atmete schwer und hatte den Kopf zum Himmel gerichtet. Sein Gesicht war vor Anstrengung konzentriert, den Plappergeräuschen der Tiere und den selteneren Äußerungen der Menschen über Kurzwelle zu folgen, und doch konnte der Junge erkennen, daß Old Matt den Worten und Schreien keine Beachtung schenkte, sondern sich auf etwas anderes konzentrierte, den Kopf hierhin und dorthin wandte, so daß sein Stahl und Kupfer das matte Licht einfingen. Über ihnen schwebten Sterne wie getrübte Edelsteine über dünnen Zirruswolken.

Colonel López verfolgte jede Gruppe auf dem Bildschirm seiner Gesichtsplatte und befahl ihnen, einen Mann in jedes aussichtsreiche Nebental zu schicken, sobald sie es erreichten. Der

Hagel hörte auf, dann fiel der Regenschleier unter ihnen. Trotz des tiefer werdenden blaugrünen Schnees kamen die Gruppen gut voran, als sie höher aufstiegen. In der niedrigen Schwerkraft sprangen sie leichtfüßig, traten nach dreisekündigen Schritten wieder auf den Boden. Ihre Stiefel klammerten sich an Eis oder Schnee, wenn sie landeten. Wo ein Eisrutsch oder eine Spalte, die sie aus eigener Kraft nicht überspringen konnten, im Weg war, schalteten sie ihre unteren Servohilfen ein und schafften den Sprung mit verstärkter Muskelkraft. Der Junge keuchte an den schwierigen Stellen und konnte über den Helmfunk nicht hören, ob es den anderen ähnlich erging, aber er war entschlossen, daß sie seinetwegen ihr Tempo nicht verlangsamen müßten. Der Colonel bestimmte ihre Marschgeschwindigkeit und hatte ein achtsames Auge auf Old Matt. Der Junge sah, daß sein Vater die jüngeren Männer zurückhielt, so daß sie nicht zu weit vorpreschten und der alte Mann sich nicht überanstrengen mußte, um Schritt zu halten. So war sein Vater: groß und hart und doch nachgiebig, wenn jemand seine Belastungsgrenze erreichte.

Sie überraschten einige Roller, die mit idiotischer Sturheit aus den Ammoniakbächen schlürften. Die Männer pickten sich die mißgebildeten heraus und schossen schnell, bevor alle verschwinden konnten. In dieser Höhe gab es nicht viel Leben, und schon bald sahen sie nichts außer Steinkauern, die stoisch Kiesel zermalmten, und als sie noch höher kamen, Krauchies, die nach methanreichen Teichen suchten. Ihre Körper waren aufgebläht von den Speichersäcken, in denen sie während ihres Winterschlafs die kohlenstoffhaltigen Rückstände zu günstigeren Verbindungen verarbeiten würden.

Die Männer setzten sich zusammen mit einem Tier einzeln in abzweigende Täler ab, bis noch vier übrig waren. Der Colonel winkte Manuel herbei, als sie an eine Stelle kamen, wo die Talwand sich teilte, als hätte eine Riesenhand sie mit einem Faustkeil aufgestemmt. In dem Felseinschnitt zog sich eine flache Schlucht zwischen gezackten Gipfeln entlang.

»Die Satelliten-Zeitstufenkarte zeigt, daß es hier kaum noch

Geröllschutt gibt«, sagte der Colonel. »In den letzten Wochen hat's hier viel geregnet. Alles weggespült.«
Old Matt schloß zu ihnen auf. »Wo verläuft die Druckscheide?«
Colonel López blickte nach links, wo seine Helmscheinwerfer die entsprechende Stelle in grünen und roten Konturlinien heraushob. »Läuft von dem Spalt dort hinab.«
»Meinst du, es kommt zu Rutschen?« fragte der alte Mann.
»Bruchfehlerlinien fächern sich nach Norden auf. Auf dieser Seite sieht es nach Fehlanzeige aus.«
»Satelliten können nicht alles sehen.«
»*Si.* Du gehst mit Manuel, hm. Den Cañon hinauf. Paß auf, daß er sich nicht die Beine wegpustet oder in einen Eisrutsch gerät!«
»Klar.«
Die beiden nahmen Slicky mit und bewegten sich auf die Schlucht zu. Ein kleiner Bach löste klingelnde Echos von den eisüberzogenen Wänden. Rosiger Ammoniakdunst stieg aus ihm auf. Der Junge stapfte hinter Old Matt her, dachte an die zerquetschte Stahlplatte von Short Stuff und die schrillen Schreie, die die Tiere vorher ausgestoßen hatten. Geschmolzener Schnee und Eis nährten den Bach und zermantschten unter seinen Füßen. Der Mann redete mit Slicky, ließ ihn sich ein wenig austoben und sprach dann wieder zu ihm. Das Tier hörte auf, sich zu bewegen und reihte sich hinter ihnen ein. Die gelben Keramikplatten rieben gegeneinander und klapperten ab und zu, wenn es über einen Bachlauf sprang, doch sonst blieb es geräuschlos, geduldig und eifrig zugleich. Abgesprengte Felsblöcke waren in die Schlucht gestürzt, und als sie weitergingen, bedeckten Eisschollen den Boden und verkürzten die Schlucht, bis sie nur noch ein flacher Trog war. Old Matt musterte unablässig die steilen Schneewehen und Felswände. Schwer atmend blieb er stehen und sagte: »Ab jetzt leise!«
»Du meinst...«
»In dieser Höhe wird nichts sein, nicht mal Steinkauer. Hier bedeutet alles, was sich bewegt, etwas.«

Manuel nickte. Er stampfte mit den Füßen auf, um sich zu wärmen. Old Matt öffnete einen Schlitz in seinem Anzug und sagte: »Erledige das jetzt!«
Urin strömte heraus und zerspritzte auf Felsgestein. Manuel tat es ihm nach. Er dachte, damit sollte späterer Ablenkung vorgebeugt werden, aber in der Stille des Cañons dröhnte das Knistern und Zischen des gefrierenden Urins in seinen Ohren, und er begriff, daß es darum ging, Lärm zur falschen Zeit zu vermeiden.
»Was ist mit den Anzuggeräuschen?«
»Nichts daran zu machen. Die Umkehrosmose ist so leise, wie es nur geht. Das einzige, was wir tun könnten, wäre, den Heizer abzustellen, und in dieser Höhe würden deine Lungen in einer halben Stunde steinhart frieren.«
Manuel nickte. Sie gingen jetzt mehr anstatt zu springen, um das Klappern von Steinen unter ihren Stiefeln möglichst geringzuhalten. Alle paar Minuten gab sein Anzug überschüssiges Kohlendioxid ab, das er nicht verarbeiten konnte, und die Gaswolke knackte laut, als sie gefror und zu Boden fiel. Doch im übrigen senkte sich eine sonderbare Stille über den Jungen, und er hörte nur seinen eigenen Atem. Seine äußeren Mikro-Mikros erfaßten nicht einmal das Murmeln einer Brise; die Atmosphäre war hier zu dünn. Über dem Rücken trug er ein neues Gewehr, das sein Vater ihm am Morgen gegeben hatte: einen doppelläufigen Fächerlaser, der in Sidon bei Konstruktionsarbeiten eingesetzt wurde. Er hatte ihn erst einmal auf einen Felsblock abgefeuert, um sich mit dem Rückstoß vertraut zu machen und um zu prüfen, ob er – wie der Colonel gesagt hatte – ein wenig nach links zog.
Sie marschierten zwei Klicks, bis die Schlucht in ein schräges Eisfeld auslief, das mit rotgrauen Felsen übersät war. Old Matt sagte: »Keinen Zweck, weiterzugehen. Hier trennen wir uns.«
»Wieso? Ist es nicht sicherer, wenn wir zusammen ...«
»Das hat nichts mit sicher oder nicht-sicher zu tun. Es holt sich zwei genauso leicht wie einen. Du gehst nahe an der Klamm, dort, wo das Eis purpurrot wird. Bleib mit dem Rücken zur

Klamm! Nicht sehr wahrscheinlich, daß es von dort kommt. Es müßte in der Klamm selbst herauskommen, und warum sollte es sich die Mühe machen, wenn hier oben weicheres Material ist?«

»In Ordnung.« Der Junge wog den Laser in der Hand.

»Ich werde ein paar hundert Meter weiter oben sein. Auf diese Weise bekommen wir es wahrscheinlich aus zwei Blickwinkeln zu sehen.«

»Und wenn einer von uns verletzt wird, wird der andere vermutlich verschont bleiben.«

»Ja.« Der alte Mann musterte ihn eingehend, blinzelte mit dem Kupferauge und lächelte. »Stell auch den Nahbereichsfunk aus. Manchmal gibt das Aleph eine Menge elektromagnetisches Zeugs ab. Nur Geräusche, sagen die Wissenschaftler. Aber sie werden dein Gerät überladen.«

»Okay.«

»Und bleib still!«

»Und Slicky?«

»Er ist ein Tümmler. Die falschen Instinkte für diese Sache, ganz gleich, was sie darüber erzählen, daß die IQ-Anregung sie alle gleich macht.«

»Er kann es ablenken.«

»Irgendwie glaube ich, das tun wir alle – es ablenken. Bestenfalls. In Ordnung...« Er bückte sich und wies Slicky an, eine Position unterhalb von ihnen beiden einzunehmen.

Die erste Stunde gefiel Manuel. Sie verschaffte ihm eine Ruhepause, und er gewöhnte sich an die völlige Stille. Ein gelegentliches leises *Ping* erklang, wenn ein Staubkorn, das aus einem unrunden Orbit um den Jupiter herabfiel, auf seinen Anzug traf. Die endlos anstürmenden hochenergetischen Protonen jedoch konnten ihn nicht erreichen, das verhinderten die dichten Magnetfelder, die seinen Anzug umhüllten, die superleitenden Spulen, die mit ihren ewigen Strömen den tödlichen Hagel ableiteten. Old Matt hatte ihn gelehrt, wie seine Bewegungen im eisenhaltigen Fels in der Nähe Magnetwellen erzeugten, schwache Bewegungen, die das Aleph aufgreifen konnte, und deshalb stand er absolut still. Ganymed schwenkte jetzt mehr in die Sonne, und während er wartete, kam die Morgendämmerung mit unendlicher Langsamkeit, erhellte allmählich die blauen Schneewehen und schob die Schatten zurück. Über ihm absorbierte der dunkle Himmel alles. In dieser Höhe hatte die vom Menschen und seinen Maschinen geschaffene Atmosphäre keinerlei Auswirkung, und das Land war, wie es seit Milliarden von Jahren gewesen war, träge und kalt, jenseits von jeglicher menschlicher Empfindungskraft, aber mit langsamen, unausweichlichen Kräften, die Berge aufwarfen und das Eis marterten. Es war jetzt die dritte Stunde, und er wurde müde, obschon er seine Knieservos auf Dauerbetrieb hatte und kein Gewicht trug. Der Junge fühlte, daß er das Energiepotential im Fels unter sich und die Kräfte, die es selbst in dieser Höhe ausstrahlte, spüren konnte.

Nur langsam wurde ihm bewußt, daß das Beben und der stumme Druck nicht seinem Denken entsprangen, sondern real und stetig waren. Er blinzelte. Das Felsgestein hob sich, verschob sich. Old Matt war eine weit entfernte Gestalt, schon lange mit dem Gelände verschmolzen, aber jetzt winkte sie und zeigte auf die Wölbung, die in dem Eismantel aufwuchs. Slicky bewegte sich nervös, setzte einen Fuß vor und einen anderen zurück, als der erste Spalt sich auftat, eine gezackte Linie, die sich schnell durch das Purpureis zog und sich gleichzeitig weitete. Schnee fiel hinein, dann ein zweiter Spalt, ein dritter. Felsgestein stöhnte unter ihm, und er hob den Laser, aber es gab nichts, auf das er hätte zielen können. Das Land hatte sich jetzt einen vollen Meter gehoben. Geröll und Felsbrocken begannen zu rollen, langsam zuerst und dann schneller. Krachend stürzten sie abwärts, zersplitterten Eis. Einige fielen in das stetig wachsende Netz aus Rissen und Spalten, die sich immer weiter verästelten. Wie Keile stürzten Felsstücke in die Fugen und blieben stecken. Die zunehmende gähnende Schwärze spiegelte die Leere des dunklen Himmels wider. Manuel wandte sich um, das nutzlose Gewehr in der Hand. Er sprang zur Seite, als sich der Felsboden unter ihm mit einem baßtiefen, knackenden Laut spaltete. Old

Matt kämpfte sich bergab, versuchte, das Gleichgewicht zu halten. Der Junge wünschte sich ein Ziel herbei, etwas, gegen das er aktiv werden konnte. Slicky kläffte und schnatterte und begann zu rennen, weg von der wachsenden Wölbung in der Mitte des Dreiecks, das die beiden Menschen und das Tier bildeten. Vorsichtig trat Manuel nach vorn, auf die Ausbeulung zu. Das Land ächzte und schwoll an, warf Manuel beinahe von den Füßen. Er nahm den heißen, kupfrigen Geruch wahr. Neue Risse öffneten sich im Eis, und er sprang zur Seite, um einem auszuweichen. Slicky rannte, den Rücken zu ihnen, und sah den Spalt nicht kommen. Schwärze tat sich schnell unter der panisch schlitternden Gestalt auf und hatte sie einen Augenblick später aufgenommen, hatte Stahl und Keramik verschluckt, als wären sie nichts, und bewegte sich dann weiter. Die Spalte erstreckte sich in die flache Schlucht wie immer länger werdende Arme. Und dann – endete ihre Bewegung. Das hohle, mahlende Geräusch, das der Junge von den anderen nicht getrennt hatte, schwand. Das Eis stellte seine Bewegung ein, hielt inne und begann sich dann mit peinigender Langsamkeit zu senken. Erneut krachten Steine, als das Eis sich neigte, die Risse sich verengten, die Wölbung zurücksank.

Nach wenigen Augenblicken war es vorbei. Manuel stand atemlos da und wartete mit aufgerichtetem Gewehr, aber es kam nichts mehr. Die Risse schlossen sich vollständig. Er war immer noch wachsam und musterte den Boden um sich herum, als Old Matt sich ihm näherte und den Helm an seinen legte.

»Keinen Nahbereichsfunk, noch nicht«, sagte der Mann.

»Was... Es... es hat sich nicht gezeigt... Nur...«

»Manchmal ist es so. Es kam, um sich umzuschauen.«

»Aber es ist nicht herausgekommen, kein...«

»Hat es nicht nötig, schätze ich. Es wußte, wir waren hier oben, und hat uns wissen lassen, daß es einen Blick auf uns geworfen hat.«

»Slicky.«

»Es hat einen Bissen gekriegt. Glaub' nicht, daß es deshalb gekommen ist. Könnte sogar sein, daß es deswegen abgebrochen hat.« Der alte Mann schüttelte den Kopf. »Nein, wahrscheinlich stimmt das nicht. Der größte Fehler ist, über es so nachzudenken, wie wir über alles andere denken. Der allergrößte Fehler.«

»Slicky hat zu entkommen versucht.«

»Richtig.«

Schweigend gingen sie durch die Schlucht zurück. Im Kopf des Jungen mischten sich Gedanken, Gefühle und Konfusion. Beim nächsten Mal würde er anders handeln, etwas tun, einen Weg finden – aber ihm fiel nicht ein, was er sonst hätte tun können, und die schlichte Unverrückbarkeit dieser Tatsache war es, die ihn sich besserfühlen ließ. Ob er überhaupt etwas anderes tun würde oder nicht, zumindest war er sicher, es würde ein nächstes Mal geben. Es könnte morgen kommen oder zu einem späteren Zeitpunkt, aber es würde kommen,und als er daran dachte, entdeckte er etwas, das ihn von seiner Furcht lossprach, denn es lag keine Schuld darin, etwas zu fürchten, das sich jedem Begreifen entzog, sich blind und unerbittlich durch die Jahre bewegte und die sterbliche Bürde, die ein Mensch zu tragen hatte, achtlos abtat. Er schmeckte den Kupfergeruch in seiner Nase und erkannte ihn wieder. Und empfand auch davor keine Furcht mehr.

Von den anderen Männern und den Tieren kamen die Berichte: viele Roller erlegt und hier und da ein Grollen gespürt, aber nichts gesehen, keine Begegnung erlebt. Auch das verschaffte ihm ein gutes Gefühl. Es war arrogant zu glauben, er wäre auserlesen worden, aber er hatte Glück gehabt – das Glück des Anfängers. Von nun an würde er sich aufs Glück verlassen. Eines Tages würde er das Ding sehen, dessen war er sich jetzt sicher. Wenn es durch Beharrlichkeit zu erreichen war, dann würde er es sehen. Vielleicht morgen, vielleicht nächste Woche.

Wie sich herausstellte, dauerte es mehr als ein Jahr.

Teil 2

ALEPH

1.

Die Biosphäre aufzubauen war eine Langzeitaufgabe, beinahe ein Akt der Hingabe an die künftigen Generationen. Und so erlebte diese Arbeit aufgrund der plötzlich auftretenden Notwendigkeiten der Gegenwart Ebben und Fluten. Die Asteroidenwirtschaft expandierte und erforderte immer größere Lieferungen an Wasser, Nahrung, Stickstoff und Kohlenstoff. Die Asteroiden waren reich an Metallen, hatten aber nur wenige Brocken kohlenstoffhaltigen Chondrits, aus denen die einfachen Verbindungen für die Entstehung von Leben hervorgingen. Diese lieferte Ganymed und ebenso Nahrungsmittel, transportiert in riesigen Robotfrachtern auf Umlaufbahnen, die minimale Energie erforderten. Die Siedlungen schmolzen Eis, teilten es in verwendbare Flüssigkeiten auf und züchteten Nahrungsmittel, alles im Austausch gegen industrielle Produkte von den Asteroiden. Außerdem unterstützten sie die Labors und Außenposten rund um Jupiter und Saturn. Die Arbeit häufte sich stets an, es gab Dringlichkeitseinsätze und lange Stunden, und Manuel war jetzt in einem Alter, in dem er die vollen Stunden eines Mannes arbeiten mußte, auch wenn er noch nicht die Kräfte eines Erwachsenen besaß. Er lernte Röhrenmontage und thermonukleare Hydro-Installation und arbeitete direkt hinter den Konstruktionsteams, wenn diese die neuen Dunstkuppel hochzogen. Es blieb wenig Zeit, um Roller zu schießen, vor allem, seit die Dinger lernten, den Menschen auszuweichen und deshalb seltener in der Nähe der Siedlungen gesichtet wurden. Der ständige Protonenschauer sorgte für eine hohe Mutationsrate. Die Steinfresser begannen große, entzündete Warzen aufzuweisen, und einige fingen an, die Sprungesel zu reißen. Sie entwickelten eine chemische Sucht nach dem zähen Sprungeselfleisch und richteten einiges Unheil in der sorgsam ausbalancierten und immer noch experimentellen Biosphäre an.

Über ein Jahr nach seiner ersten Teilnahme kam der Junge wieder dazu, zu einer Ausmerzoperation hinauszuziehen.

Petrowitsch und Major Sańchez führten zwei getrennte Gruppen, und sie verbrachten einen guten Teil ihrer Zeit damit, an einem provisorischen Metalltisch zu sitzen, Karten zu spielen und darüber zu diskutieren, welches Gelände am nächsten Tag bejagt werden sollte. Manuel wurde bewußt, daß es ihre Streitereien – ein Austausch von Beleidigungen und abgegriffenen politischen Klischees – waren, die sie zusammenhielten, und daß sie trotz der gelegentlichen Wutausbrüche gute Freunde waren. Der Colonel lächelte nur, wenn ihre Auseinandersetzungen plötzlich aufflammten. Petrowitsch hatte einen Bauch angesetzt, die Art von Wölbung, die an einem muskulösen Mann fast wie eine weitere Quelle der Kraft erscheint und sich jetzt über seinem Gürtel beulte. Major Sánchez riß seine Witze darüber, und die beiden Männer gaben sich mit Leidenschaft dem Ziel hin, den anderen bei Fußmärschen oder der Abschußquote auszustechen. Aus Installateurlasern hatten sie sich ein paar Pistolen gefertigt, und bei der Jagd zogen sie gemeinsam auf eigene Faust los, um Roller oder Felskauer-Muties aufzuspüren und niederzustrecken, nachdem sie auf ihr Ergebnis gewettet hatten.

Manuel war froh, daß sie dadurch beschäftigt waren, denn er wollte wenig mit den Gruppen zu tun haben, die den Steinkauern nachstellten. Er hatte seine eigenen Vorstellungen, und die Jagdgruppen machten zuviel Lärm, schlugen angesichts des freien Lebens unter dem leeren, schwarzen Himmel und von der Arbeit entbunden über die Stränge. Sie erwischten nur deshalb eine passable Anzahl von Felskauern, weil die einfältigen Dinger kaum hören konnten und nur wegrannten, wenn sie das metallische Schaben und Kratzen von Stiefeln auf Felsgestein wahrnahmen. Er sagte dem Colonel und Petrowitsch, daß er lieber den Rollern nachstellen würde. In diesem Jahr gab es weit weniger von ihnen. Tödliche Mutationen hatte viele hinweggerafft, wie Bio vorausgesagt hatte, und im Ablaufwasser war weniger Ammoniak. Hinter Bios Plan stand die Theorie, daß Atmosphäre und Eisfelder sich schneller veränderten, als es die Anpassung der Roller, Kraucher und Felskauer nach-

vollziehen konnte. Sie waren zeitweilige, sich selbst liquidierende Rassen, entworfen für Übergangsaufgaben. Die sich verändernde Atmosphäre und die durch den Treibhauseffekt steigende Temperatur würde sie auslöschen, bevor sie ein Problem werden könnten. Das letzte Stadium, wenn die Atmosphäre sich zu einer sauerstoffhaltigen veränderte, würde die gesamte Biotafel säubern und Raum lassen für neue Rassen, erdähnliche, die aber in der Lage wären, die niedrigen Temperaturen zu ertragen. Dann würde der gesamte Mond landwirtschaftlich genutzt werden, mit einer künstlich herangezogenen Fauna, die hoher Strahlung und anderen Bedrohungen zu widerstehen vermochte.
Der Junge brach jeden Morgen direkt nach dem Frühstück auf und schulterte den einläufigen Laser, den sein Vater ihm gegeben hatte. Ihn würde er sein ganzes Leben besitzen und beinahe jedes Jahr abfeuern (mit nur einer längeren, sechsjährigen Unterbrechung), weil die Biosphäre immer Ausmerzjagden erforderlich machte; den Schaft würde er zweimal auswechseln (einmal, weil er ihn fallen ließ, um sich am Rand einer Gletscherspalte zu retten) und den Laserlauf fünfmal, und jedesmal ersetzte er ihn durch einen Mechanismus, der mit höherer Energie feuerte. Im Moment fühlte sich das Gewehr in seinen Händen schwer und plump an, aber er wußte, er würde es meistern müssen, um überhaupt nennenswerte Feuerkraft zu haben, obschon er in Wahrheit nicht erwartete, daß für seine Ziele reine Kraft etwas ausmachen würde. Was er brauchte, war Wissen. Am ersten Tag nahm er ein Dreirad und fuhr in die Halberstams. Er hatte nicht gesagt, daß er so weit wollte, denn er wußte, sein Vater hätte es nicht zugelassen, nicht ohne daß er mehr Erfahrung hatte. An jenem Morgen schoß er nur zwei häßliche, mutierte Roller. Die langsam steigenden Temperaturen hatten die Hügel ihrer Schneekappe beraubt, so daß jetzt eisengraue Massive zur Jupitersichel hochragten. Er ging zu Fuß in die Hügel, sprang in langen, leichtfüßigen Bögen und navigierte mit Hilfe des satellitengelenkten Programms, das er für seinen Anzug gekauft hatte. Es kostete ihn drei Stunden,

die enge Schlucht zu finden, wo er und Old Matt auf die Schneeverwerfungen gestoßen waren. Die Schlucht war jetzt schwierig zu identifizieren, weil fast der ganze Schnee und sogar ein Teil des Eises von einem Bach fortgeschwemmt waren, der auch ohne Steine klapperte und bereits eine tiefe Klamm eingeschnitten hatte. Der Fels hier bestand überwiegend aus Nickeleisen aus einem alten Meteoriten und färbte den Bach rostrot. Eisrutsche blockierten die Schlucht teilweise. Dreimal ging er hindurch, bis er eine Felsspalte fand, die irgendwie vertraut war. Nahe ihres Sockels sah er den tief eingedrückten Delta-Abdruck, stumm und eindringlich, ein Zeugnis für das, was in den Bewegungen des Aleph nur ein vergänglicher Augenblick war, aber hier, in festen Fels geprägt, noch Kunde geben würde, wenn er längst Asche wäre.

Am zweiten Tag durchstreifte er die Gegend südlich der Hügel, inmitten der Stromebenen aus purpur-orangefarbenem Eis. Er lernte das Land kennen, ohne genau zu wissen wie, indem er einfach in es eintauchte und das Gefühl der weiten Ebenen aufnahm, des hügeligen, wasserzernarbten Geländes, der zerklüfteten Schluchten und Höhlen und Cañons, in denen Schnee- und Eisschmelze Felsmassen verschoben und zersplittert hatten. In einer Vertiefung, in der die dünnen Winde sich ohne Unterlaß drehten, fand er dünne Skulpturen aus blauschwarzem Eis, höher als ein Mann, windgeformt, spindeldürr, im bleichen Sonnenlicht glitzernd.

Er kam spät zurück an diesem Tag. Sein Vater musterte ihn, als er müde und durchfroren aus der Schleuse hereinstampfte und das Eis von seinen Stiefeln trat. Die Isolierung des Schuppens war dürftig, das Temperaturgefälle hoch; aufgerichtet, konnte man sich den Schweiß von der Stirn wischen, während die Füße gleichzeitig taub wurden. Colonel López holte seinem Sohn einen Teller breiigen Truthahnstews mit Stücken von gebackenem Mais darin. Manuel machte sich über den ersten Teller her, ohne viel zu reden. Er aß mit der Intensität, die junge Menschen zeigen, wenn der Körper seine Bedürfnisse durchsetzt. Er leerte den Teller, stapfte in die dampfende Küche und kam mit einer zweiten Portion zurück. Jetzt aß er langsamer, niedergekauert und den Kopf über den Tisch gebeugt. Als er die ersten Mundvoll gekaut hatte, sagte der Colonel sanft: »Wenn du nach ihm suchst, sollstest du einiges an Ausrüstungsstücken haben.«

Manuels Kopf fuhr hoch. »Woher...«

»Ich weiß, es ist schwer zu glauben, aber ich war auch einmal ein Junge.«

»Nun ja... was meinst du damit?«

»Das Ding steckt voller Metall. Die Forschungsberichte von vor dreißig, vierzig Jahren besagen, daß es höchstwahrscheinlich Eisen und Kupfer ist, jedenfalls ferromagnetisch.«

»Sieht aus wie Stein.«

»Manchmal, *si.* Manchmal nicht.« Die Brauen des Colonel hoben sich, als er ins Leere starrte und sich an etwas zu erinnern schien. »Egal. Jedes große Stück Eisen, das sich bewegt, kann von einer Antenne aufgespürt werden. Schnelle Fourier'sche Elemente im Magnetfeld.«

Manuel nickte. Er wußte, »Fourier« bedeutete eine Art Frequenzanalyse. Man konnte empfangen, wenn das Aleph sich bewegte. »Hat man es auf diese Weise schon einmal verfolgt?«

»Sicher. Aber nie viel daraus gelernt. Karten aus zwanzig Jahren habe ich mir angeschaut. Große dreidimensionale, einige noch aus der Zeit bevor die Kämme und Berge durch die Schmelze freigelegt wurden. Darauf...«

»Wirklich? So alt?«

»Sicher. Vor zweihundert Jahren war Ganymed glatt. Wir haben geschmolzen und gegraben, Land gewonnen. Die Wissenschaftler haben viel Mühe darauf verschwendet, zu erkunden, wohin das Aleph ging – die haben sich vorgestellt, es hätte irgendwo ein Versteck, im Kern von Ganymed oder so.«

»Wozu?«

»Um sich zu reparieren. Auszuruhen, vielleicht. Jede...«

»Ha! *Qué gente estúpida!* Es braucht doch nicht...«

»Ich wäre dir dankbar, wenn du deinen Vater nicht unterbrechen würdest«, sagte der Colonel präzise. Jedes Wort hatte sein eige-

nes Gewicht. Er verstummte, und zwischen den beiden blitzte eine Herausforderung auf, eine Andeutung der Spannung, die sich mit dem Fortschreiten der Jahre in ihren Gesprächen ausweiten sollte, deren Vorhandensein jedoch keiner von beiden eingestehen wollte. Der Junge verzog den Mund und blickte weg.
»Um fortzufahren: Ich habe ihre Karten studiert. Das Aleph geht überall hin, verharrt selten. Die Bahnkurve, sie füllt das Mondvolumen wie Spaghetti in einer Schüssel. Überall, hoch zur Mondrunde, hinab zum Kern, manchmal schwimmend, manchmal laufend. Ohne jeden Sinn.«
Manuels Gesicht verhärtete sich. »Keine Hilfe, das zu wissen.«
»Mir geht es um die Methode, nicht um die Resultate. Sie folgten seinen Bewegungen mittels Satellitentriangulation, spürten die Wellen der Magnetfelder auf, wenn es vorüberzog.«
»Das weiß ich doch nicht, wenn ich versuche, es aufzuspüren.«
»Nein, aber ich möchte, daß du weißt, wenn es in der Nähe ist.«
»Wie?« Manuel kaute wieder an seinem Stew, nachdenklicher als vorher.
»Nimm einige Schleifenantennen mit!«
»Die wiegen viel?«
»Fünf Kilo, vielleicht.«
»Wie erkennt eine Antenne den Unterschied zwischen mir, wenn ich gehe, und irgend etwas anderem?«
Sein Vater nickte in widerwilligem Respekt vor dem technischen Verständis des Jungen. »Du mußt ganz ruhig stehen und die Instrumente ablesen. Schick sie zum Satelliten hoch, dort werden sie verarbeitet.«
»Hmhm.« Er holte sich noch etwas Kaffee. Als er zurückkam, hatte sein Vater einen Schrank aus dem Geräteraum geleert und legte gerade einige Gewehrantennen auf einem Eßtisch aus.
»Die hattest du schon.«
»*Por Cierto.* Aus Sidon mitgebracht.«
»Bin ich so leicht zu durchschauen?«
»Manchmal.«

»Verdammt, nichts kann ich tun, ohne...«

»Mein Sohn, du hast in den letzten Monaten von kaum etwas anderem geredet. Ich möchte nicht, daß du glaubst, du müßtest dich davonschleichen, um es zu tun. Und deine Mutter ist sehr besorgt.« Behutsam klopfte er Manuel auf die Schulter, löste mit dieser Geste die Spannung zwischen ihnen und erinnerte beide an die noch gar nicht so lange zurückliegende Zeit, als sie auf dem Wohnzimmertisch miteinander gerangelt hatten und körperlicher Kontakt zwischen ihnen noch nicht die jetzige Schärfe an sich hatte. Er lächelte, sein üppigschwarzer Schnurrbart fing das Licht ein. »Jeder Junge weiß, daß er unsterblich ist, aber seine Eltern sind da nicht so sicher.«

Manuel nickte. Seine Verärgerung schwand. Aufmerksam hörte er der Beschreibung der Funktionsweise der Richtungsantennen zu, prägte sich ein, wie man den Wechselstromwiderstand anpaßte, wenn man sie aus der warmen Unterkunft in die Kälte der Ebenen hinaustrug, wie die Induktionsspulen am Körper festfrieren konnten, wenn man sie eine Zeitlang auf der Schattenseite hielt. Petrowitsch steuerte einige Hinweise bei, und ein paar andere Männer spielten versonnen mit den Antennen, als erinnerten sie sich an etwas, das sie vor langer Zeit empfunden und getan hatten, und dann legten sie sie wieder hin und kehrten zurück zu ihren Kartenspielen, ihren Diskussionen oder schlicht zu ihren kehlekratzenden Alkoholrationen rund um den Heizer, dessen blau-weiße Heizfäden wie der Mittelpunkt eines Sterns glühten.

Am nächsten Tag ging er mit der Apparatur hinaus, und am Tag darauf wieder. Er zog nach Süden, wo er eine Herde mutierte Kraucher überraschte und die meisten erwischte, bevor sie sich zerstreuen konnten. Die Antennen funktionierten gut, und das Satellit-Relais antwortete nach zwei Sekunden. Aber er entdeckte unter den Hügelfalten nichts, was sich bewegte. Er lernte die kleinen Tricks und Kniffe des Anpirschens und nahm sie ohne nachzudenken auf. Er konnte jetzt auf große Entfernung erkennen, ob eine kleine, hastende Gestalt

ein Mutant war, ob die undeutlichen Steinkauerspuren eine Stunde oder eine Woche alt waren, oder ob sich auf der Schattenseite eines Felsvorsprungs, wo der rote Schnee sich sammelte, etwas verborgen hielt. Sein Anzug machte wenig Geräusche, und so gewöhnte er sich an die ewige Stille in der Rauhheit des Mondes, unterbrochen nur vom feinen Wispern der Winde, die langsam Anspruch auf das Land erhoben. Eine Woche verging. Er kehrte immer später zum Lager zurück, wußte, daß die Männer ihn mit nostalgischer Zuneigung betrachteten. Jedesmal sahen sie ihn mit einem Bericht über die Anzahl der gesichteten und erlegten Roller oder Krauchies hereinkommen – Daten für Bio –, und sie wußten, daß die zentrale Tatsache unerwähnt blieb, weil es über Fehlschläge nichts zu sagen gab. Jahrzehntelange Forschungen hatten gezeigt, daß das Aleph wegen der verstärkten Aktivität in ein Jagdgebiet kommen mochte, aber die Korrelation war recht schwach und wurde von vielen in Zweifel gezogen. Der Junge könnte den Rest seines Lebens hinausziehen, ohne Glück zu haben.
An einem Spätnachmittag kam er zum ersten Mal früh zurück. Die Antennen teilnahmslos schleppend, kam er an einem Geher vorbei, an dem Old Matt ein abgerissenes Ventil ersetzte. Manuel winkte ihm schweigend zu und hatte sich schon wieder abgewandt, als der Mann ruhig sagte: »Ich glaube, so geht es nicht.«
Manuel wirbelte herum. Etwas in ihm war freigesetzt worden, und er sagte: »Wieso? Bloßes Hinschauen kann nicht ändern, was es tut.«
»Mag sein. Ich bin mir nicht so sicher.«
»Mein Vater sagt, er habe es dreimal auf diese Weise aufgespürt, als er es versuchte. Dreimal.«
»Und es auch gesehen.«
»*Si*«, sagte Manuel, der sich seiner Pointe beraubt sah.
»Die Antennen, sie haben eigene Resonanzfrequenzen, mußt du wissen. Etwas will wissen, ob sie in der Nähe sind, dann kann es selbst ein kleines Signal aussenden. Wenn dein Stromkreis darauf anspricht, dann hat er dich schon verraten.«

»Warum sollte es das tun?«
»*Warum* ist nicht die richtige Frage. Zwecklos, sie zu stellen. Vielleicht hat es sich daran gewöhnt, daß es die Wissenschaftler mit Antennen und Strahlen angehen. Möglicherweise hat es genug davon. Also hat es kein Interesse daran.«
»Das weißt du nicht.«
Die Lippen des Mannes verzogen sich, signalisierten Belustigung und zugleich eine sonderbare Wehmut. »Du hast völlig recht. Ich weiß es wirklich nicht.«
Old Matt sagte nichts mehr, und der Junge stand unbeholfen neben ihm, wollte aber auch nicht hineingehen. Der Mann setzte seinerseits die Reparatur nicht fort, so daß beide nichts taten als abzuwarten. Der Junge blickte auf seine Stiefel hinab und steckte die Hände tief in die Anzugtaschen. Als er merkte, daß Old Matt nichts mehr sagen würde, ganz gleich, wie lange die Stille andauerte, blickte er auf und murmelte: »Du meinst, vielleicht beobachtet es uns sowieso.«
»Könnte sein.«
»Ich weiß nicht.«
Der Mann sagte bestimmt: »Ich will einem Jungen nicht empfehlen, gegen den Rat seines Vaters zu handeln. Das weißt du.«
»Sicher.«
»Und du hast recht. Bei dieser Sache ist sich keiner sicher, wird es nie sein.« Er lehnte sich an die großen Beine des Gehers und preßte die Fersen gegen die gerillten Trittstufen, die vom Eis schlüpfrig waren. Ganymed kam aus seiner langen, finsteren Nacht heraus, und das Lager – der große, windschiefe Schuppen, die Geher, Räder und Schlepper, die kreuz und quer abgestellt waren, die ausgebauten Verteilerplatten und Verkleidungen, der kurze, spitze Antennenturm, alles angehäuft gegen die weite, kalte Wildnis, die sich zu allen Horizonten erstreckte – schien in dem Zwielicht flach und substanzlos, unwirklich. *Resonanzfrequenzen, ansprechende Stromkreise,* dachte der Junge.
Der Mann schürzte die Lippen, Metall blitzte auf. »Deine Wahl, mein Junge.«

»Wird wohl so sein.« Er blinzelte den alten Mann an, der jetzt mit der dämmrigen Wildnis zu verschmelzen und liebevoll aus ihr hinauszulächeln schien, dem Jungen den nächsten Schritt überlassend.

Am nächsten Morgen war er als einer der ersten draußen, hüpfte in eine helle, diesige Dämmerung, als die Sonne über der fernen Hügelkette aufging und lange, blaue Schatten auf die Ebene unterhalb der Hütte warf. Er legte zwanzig Kilometer zurück, ohne die Karte auf der Gesichtsplatte zu Rate ziehen zu müssen, um einen Weg durch die ausgewaschenen Täler und frischen Schluchten des ständig arbeitenden Landes zu finden. Er ließ die Antennen in einem Loch zurück, einer dunklen Vertiefung auf einem ansonsten unbefleckten blauweißen Tafelland. Als er mit stetigen Bewegungen weiterhüpfte, fühlte er sich freier; seine langen Parabelbögen erlaubten ihm eine gute Übersicht über das Gelände, und ohne die langen Gewehrantennen kam er schneller voran. Er bewegte sich in zügigem Tempo, aber ganz ruhig, und landete stets in einiger Entfernung von Felssteinen, die sich unter dem Aufprall drehen und einen Steinrutsch auslösen konnten. Er überraschte Herden von Rollern und Gruppen der trägen Felskauer, suchte die Muties heraus, während er über die verwirrt flüchtenden Tiere hinwegflog, zielte und feuerte mit inzwischen routinierten Bewegungen, beinahe beiläufig. In Sidon hatte er sich einmal über die ethische Seite des Tötens Gedanken gemacht, vor allem in Anbetracht des deutlichen Hangs zum Vegetariertum bei vielen Menschen (einschließlich seiner Mutter, die immer, wenn er echtes Fleisch aß, die Nase rümpfte und sich einen Kommentar auffällig verkniff). Er hatte sich schließlich mit der Einsicht beruhigt, daß diese Geschöpfe künstliche Erfindungen und nicht ähnlich wie der Mensch aus dem Nährboden einer Welt hervorgebracht waren und ähnlich alte Vorfahren hatten, sondern neu – und manchmal schlecht – in einem Reagenzglas hergestellt worden waren, technische Wunder, vergleichbar mit Gehern oder Fährschiffen, die eine Weile gut

funktionierten und dann zusammenbrachen, so jedenfalls beurteilte der Junge Mutationen.
Das Zurücklassen der Antennen war ein Akt der Unterwerfung unter die Leere dieser Welt und unter das, was sie selbst herzugeben hatte. Er ging vorwärts, seine Furcht mit sich tragend – denn sein Vater hatte Unrecht, und seine Mutter auch. Jetzt empfand er Furcht als eine Erscheinung, die ertragen werden mußte, und damit hatte er das wesentliche Stadium der Kindheit hinter sich gelassen. Doch er war ohne wirkliche Hoffnung.
Drei Tage zog er auf diese Weise hinaus. Jeder Tag war wie der andere, und er fiel in einen Rhythmus des Suchens und der Jagd auf Muties, wenn er sie sah, ohne sie mit gezieltem Einsatz seiner Fähigkeiten auszulesen. Am Mittag des dritten Tages war er weiter vom Lager entfernt denn je. Für die ersten fünfzig Klicks hatte er ein Dreirad genommen, zum einen, weil das Gebiet von Muties ziemlich gesäubert war, zum andern, weil er möglichst wenig Gelegenheit haben wollte, anderen Gruppen zu begegnen. Er wußte, das Aleph bevorzugte keine besondere Stelle zum Auftauchen, aber irgendwie spürte er, daß frisches Gelände wahrscheinlicher war. Die frühen Hoffnungen hatte er bereits aufgegeben, und nun war es nur eine Frage der Geduld. Er hüpfte mit steten Bewegungen durch Cañons und Flußtäler, über flache, mit Findlingen übersäte Tafelländer, über kilometerweite Eisflächen, so unberührt und frisch, als wären sie erst gestern entstanden. Der Rhythmus seines Fortkommens nahm ihn auf, und er überließ sich einer endlosen Weite von Eis, Schnee und Fels, die unter ihm hinwegflossen, wenn er flog und landete, ständig in einer vorwärtsdrängenden Körperneigung. Als sich Müdigkeit in seinen Beinen bemerkbar machte, legte er eine Pause ein. Er befand sich in einer Schlucht, die in eine Schwemmfläche aus Kieseln und Eisbrocken auslief, erst kürzlich von einem gezackten Bergrücken herabgespült. Um sich herum erkannte er nichts, was mit der Karte auf seiner Gesichtsplatte übereinstimmte. Er sprang so hoch er wagte, sah aber keine hervorstechenden

Geländemerkmale, die ihm weiterhalfen. Es war eine Sache des Stolzes, das Land selbst zu erforschen, denn Satellitensysteme konnten nicht ständig für jeden Menschen auf der Oberfläche Ortsbestimmungen durchführen. Old Matt hatte ihn das gelehrt, und er hatte über die Zeit gesprochen, als die Menschen sich zum ersten Mal auf Ganymed bewegten und man eine Stunde auf eine Anweisung des überlasteten Systems warten mußte. Er verfolgte seinen bisherigen Weg zurück, beobachtete das Gelände aufmerksamer, um es kennenzulernen und sich nicht vom hypnotischen Rhythmus des offenen Landes in Bann schlagen zu lassen. Auf seinem langsamen Rückweg spürte er etwas, das er nicht benennen konnte und das ihn veranlaßte, noch langsamer zu werden, seine Hüpfsprünge zu unterbrechen und über die weiten Ebenen und die Kammlinie zu blicken. An einem Felsausläufer blieb er keuchend stehen und blinzelte den Schweiß von den Wimpern. Er leerte den Urinbeutel. Der dünne, gelbe Strahl zischte und dampfte grün, als er auf ein Stück Ammoniakeis traf. Geistesabwesend blickte er nach unten und sah wenige Meter entfernt den Delta-Abdruck im glatten Fels. Er rührte sich nicht. Langsam und ohne Hoffnung blickte er hoch und sah zehn Meter entfernt ein weiteres Delta in einem eisengrauen Stein. Und dahinter sah er das nächste, daneben eine Furche, mit einer Tiefe von einem Meter. Er ging weiter, zählte – drei, vier, zwei zusammen, noch ein Abdruck; und jeden umgab eine glänzendbraune Narbe, die erst Sekunden vorher eingebrannt zu sein schien. Die Spuren schienen aus dem Nichts zu kommen, als er ihnen keuchend folgte, als gäbe sein Anzug keine Luft mehr. Er trat auf einen Eiskeil und ging einen Abhang hinauf, wo er im Geröll rutschte und die Spur beinahe verlor. Mühsam kam er wieder hoch, kämpfte sich bis zu einer Felskante vor, dann über sie hinweg zu einer Stelle, wo nackter Fels und Purpureis den Boden bildeten. Er rannte jetzt atemlos, war sich der totalen Stille seiner Isolation bewußt, eine schwarze Unendlichkeit über sich, nirgendwo Schutz und Zuflucht. Und dann sah er es.

Das Ding kam aus einer nackten Felswand. Manche Teile waren alabasterfarben, andere bernsteintrüb. Wäßriges Licht brach sich durch seine Haube. Der Erdboden bebte, und die Oberfläche der Felswand splitterte in Tausende von Facetten, als das Ding sich herauszwängte, sich mit unvorstellbaren Mitteln drehte, ächzend gegen den Fels anarbeitete, der es nicht hemmte, sondern nur stützte. Lichtsplitter lösten sich von ihm, und ein schrilles Kratzen zog sich in Manuels Stiefeln hoch. Es war groß – wie groß, konnte er nicht erkennen, denn hier war jede Perspektive verloren, und er konnte seine Augen nicht losreißen, um es mit irgend etwas zu vergleichen, als Scherben aus dem Fels losbrachen und vor ihm niederregneten, kantige Flocken, die im gelben Sonnenlicht glitzerten. Es bewegte sich gleichzeitig an der senkrechten Oberfläche hoch und hinaus aus ihr, nicht mühevoll, sondern gleichmäßig und ohne Hast. Es hing nun in der Schwebe über dem Steilhang, ohne daß er erkennen konnte, wodurch. Seine Form war noch immer schwer zu erkennen, weil es die jetzt grelle Sonne in die Augen des Jungen reflektierte und in seinem massigen Körper ein ruheloses, blaues Glühen trug, das die Luft um es herum vernebelte. Es hielt inne. Er hatte das deutliche Gefühl, daß es ihn anblickte, ihn genau auf diese Weise hatte betrachten wollen. Es dauerte nur einen Augenblick. Dann war das Aleph fort, so schnell, daß er es aus den Augen verlor und er sich nicht sicher war, wie es geschehen war. Blauer Dampf bewegte die Luft, die in phosphoreszierendem Orange knisterte. Er glaubte, es hätte sich gedreht und wäre wieder in den zernarbten Fels eingedrungen, aber als er sich einen Moment später den Vorgang ins Gedächtnis zurückzurufen versuchte, schien es, daß es einfach in die graue, stumme Oberfläche zurückgeglitten war, rückwärts in den sich tollenden Fels gleitend, der ein letztes Mal krachte und ächzte, als er von dem Gewicht befreit wurde. Es blieb die lädierte Felswand, die ovale Wunde wie ein schreiender Mund. Ein Zittern durchlief seine Stiefel. Er begann wieder zu atmen. Erst nach einem langen Moment in absoluter Stille wurde der Junge sich bewußt, daß er nicht einmal sein Gewehr in die Richtung des Dings gehoben hatte.

2.

Vier Tage später kehrten sie zur Sidon-Siedlung zurück. Der Junge war froh darüber. Er brauchte Zeit, um nachzudenken und den kurzen, aber machtvollen Kontakt nachzuempfinden, der so aufgetreten war, wie er es immer gewußt hatte: er allein im Angesicht des Dings, unbeweglich, gefesselt in dem sich wölbenden Augenblick, in dem es sich selbst entblößte, so wie es sich vorher zahllosen Männern gezeigt hatte und dann weitergezogen war, unbeeindruckt und blind gegenüber den jämmerlichen Versuchen, es einen Moment lang von seinem unbekannten Kurs abzubringen. Manuel brauchte Zeit, und sein Vater verstand das, genau wie er verstanden hatte, warum sein Sohn die Antennen abgelegt hatte. Manuel hatte vergessen, daß seine Kontakte mit dem Satelliten dem Konto seiner Familie in Rechnung gestellt wurden. Der Colonel sah den Nutzungsrückgang und wußte, ohne es zu erwähnen, warum es für den Jungen notwendig war. Dies war im Heranwachsen eines Jungen eine Zeit der Entspannung, des Freilassens, und von nun an wären die Lockerungen wichtiger als die Einschränkungen. »Laß es dir nicht zu Kopfe steigen!« sagte er eines Abends beim Essen zu Manuel, nachdem seine Frau auf ihre Schicht gegangen war. »Das Ding kümmert sich nicht um dich. Es wird dich nicht belohnen, wenn du Risiken auf dich nimmst. Es ist schlichtweg gleichgültig. Diese Tatsache begreifen die meisten nie. Sie hassen und fürchten es, und schließlich ignorieren sie es. Eben deshalb. Es wäre einfacher, wenn es uns haßte. Vielleicht sogar, wenn es uns jagte. Aber ihm ist es egal. Denk daran!«

Manuel wußte, daß sein Vater recht hatte, aber das änderte nicht seine Einstellung zu der Jagd oder zu der riesigen, massigen Form, die immer noch in seinen Träumen schwebte und emporragte, absolut und leuchtend. Alle paar Wochen kam die Gestalt im Schlaf zu ihm zurück. Er wachte früh auf, verschwitzte Laken in einer engen Koje um sich geschlungen, das geduldige Surren des Ventilators im Ohr, und trieb hinaus aus den Nebelregionen, in denen die Gestalt stets wartete und wußte, er würde wiederkommen. Wenn er dort, halb in der wirklichen Welt, lag, konnte er das Äußere des Dings in seiner Erinnerung nicht fixieren. Immer wieder durchlebte er die momentane Fühlungnahme, und sie wurde von einem Raum dominiert, der mit Farbe und Klang, aber nicht mit einem bleibenden Bild erfüllt war. Jetzt wußte er den Grund, aus dem Petrowitsch und Major Sánchez darüber stritten, denn auch er hatte nur einen flüchtigen Eindruck, eine schwache Erinnerung dunkler Stellen in den Flanken und eines muskulösen, massigen Gewichts. Das verwirrte ihn, und schließlich ging er zu Old Matt, um ihn zu fragen.

Der alte Mann wohnte im Hinterraum einer Reparaturwerkstätte in Tunnel D, einem alten Lager, das er für sich reklamiert hatte, weil niemand sonst es wollte. Jetzt erledigte er überall in der Siedlung leichte Hilfsarbeiten, und wenn sein Ortho-Arm Probleme machte, holte er sich seine Arbeitspunkte, indem er sich nach draußen verpflichtete oder Zeit ins Computer-Bestandsverzeichnis steckte.

Der Raum war düster und vollgepackt mit Geräten, die älter waren als alles, was Manuel je gesehen hatte. Er fragte sich, ob eines von ihnen funktionierte. Old Matt bot Manuel ein quietschendes Feldbett an und goß starken Tee in zwei Tassen. »Immer wenn ich es sah, machte es auf mich einen langen, irgendwie röhrenförmigen Eindruck.«

»Petrowitsch sagt, es sei wie ein Ei.«

»Petrowitsch sagt viel, wenn der Tag lang ist.«

»Einige Männer, Flores und Ramada zum Beispiel, meinen, es wäre wie eine Tortilla, flach und untertassenförmig.«

»Die waren damals auf Kippsprit, ich erinnere mich. Können von Glück reden, daß sie sich kein Bein weggepustet haben, so wie die geladen hatten.«

»Die Wissenschaftler, die Bilder – sie haben es in Blöcken gesehen. Aber länglich, genau wie du es sagst.«
»Sie müßten mehr wissen als ich. Sie hatten die Kameras.«
»Hatte es irgendwelche Mäuler oder Ohren?«
»Wieso? Was spielt das für eine Rolle?«
»Wir sollten soviel wie möglich über es wissen«, empörte sich Manuel.
»Sinnloses Wissen, solange es keine Methode gibt, es anzuwenden.« Der alte Mann schlürfte an seinem Tee und schmatzte genießerisch mit den Lippen. Manuel hatte bemerkt, daß er sich immer viel Zeit für sein Essen nahm und sich auf den Geschmack konzentrierte. Jetzt blinzelte Old Matts kupfernes, körniges Auge Manuel an, als nähme er Maß an ihm. »Wir haben nicht die Werkzeuge, um das anzuwenden, was wir bereits wissen.«
»Zum Beispiel?«
»Es ist zu schnell für einen Menschen. Auch zu groß. Nur Servo-Dinger könnten mit ihm Schritt halten, es packen.«
»Die Tiere?« fragte Manuel erstaunt.
»Genau dafür werden Hunde eingesetzt, Junge.«
»Wissen die Hunde das?«
»Irgendwo ganz hinten im Kopf müssen sie es wissen. Ganz weit hinten, nach dem, was wir mit ihnen angestellt haben.«
»Wir könnten sie trainieren!«
»Kann sein.«
»Was ist mit The Barron?«
»Kann sein.«
»Bei der nächsten Ausmerz-Operation machen wir uns auf und...«
»Wenn sie mich lassen.«
»Warum sollten sie nicht? Und wer ist überhaupt ›sie‹? Du kannst tun, was du möchtest. Es ist eine freie Siedlung.«
»Ich kann nicht mehr so mithalten wie früher. Die andern, sie mögen es nicht, wenn sie auf mich warten müssen.«
»Du kannst mir helfen, The Barron zu trainieren. Das bringt mehr, als nur schnell zu laufen.«

Old Matt lächelte. »Klar. Könnte was bringen.«
»Gut!«

Sie arbeiteten mit dem Tier auf den Hügeln hinter Sidon. The Barron besaß noch viel des alten Instinkts, tief in den Genen vergraben, eingeschlossen in eine uralte Anordnung langer Ketten beständigen Kohlenstoffs, von Phosphaten und Wasserstoff. Er apportierte Stöcke und jagte kleine servobetriebene Karnickel-Imitationen, die Old Matt für ihn baute. Manuel entdeckte in der alten Akte über The Barron, daß er ein Bluthund gewesen war – damit hatten sie Glück gehabt –, und innerhalb einer Woche hatte er ihn soweit, zu bellen, wenn er über Fels und Schnee dem flüchtenden Wildkaninchen-Robo nachjagte. Wenn er das Ding fing und zubiß, kläffte er überrascht, weil er auf Metall und Keramik traf statt auf das erwartete saftige Fleisch, durchsetzt mit dem Adrenalin der Jagdbeute. Durch Old Matts geduldiges Training und das energische Drängen des Jungen wurde er ein schnellfüßiger Pfeil, der in stetigen, fast automatischen Sprüngen um die Hügel herumjagte, das Geröll aufspritzen ließ, bellte und heulte und die Herrschaft über das leere Land und alle mechanischen Karnikkel, die sie dort aussetzten, beanspruchte.
Colonel López beobachtete ihre Bemühungen mit distanzierter Belustigung, bis ihm der Gedanke kam, Bio könnte Gefallen an einer Methode haben, die Ausmerzoperationen an Tiere, vor allem die Servo-Hunde, zu delegieren. Ihm mißfiel die Idee, und er war froh, daß es nur wenige Hunde unter den Tieren gab, nicht annähernd genug, um die Jagd allein zu übernehmen. Dennoch ordnete Hiruko Central fürs folgende Jahr an, The Barron und einige andere zusammen mit Menschen einzusetzen.
Manuel gefiel das nicht. The Barron gehörte jetzt ihm, ihm und Old Matt, und zwar in dem alten Sinn, in dem Hunde für immer zu den Menschen gehören, die sie ausbilden. Niemand sollte das ändern. Hiruko Central hatte die Ausmerzjagd angeordnet, diesmal von einer Hütte siebenhundert Klicks von

Sidon entfernt. Der Junge war dankbar dafür, so bald wieder hinaus zu können, Wochen unter freiem Himmel ohne die mühselige Arbeit der Siedlung verbringen zu können. Das Basislager war wie die meisten primitiv und hastig aufgebaut. Vor einem Jahrhundert war es zunächst eine Notfallstation gewesen, dann eine Unterkunft für Prospektoren und nun eine zeitlich befristete Anhäufung provisorischer Schuppen, die dem Druckunterschied kaum standzuhalten vermochten, mit keuchenden Pumpen und funkensprühenden Generatoren und einem Fusionstank, der rüttelnd und glucksend die Männer wach hielt, solange sie nicht extrem müde waren. Er war froh über diese Gelegenheit, und doppelt froh, daß The Barron Old Matt einen neuen Ansatzpunkt bei den anderen Männern gab, die zwar leise vor sich hin murrten, wenn der alte Mann der letzte in der Kolonne war, der einen Felsvorsprung erklomm oder nach allen anderen damit fertig wurde, seine eisverkrusteten Gamaschen freizuklopfen, aber ansonsten friedlich blieben. Sie scheuchten große Herden von Felskauern und Rollern auf. Es gab sogar noch eine beträchtliche Anzahl von Krauchies, die sich noch von dem geringer werdenden Methan in den angeschwollenen Bächen ernährten. Die Krauchieherden folgten den großen, rumpelnden Schmelzschleppern und saugten das Methan auf, das gurgelnd aus ihren Auslaßrohren sprudelte. Unter ihnen war ein Großteil Muties. Für diese legten die Männer Hinterhalte, warteten in Hohlwegen. Sie wußten, die Muties würden stets als erste davonrennen. Die Evolution hatte sie bereits gelehrt, daß sie anders waren, verwundbar, gnadenlos gejagt und getötet – und wie immer sprachen die Jäger sich selbst eine Kühnheit und Tapferkeit zu, die sie in dieser Einöde nicht verdient hatten, denn schließlich bedrohten sie nur ihre eigenen Produkte, ihr eigenes genetisches Vermächtnis an den kargen Mond. Es gab keinen tiefen, natürlichen Antagonismus zwischen ihnen und dem sich verbreitenden Laich, den sie ins Leben gerufen hatten; keine feingeschliffenen Instinkte von Jägern und Gejagten, die möglicherweise sogar den gewaltigen Vorteil von Feuerwaffen hätten ausgleichen können, wie es einst in einer alten, verlorenen Zeit auf der Erde gewesen war.

Den Jungen kümmerten diese Zusammenhänge wenig, und er setzte, wann immer er konnte, The Barron ein. Der Hund, der tief in der mechanischen Vergrößerung der Intelligenz-Modifikation vergraben war, konnte seine feste Hand, seine beruhigende Stimme – die jetzt tiefer wurde, fast die eines Mannes war – spüren und gab sich der Jagd auf die Muties hin, dabei den alten Kenntnissen folgend, die in ihm aufstiegen. Manuel hatte sich an Bio gewandt, die Datenspeicher befragt und unter Old Matts lenkender Hand daran gearbeitet, die festen Muster der Nahrungssuche der Muties zu finden. Das Ergebnis waren Plätze, an denen die Wahrscheinlichkeit, sie zu finden, groß war; Sammelpunkte, an denen sich die entarteten und sich entwickelnden Formen trafen, um sich zu paaren, um zu fressen oder um zusammen zu sein, sei es, um sich besser verteidigen zu können, sei es aus schlichter, vager Kameradschaft.

Die Hunde machten sich gut, vor allem The Barron. Sie rannten in angespanntem Eifer und ermüdeten nie. Der alte Mann und der Junge, zusammen mit The Barron und zwei anderen Servo-Hunden, überraschten Mutieherden in ausgetrockneten Flußbetten, Schluchten und ausgespülten Höhlen, töteten sie mit schnellen Schüssen, die in die dünne Stille krachten, ohne Freude an dem Akt der Endgültigkeit zu finden, aber ihren Herrschaftsanspruch über das, was sie hergestellt hatten, sichernd. Manuel nahm das hin, lernte daraus, wartete seine Zeit ab. Für ihn war es ein Training, Übungen für die größeren Dinge, die mit der Zeit kommen würden. Er fand das neue Gelände fern von Sidon nicht anders: leer und herausfordernd, den gleichen Fertigkeiten ergeben, wie er sie dem Land abgerungen hatte. Er war jetzt ebenso fähig wie viele Männer in der Gruppe. Er konnte den mageren Spuren der Herden folgen und über sein Minimikro das ferne Summen und Murmeln ihrer Nahrungsaufnahme erlauschen. Er wußte, welche Rufe sie bei der Paarung ausstießen und welche merkwürdigen Laute von einem Mutie stammten.

Er kannte auch die kleinen Kratzspuren und Schneefurchen des Aleph. Den Delta-Abdruck würde er nie mehr vergessen, aber die Ansammlung sich wiederholender Furchen und Kratzer verrieten mehr über die Bewegungen des Dings. Er lernte die tiefe Kerbe erkennen, die es machte, bevor es sich eine nackte Felswand hinaufbewegte; die längliche Wellenspur, die es im Eis hinterließ; die braunen Flecken, wo es sich seine Bahn durch Felsgestein brannte; die Art und Weise, wie es Gräben ins Land zog, wenn es sich an einem bestimmten Mineral gütlich tat. (Der Mond trug solche Spuren wie Aknepocken. Ein alter Statistikbericht, den er gefunden hatte, beurteilte anhand solcher Narben, wie lange das Ding die verwundete Oberfläche Ganymeds aufgeschürft hatte und kam zu einer Schlußfolgerung, die augenscheinlich falsch war: 3,9 Milliarden Jahre, eine Zahl, die dem Alter des Sonnensystems nahe kam, älter als die Biosphäre der Erde. Die fremden Artefakte, die tief in den äußeren Jupitermonden vergraben lagen, waren kaum eine Milliarde Jahre alt. Viele lehnten diese Methode der Datierung ab. Das Aleph war den anderen Artefakten zu ähnlich – außer der Tatsache, daß es lebte, sich bewegte, Triebkraft besaß und reagierte. Sie gaben die umstrittene Datierungsmethode auf. Bis jemand ein Bruchstück des Aleph absprengen konnte, um seine Isotopenmenge zu prüfen, würde die Altersbestimmung auf Mutmaßungen gestützt sein.)
Dem Jungen wurde bewußt, daß das Aleph diesen Mond weitaus länger kannte, als der Mensch auch nur ein rudimentäres Bewußtsein seiner selbst besaß, und das Land dennoch die ganze Zeit intakt gelassen hatte. Es hatte nur genommen, was es brauchte, und die endlosen tektonischen Bewegungen des Eisens die Narben zuheilen lassen. Nie hatte es wie die Menschen versucht, den Mond in etwas umzuwandeln, was er nicht von Natur aus war. Ob das Aleph dadurch besser oder schlechter als die Menschheit war, stellte sich ihm nicht als Frage; es war die schlichte, immense Tatsache des Unterschieds, die von Bedeutung war. Zweimal fand er die Delta-Spur in dem neuen Gelände, einmal auf einer Felswand und dann in einer Glet-

scherspalte, in die ein Roller geflüchtet war. Aus Mangel an echter Erfahrung hatte er bislang angenommen, nur er allein würde die Spuren sehen. Das war die Arroganz der Jugend. Sein Vater, der dies spürte, ohne es konkret zu wissen, erkannte, daß der Junge noch eine Zeitlang daran würde glauben müssen. Er ließ die Zügel locker, erlaubte ihm, zwei oder gar drei Tage mit dem alten Mann und den Hunden hinauszuziehen. Sie schliefen nachts in ihren Anzügen, schleppten einen Generator mit, um ihre Energiereserven ergänzen zu können, spürten vorgeblich nur Mutieherden nach, warteten aber, wie jedermann wußte, ernst und ohne große Hoffnungen auf mehr.

Zuerst kam es flüchtig. Die beiden rasteten keuchend an der Mündung eines Cañons, nachdem sie mehrere Roller über eine trockene Ebene verfolgt hatten. Old Matt sah es zuerst, wie es drei Klicks nach Norden einen Engpaß des Cañons überquerte. Es bewegte sich nicht über das Wirrwarr von Felsbrocken und Eisschollen hinweg, die die Schlucht dort verengten, sondern bohrte sich hindurch, als bereite ihm eine gerade Linie keinerlei Probleme, ungeachtet der mahlenden Laute der ungeheuren Erschütterungen, die es freisetzte und die sich selbst auf diese Entfernung in den Beinen der beiden bemerkbar machten. Gestein knarrte ächzend, als es nachgab, und splitternd taten sich tausend kleine Risse auf, als das Gebilde hindurchdrang. Old Matt hatte geschrien – das hatte der Junge nicht erwartet –, und sie brachen auf. Die Servo-Hunde jagten voraus, als sie Cañons, Schluchten und Einschnitte auf ihrer Verfolgung kreuzten, Abhänge hinabtaumelten, hoch über rostrote Felsnasen hinwegsprangen und die bebenden, langsamen Vibrationen spürten, die das Aleph verursachte, wenn es durch Hindernisse krachte, innehielt, um einen Graben zu meißeln und eine Mineralader zu verschlingen, dann weiterzog, nicht schnell, sondern bedächtig, und die kläffenden Hunde und die schwitzenden Menschen führte, als wüßte es, wie es sie in seinem Sog mitziehen konnte. Die anderen Gruppen waren zu weit entfernt, um sie rechtzeitig heranzurufen, und der Junge wollte das ohnehin nicht. Er war sich damals sogar sicher, daß das Ding ihnen ausweichen würde, solange Old Matt anwesend wäre. Unbewußt hielt er es immer noch für notwendig, völlig allein zu sein, um so erstaunter war er, als er eine Klamm entlanghüpfte und plötzlich eine Eisscholle donnernd zerbarst und im grellen Sonnenlicht aufblitzende Bruchstücke regnen ließ und die Spitze des Dings, von ihnen abgewandt, hervorbrach. Er mußte sich selbst mahnen, daß es kein Gesicht war – die gezackten Linien, die Sägezahnspuren wie das Lächeln eines Hai –, und er sah deutlich die Löcher dahinter, volle zwei Meter im Durchmesser. Diesmal brannte es sich in sein Gedächtnis ein, trotz des Schocks war er darauf vorbereitet. Beim ersten dumpfen Splittern des Eises jagten die Hunde los und sprangen hinter ihm her. Es entfernte sich von ihnen, wobei seine Gestalt sich für den Jungen wie auch für den alten Mann veränderte, und Manuel dachte *groß, zu groß*, als er vorwärtsgetrieben hinter ihm herrannte. Es drehte sich. Dem Jungen fiel diese Bewegung des Wiedererkennens erst später auf, doch die Hunde stoppten einen Moment, als das Ding sich in geborstenes Eis mahlte. Der Junge wurde noch schneller und schloß zu den Hunden auf, zu allen bis auf The Barron, der nur den Bruchteil einer Sekunde innegehalten hatte und sich jetzt nicht aufhalten oder auch nur abbremsen lassen wollte. Er hetzte direkt auf das Ding zu, ohne Plan oder Ingrimm, sondern aus dem uralten Instinkt heraus und im Bewußtsein, daß sein Herr hinter ihm war. Alte Imperative, auf staubigen Ebenen Milliarden von Kilometern hinter ihnen geboren, ließen ihn losrennen. Der Junge schaltete seine Verstärker ein. Mit schmerzenden Beinen lief er hinter The Barrons schrillem Schrei her, in das Gesicht des Dings hinein – unter die Blöcke leuchtenden Alabasters und unergründlichen Bernsteins. Er rannte unter massigen, gefurchten Dingen her, die an Spurketten erinnerten.

Das Aleph bewegte sich. The Barron bellte und sprang auf eine kristalline Scheibe zu, schmetterte gegen sie, fiel, drehte sich und sprang erneut, wild und ziellos. Manuel spürte Magnetfelder an ihm zerren. Diffuse Kräfte griffen nach ihm, zogen ihn, schienen die Luft in seiner Brust zu verdichten. Mit gesenktem Kopf rannte er hinter dem kläffenden Hund her. Über ihm weitete sich eine sechseckige Öffnung in der Seite. In ihren blauen Tiefen sah er Bewegung, gemessen und Gewicht tragend, so als bewegten sich riesige Steine. Es bewegte sich. Wuchtige Blöcke fuhren ächzend herab, schickten weiße, gegabelte Strahlenmuster ins Eis unter dem Jungen. Risse brachten ihn zum Stolpern. Die sechseckige Öffnung wurde plötzlich schwarz und verengte sich zur Größe einer Faust. Er griff nach dem Hund, bekam ihn zu packen, verlor ihn, packte wieder ein Bein und war unter dem Schatten des Dinges, als es sich jetzt emporhob – nach verbranntem Kupfer riechend –, über ihm hochragte, wie er es geträumt hatte, ein vertrauter Anblick also, und sämtliche Geräusche, die es machte, gingen im hysterischen Schreien und Kläffen der Hunde unter. Er schloß die Augen und zerrte The Barron zurück. Als er sie wieder öffnete, war es... weg. Es war, wie Old Matt ihm sagte, schneller als ein Auge folgen konnte in eine rosa Schneebank eingetaucht. Erneut dachte der Junge: *Ich habe nicht mal die Gewehrmündung auf es gerichtet,* und diesmal wußte er warum. Wenn er das täte, würde es ihn in dieselbe Kategorie mit den anderen Legionen stecken, die gegen es angegangen waren, die ohne Wirkung zu erzielen, angegriffen und geschossen hatten. So würde das Aleph über ihn denken. Und, was noch schlimmer wäre, er auch.

The Barron heulte und wehrte sich gegen den Griff des Jungen. Old Matt sprach auf ihn ein, und nach einer Weile beruhigten die Hunde sich. Sie konnten weiterziehen.

»Dieser Hund hat alles, was ein Hund haben kann«, sagte Old Matt, »aber vielleicht erfordert das hier mehr, als ein Hund zu geben imstande ist. Selbst wenn es ein aufgeputschter Hund ist, der rechnen kann.«

Er schüttelte den Kopf, und der Junge erinnerte sich, daß Old Matt aus einer Zeit stammte, in der die Tiere nicht so wie heute waren und ausschließlich auf der Erde lebten, wo sie ihre alten

Rollen hatten und bis zur Ausrottung unterdrückt wurden, bevor die Vergrößerung, die Extrapolation möglich wurde. Da erkannte Manuel, daß er die Befähigung noch nicht gefunden hatte, die diese Zeiten ändern würde, und ihn und die Hunde aus all den Wissenschaftlern und Jägern hervorhob, die früher losgezogen waren. Dazu war mehr erforderlich. The Barron und jeder andere Hund würden eine gewisse törichte Tapferkeit benötigen, gewiß – aber auch mehr als das. Der Junge wußte aber nicht, was das war.

3.

Fünf Monate nach Manuels zweiter Begegnung mit dem Aleph veränderte eine Felshüpferin das grundlegende ökonomische Gleichgewicht der äußeren Welten. Sie war im Asteroidengürtel von Felsklumpen zu Felsklumpen getrieben und hatte bereits bekannte Stellen auf Spuren von Iridium oder Platin untersucht. Sie arbeitete nur in Randgebieten, mehr oder weniger auf eigene Faust. Niemand erhob Anspruch auf die Felsbrocken, die sie besuchte, denn es handelte sich um wertlose Anhäufungen von Eisen und anderen billigen Metallen. Auf Asteroid MKX 349 fand sie einen Spalt, der tief nach innen reichte, und neugierig folgte sie seinem Verlauf. Sie bohrte sich weiter hinein und nahm Kernproben. Fast hundert Meter unter der Oberfläche fand sie reinen kohlenstoffhaltigen Chondrit.

MKX 349 war von bescheidener Größe, 9,6 km mittlerer Radius. Durch irgendeine Eigentümlichkeit in seiner Struktur besaß er eine Hülle aus minderwertigem Erz, die sich vollständig um einen Kern legte. Deshalb war die unermeßlich wertvolle Mitte unentdeckt geblieben. Dort gab es genügend Kohlenstoff, Wasserstoff und Sauerstoff, um die gesamte Asteroidengemeinde für Jahrzehnte zu versorgen. Sie würden nicht mehr dafür bezahlen müssen, diese Elemente per Treibschiff von Ganymed einzuführen. Zwar brauchten sie weiterhin

Nahrungsmittel, aber Ganymed verlor rund dreißig Prozent seines gesamten Exportvolumens.
Die Siedlungen waren große Farmen, die einen beständigen Gewinn aus Nahrungsmitteln erzielten und die die bereits getrennten Flüssigkeiten als lukratives Nebenprodukt verkauften. Innerhalb eines Jahres nach der Entdeckung von MKX 349 sank dieser Handel auf Null. Und mit ihm verschwanden die kleinen Extras, die die Siedlungen kauften, um sich ihr Los zu erleichtern. Sie aßen noch immer gut, aber nun ohne die neuesten 3D-Programme, Lunamoden für die Frauen und schmückende Kinkerlitzchen für ihre Tunnelunterkünfte.
Die langfristigen Aussichten waren noch schlechter. Jetzt, da sie MKX 349 ausbeuteten, planten die McKenzie-Asteroiden weltenumspannende Farmbetriebe. Ob sie mit den Siedlungen würden konkurrieren können, hing vom Umfang ihrer Handelstätigkeit und vom Funktionieren der Biosphäre Ganymeds ab. Wirtschaftsfachleute sagten einen langen Kampf über Jahrzehnte voraus. Die Siedlungen hatten den Vorsprung, und es gab gute Chancen, die McKenzies aus dem Geschäft zu boxen, wenn sie ihre Überschüsse schnell erhöhten. Jeder wußte das, und jeder rüstete sich dafür.

»Es geht nicht darum, härter zu arbeiten«, sagte Colonel López seinem Sohn, »es geht darum, klüger zu arbeiten.«
»Begreif ich nicht, was das mit Mißbis zu tun hat.«
Seine Mutter blickte von ihrer Handarbeit auf. »Ich möchte dieses Wort bei uns zu Hause nicht hören.«
Der Colonel sagte ernst: »Sie sind *keine* Mißbildungen. Es sind Männer, Frauen und Kinder, denen es übel ergangen ist. Sie waren schwer verletzt. Einige starben sogar eine Zeitlang.«
»Sie sind in Kästen«, entgegnete Manuel mürrisch.
»Servo-gestützt, ja.«
»Wie Tiere.«
Seine Mutter schaltete sich wieder ein: »Ich möchte nicht, daß mein Junge an Tiere denkt, wenn er sie sieht. Stell dir vor, es wäre deine Schwester – weißt du noch, wie sie sich das Bein auf

dem Traktor brach? Stell dir vor, es wäre schlimmer gewesen! Womöglich wäre sie servo-gestützt worden. Würdest du sie dann auch so nennen?«
Manuel preßte die Lippen zusammen und schwieg. Seine Mutter hatte ganz ruhig gesprochen, aber wenn sie so viel sagte, wog das schwer. Besser, er gab klein bei und erwähnte die Mißbis nicht mehr. Er müßte ja ohnehin nicht mit ihnen arbeiten. Sie waren besser als Tiere, auch schneller, und arbeiteten selbständig, hatte der Major gesagt. Er entschloß sich, sie nicht zu beachten.

Wie sich herausstellte, konnte er das nicht. Eines wurde demselben Tunnel zugeteilt. Das war nicht so schlimm, obschon es, wenn es drinnen arbeitete, einen ranzigen Geruch ausströmte, wie er ihn noch nie bei einem Tier bemerkt hatte. Doch selbst daran gewöhnte er sich. Dann wurde er aus seiner Morgenschicht gerufen, um bei einer Sonderaufgabe auszuhelfen, diesmal draußen auf der Oberfläche.
Auf einem von Schmelzrückständen bespritzten Landegitter stand ein Frachtmodul, das letzte Stück einer Ladung von Hiruko Central. Old Matt war da. Er winkte Manuel zum Modul hin. Der Junge sagte: »Wir müssen es wegschaffen. Ich hole den Gabelstapler aus...«
»Komm her!«
Die gegenüberliegende Seite des Moduls war vergittert. Manuel bückte sich, spähte hinein und sah etwas Rotes und Stahlblaues, das auf ihn zuhetzte. Es war bereits in der Luft, als er sich bückte. Es krachte gegen die Gitterstangen. Das ganze Modul erzitterte. Die Stäbe – die, wie der Junge sah, aus Stahl waren – summten nach dem Aufprall. Dann war das Ding unten, scharrte und warf sich plötzlich erneut gegen die Gitter, ohne daß es sich die Zeit genommen zu haben schien, seine Kräfte zu sammeln. Es knurrte oder sprach – er konnte es nicht verstehen – und schlug gegen die Gitterstäbe. Zwei blaue Servo-Hände griffen den Stahl und versuchten, ihn auseinanderzuziehen. Das Ding grunzte und preßte sich einen Moment

gegen das Gitter, ließ dann plötzlich los und krachte erneut gegen die Stäbe, ohne in seiner Wut nachzulassen.
»Zurück!« sagte Old Matt. »Laß ihm eine Ruhepause!«
Sie gingen fort, verfolgt von den regelmäßigen, schweren Stößen, unter denen das Modul bebte. »Was *ist* das?«
»Es ist menschlich. Bei einem Unfall schwer zu Schaden gekommen – da oben.« Old Matt zeigte zu den Lichtpünktchen der Orbitstationen. »Hat Jahre gebraucht, um so weit zu kommen.«
»Ein *Mann?* Ich weiß nicht...«
»Menschlich. Könnte auch eine Frau sein. Bei Hiruko sagt keiner was. Er, sie, *es* hat bei dem Unfall einen Großteil der linken Gesichthälfte verloren. Kann nicht sprechen. Kann sich aber bewegen, was?«
»Wieso ist es so, wie es ist?«
»Wie würde es dir gefallen, wenn du aufwachst und feststellst, daß du den Rest deinerTage ein Stück Fleisch in einem Stahlkasten bist?«
Manuel verzog das Gesicht. »Warum ist es überhaupt hier?«
Der alte Mann zuckte die Achseln. »Der Colonel hat einen Handel abgeschlossen. Hat einige Geräte abgegeben, die wir kaum noch benutzen oder nicht reparieren können. Hat von Hiruko dafür einen Haufen Arbeitstiere bekommen – und das da.«
»*Das da* wird nicht arbeiten. Töten vielleicht, nicht arbeiten. Und ein Mensch. Ich...«
»Versuch nicht, das jetzt zu Ende zu denken. Tu einfach so, als sei es ein Tier, dann bist du von der Wahrheit nicht weit entfernt.«
»Warum haben sie es am Leben gelassen?«
»Keine Ahnung. Die Medizin macht 'ne Menge komischer Sachen. Ich weiß allerdings, daß man einen Menschen nicht einfach sterben lassen kann, nur weil er nach deinem Geschmack nicht genug Hirn hat. So was machen sie auf der Erde, aber hier draußen nicht.«
»Vielleicht sollten wir es auch tun.« Die krachenden Stöße kamen jetzt seltener, hatten aber nicht völlig aufgehört.

»Nicht wenn sie nützlich sind. Der Colonel, er meint, wir brauchen jede Hand, die wir kriegen können. Um die Produktivität hochzutreiben.«

»Das Ding ist nicht nützlich.«

Old Matts Gesicht legte sich in Falten, seine Augen bewegten sich geschwind und musterten den Jungen. »Ich kann mir vorstellen, daß es wichtig für uns ist.«

»Wie? Die Mordlust kriegst du aus dem Ding niemals raus.«

»Mag sein. Dein Vater hat mir den Job gegeben, weil er fühlt, es ist ein hoffnungsloser Fall. Könnte sein. Aber ich stelle mir vor, wir beide können es schaffen.«

»Wie?«

»Beobachten.«

In den folgenden drei Wochen schlüpften sie täglich in ihre Anzüge, gingen zu dem Modul hinaus und fütterten es. Manuel kletterte hinauf, öffnete das Türchen dort und warf das Futter des Dings nach unten. So hoch konnte es nicht springen, aber es versuchte es jeden Tag, und wenn das mißlang, warf es sich wieder gegen das Gitter, unnachgiebig, unermüdlich. Mit der Zeit knurrte und brüllte es weniger, aber es hörte nie auf, gegen die Wände zu hämmern. Nach drei Wochen hörte es auf, nach ihm zu springen. Es stand beobachtend da, als versuchte es einen Weg zu ersinnen, hinaufzukommen, wobei es aber zu wissen schien, daß es sinnlos wäre, seine Energie mit fruchtlosen Bemühungen zu verschwenden. Aber dann krachte es immer wieder gegen die Gitter, sobald die Klappe sich klickend schloß, also wollte es sagen: *Seht! Seht!* In den kurzen Momenten, in denen es still stand und mit zwei großen, schwarzen Augen hochstarrte, spähte Manuel auf es hinab. Es war eine Ansammlung von Teilen, die an einem stahlgrauen Rückenschild angebracht waren, größer als jedes Servo-Tier, das er je gesehen hatte, leistungsfähig, mit schweren Motoren, großen Gleitprofilen und vielfältigen Leistungssystemen. Er konnte sich nicht vorstellen, daß tief innen ein Mann oder eine Frau steckte, eingehüllt in der Metallwelt, die es als Ganzes verschlungen hatte, wutlodernd in der entsetzlichen Stille einer

Aushöhlung irgendwo. Einmal winkte er ihm zu, und zum ersten Mal seit einer Woche sprang es und streckte sich. Seine Arme zerrissen die Luft, seine schwarzen Augen glühten. Doch nachdem er im Reflex hastig die Klappe zugeworfen hatte, warf sich das Ding nicht gegen die Gitterstäbe. Es stand da und starrte hinaus, während die beiden Männer fortgingen.

Dann begann Old Matt, es auszuhungern. Er kürzte die Ration auf die Hälfte, dann auf ein Drittel. Nach zwei Wochen lag es auf der Seite und stand nicht einmal sofort auf, wenn Futter und Wasser kamen. Noch eine Woche, und Old Matt nahm einen Traktorstrahler in seine beste Hand und schickte sich an hineinzugehen.

»Warte!« sagte Manuel. »Ich hole meinen Vater und ein paar von den Männern.«

»Wenn es mich trifft, ist es sowieso zu spät. Schlag die Tür hinter mir zu und tritt zurück!«

Manuel tat wie befohlen. Der alte Mann betrat das große Modul durch einen Seiteneinlaß. Das Ding beobachtete ihn, bewegte sich aber nicht. Die schwarzen Augen folgten Old Matt, starrten ihn mit unpersönlicher Auflehnung gegen alles an. Old Matt trat näher und klopfte mit dem Traktorstab auf den eisverkrusteten Rückenschild. Keine raschelnde Reaktion von innen. Aber das Ding mahlte seine Gleitprofile ins Eis, ließ das knirschende Geräusch für sich sprechen.

Am nächsten Tag legte Old Matt die behandschuhte Hand auf den Schild, näher an dem Ding. Am dritten Tag winkte er den Jungen herein. Sie legten ihre Hände auf das Ding, und Manuel spürte ein schwaches Beben, eine seltsam hohe Schwingung ohne Worte oder Gestalt, die aber einen steten Rhythmus produzierte. Sie stammte nicht aus einem Maschinenteil, sondern trug ein Gefühl des Kummers und Zorns, aber auch der Sehnsucht in sich.

Zu ihm sprechen war zwecklos. Die Medicos in Hiruko hatten es versucht. Es antwortete nicht. Eine der Expertinnen Sidons zapfte es an – Old Matt mußte die Sonden einführen, die Expertin wollte das Modul nicht betreten – und schüttelte den

Kopf. Sie fand eine sonderbare Ausprägung neutraler und zerebraler Aktivität, konnte aber nicht viel daraus entnehmen. »Offenbar patho«, sagte sie und gab auf. Die Akte über das Ding gab keinen Hinweis über die Bedeutung der komplexen Signale. Old Matt saugte nachdenklich an seinen Zähnen, während er die Wellenlinien auf dem Bildschirm betrachtete. »Ich habe Männer zerbrechen sehen, wenn sie ein Stück von sich verlieren. Dies hier ist nicht so. Dies ist etwas anderes.«

»Ja, verrückt.«

»Verrückt wie ein Fuchs, vielleicht.«

»Was ist ein Fuchs?«

Statt einer Antwort saugte Old Matt wieder an seinen Zähnen. Das Geräusch hallte in seinem Metallgesicht wider. Manuel ließ nicht locker. »Meinst du, du kriegst es so hin, daß es arbeitet?«

»Will es gar nicht zum Arbeiten bringen.«

»Dann kann ich's ja meinem Dad sagen, und wir werden es los.«

»Niemand wird es nehmen.«

»Irgend jemand muß. Hiruko kann uns nicht einfach...«

»Es gibt angenehmere Dinge als Arbeit.«

Am nächsten Tag ging Manuel hinaus, um nachzusehen, ob das Ding genug Flüssigkeit und Energie hatte – das gehörte jetzt zu seinen Pflichten –, und es war weg. Der Käfig war leer. Er rannte zu Old Matt, aber der wußte es schon.

»Ich habe es rausgelassen.«

»Raus? Es wird nach Hiruko zurückrennen oder sonstwohin. Wir sehen es nicht mehr wieder.«

»Mag sein.«

»Es wird jemanden töten.«

»Mag sein.« Mehr sagte der alte Mann nicht.

Aber fünf Tage danach kam es zurück. Es war erschöpft. Die Tage im Freien hatten seine Energiereserven aufgebraucht, und es war durchgefroren. Die Anzeige der Lebenssysteme bewies jedoch, daß die Fleischmassen im Innern gesund waren. Der Pulsschlag war sogar besser geworden.

»Es ist ausgelaugt«, sagte der alte Mann, »hat aber an Körpermasse ein wenig zugenommen.«

»Wie ist...« Dann verstand der Junge.

»Roller, wahrscheinlich. Vielleicht Sprungesel.«

»Aber da drin steckt doch ein *Mensch*. Niemand sinkt so tief, daß er *so etwas* ißt.«

»Mensch oder nicht, das ist ihm völlig egal. Es ist zu lange allein mit sich selbst dort drin eingesperrt.«

»Trotzdem... Mein Gott, wie verdaut es das schleimige Zeug?«

»Bei den meisten installieren die Techniker einen universellen Biotrakt. Vereinfacht die Arbeit. Man setzt eine Standardeinheit ein, schließt sie an und braucht sich keine Gedanken zu machen, wovon das Tier sich einmal ernähren soll.«

»Es ist kein Tier.«

Old Matt betrachtete die Gestalt hinter den Gittern. Sein Gesicht, schlaff und voller Altersfalten außer an den Stellen, wo sich das zeitlose Metall bewegte, lag halb im Schatten. »Ich sehe da kaum noch einen Unterschied«, meinte er leise.

Er nahm Futter mit hinein und schloß die Ladekabel an die Klemmen auf der Rückseite an. Die schwarzen Augen folgten ihm, als er das Futter näher schob. Es waren funkelnde, intelligente Augen, die sich nicht veränderten oder eine Vorwarnung gaben, bevor es sprang. Es war schwach, und die Kabel wurden losgerissen, als es sprang, so daß in dem Angriff wenig Energie steckte. Old Matt zog den Traktorstab aus dem Gurt auf seinem Rücken, wo er ihn versteckt gehalten hatte. Er erwischte das Ding mitten in der Luft. Der Stab traf in die linke Stützkonstruktion, und Old Matt drehte sich fast wie ein Matador zur Seite, um die Gestalt an sich vorbeifliegen zu lassen, die sich noch in der Luft vor Schmerzen wand und krümmte. Wuchtig traf es aufs Eis, landete falsch und schrie auf – ein erstickter Schrei des Schmerzes und der Überraschung. Old Matt taumelte zur Tür hinaus und schloß sie hinter sich, bevor Manuel ihn erreichen konnte. Das Modul schaukelte wieder unter den schweren Stößen und Schlägen, erbebte rhythmisch, wie es am ersten Tag gewesen war.

»Hurensohn!« schrie Manuel.
»Hat immer noch Temperament. Es lernt, behält aber sein Temperament.« Das Grinsen des alten Mannes kräuselte seine Gesichtshaut so tief, daß die strahlungsgeschädigten Stellen wie schwarzblaue Narben hervortraten.
»Eigentlich müßte es dankbar sein.«
»Nein. Dankbarkeit hieße, daß es unser wäre. Böse – von Grund auf böse: Dann kann es den Kopf noch hochtragen. Vor allem und jedem.«
Colonel López hörte von dem Zwischenfall; nicht von seinem Sohn, sondern von einem Getreideheger, der ihn aus einiger Entfernung beobachtet hatte. Er kam heraus, um sich das Ding anzusehen, das inzwischen wieder kräftig war und in dem Modulkäfig hin und her stolzierte. Ungebrochen warf es wilde Blicke hinaus. Als der Colonel an das Gitter trat, fuhr es hoch, nicht um zu springen, sondern um seinen gewaltigen Bauch zur Schau zu stellen – ein Gitterwerk aus scharlachroter Keramik und rissigem, narbigem Molybdän –, als Herausforderung, indem es seine schwächste Stelle entblößte, um einen Angriff zu provozieren. Der Colonel schürzte die Lipen. »Ihr zwei habt einige Zeit in dieses Geschöpf investiert.«
»Es macht sich.« Old Matt hatte die Hände in die Taschen gesteckt. Sein Anzug fing das Sonnenlicht ein, ließ seine Falten, Flecken und geflickten Rippen sehen.
»Es ist entkommen.«
»Er hat es laufen lassen«, mischte sich Manuel ein. »Und es kam von selbst zurück.«
Ohne die Augen von dem Käfig zu lösen, schüttelte der Colonel den Kopf. »Eine Menge Arbeit.«
»Könnte sich aber rentieren«, entgegnete Old Matt.
»Ihr kriegt es nie dazu, Befehlen zu gehorchen.«
»Sklaven gehorchen Befehlen, Colonel. Wenn du etwas erledigt haben willst, was ein Sklave nicht kann, dann verlangst du keinen Sklaven, um es zu erledigen.«
»Was wir jetzt brauchen, ist Schwerstarbeit. Wenn wir den Preis für unsere Waffen, unser Soja und unseren Mais nicht

niedrig halten, muß sich die Siedlung zuerst bei den Luna-Händlern verschulden und später an ein paar Erdlinge. Was wir nicht brauchen, sind Dinger wie das da; mit Mäulern so groß wie Eimer und darauf aus, einen meiner besten Männer zu verputzen.«

Old Matt sagte ruhig: »Überlaß ihn mir!«

»Wozu?«

»Um die Felskauer-Muties niederzuhalten.«

»Wir haben normale Hunde, die das können.«

»Das da ist billiger. Brauchen es nicht zu füttern.«

Der Colonel nickte, ohne den Blick von dem großen, massigen Ding zu wenden, das monoton die Begrenzungen seines Käfigs abschritt und dessen keuchender Atem einen orangefarbenen Dampf bildete, der knisterte und als dünne Schneeschicht zu Boden fiel. »Von dem Futter habe ich gehört. Und du willst, daß ich so etwas frei herumlaufen lasse?«

»Wir müssen es einmal probieren, Dad«, warf Manuel ein.

»Der Mensch muß sich nicht auf ein riskantes Spiel einlassen, nur weil es da ist. Das mußt du lernen.«

Manuel fuhr empört auf und begann schnell zu reden: »Verdammt, das ist ein aufgeblasenes...« Aber Old Matt unterbrach ihn und schilderte dem Colonel einige Aspekte des Geschöpfs. Manuel erkannte, was der alte Mann tat: Er lenkte das Gespräch einen Moment ab, bevor der Colonel sich aus einer Laune heraus festlegte und dann nicht mehr zurück konnte. Okay. Manuel wandte sich ab und murmelte leise vor sich hin. Der Ärger saß wie eine physische Erscheinung in seiner Brust und glomm auf, als er um den Colonel herumschlittern mußte. Er packte die Gitterstangen und beugte sich vor, um seinen Groll abzukühlen. Das Geschöpf kam zu ihm, während Manuel der langsamen, fast beiläufigen Art lauschte, mit der Old Matt der Stimme des Colonels die unnachgiebige Härte nahm. Sein Mund verzog sich. Irgendwie ärgerte es ihn mitanzusehen, wie sein Vater auf diese Weise besänftigt wurde. Dann bemerkte er, wie die niedergekauerte Gestalt mit dem Kopf gegen die Gitterstangen klopfte, *Ding, Dingding,* ein Rhythmus, der sich veränderte, aber bewußt erzeugt zu sein schien. Manuel runzelte die Stirn. *Ding, Ding, Dingding ...* Plötzlich begriff er, daß das ein Kode war, für das Ding dort vielleicht eine Methode zu sprechen. Er schlug als Antwort mit dem Handschuh gegen das Gitter. Es antwortete *Dingdingding, Ding*. Manuel streckte die Hand nach unten und klopfte einen ausdauernden Rhythmus auf den blanken Stahlschädel. Der riesige Kopf stellte sich schräg, spähte für einen Moment der Ruhe hinaus. Manuel spürte, daß zwischen ihnen etwas vorging, das ihm die Kehle zuschnürte. Wenn dort drin noch das Bruchstück eines Menschen steckte, wenn er mit ihm reden konnte ... Erneut klopfte er auf den Schädel. Plötzlich fuhr es hoch. Mit wilder Energie schmetterte es knurrend gegen die Stangen. Manuel sprang zurück. Arme krallten nach ihm, verfehlten ihn, aber fuhren wieder heraus, zuckten wütend wie Blitze. Manuel blinzelte verblüfft. Einen Moment lang war ein kleiner, verborgener Teil von ihm an die Oberfläche gedrungen. Einen Moment nur. Jetzt streifte die muskelbepackte Gestalt wieder durch den Käfig – glutäugig und schnaubend.

Die beiden Männer bemerkten den kurzen Ausbruch. Colonel López brummte: »Ich habe Gruppen, die neue Kuppeln hochziehen. Die Teams draußen arbeiten rund um die Uhr.«

Old Matt nickte. »Es wird weit draußen operieren müssen. In der Umgebung Sidons gibt es jetzt sowieso keine Felskauer. Ich hatte gedacht, wir bauen ihm einen Traktorstachel ein. Kommt es auf fünf Klicks heran, bekommt es einen Schlag.«

Colonel López zog eine Grimasse. »Riskant.«

Zum ersten Mal bemerkte Manuel, daß die Mundwinkel seines Vaters ein Muster feinster, trockener Falten waren. Er blickte zu dem anderen Mann und stellte eine ähnliche Struktur fest, Haut wie Papier, das zerknittert und wieder geglättet wurde. Mit leiser Stimme sagte er: »Dad, wenn es frei ist, wird es anders sein. Als es die Möglichkeit hatte, hat es dort draußen niemanden angegriffen.«

»Verstehe.« Der Colonel lächelte trotz seiner andauernden Besorgnis seinem Sohn zu, der routinierte Blick eines Vaters,

der zuläßt, daß er zu etwas überredet wird. »Du meinst, es hätte nur etwas dagegen, eingesperrt zu werden.«
»Richtig«, antwortete Manuel knapp.
»So ist es jetzt«, sagte Old Matt. »Am Anfang mußte es sich erst einmal abreagieren. Das haben wir zugelassen.«
Der Colonel zeigte auf die linke Stütze des Dings. Aus der Wunde, die der Traktorstab gerissen hatte, sickerte grüner Eiter. »Reagiert sich wohl immer noch ein bißchen ab, schätze ich.« Er lächelte. »Aber ich habe begriffen, worauf ihr hinauswollt. Ihr könnt es versuchen – vorläufig. Nur vorläufig.«
Manuel strahlte. Den Moment von vorhin, die flüchtige Verbindung, vergaß er. Sein Vater hatte recht: Das Ding war gefährlich. Aber es war kontrollierbar. Er war sich nicht sicher, warum er ein Gefühl der Erfüllung und der Vorfreude verspürte. Als Junge, der er war, grübelte er aber auch nicht darüber nach.
Der Colonel nickte. Noch immer betrachtete er die große, dunkle Gestalt, die in ständiger Bewegung war. Dann ging er langsam zu dem hellen, langgestreckten Umriß der Siedlung zurück. Ultraviolette Strahlen von entfernt stehenden Kuppeln reflektierten von seinem Helm und ließen farbige Regenbogen in Manuels Augen tanzen. »Ach, übrigens«, rief sein Vater, »wie nennt ihr es?«
»Hmm... Gar nicht.«
»Selbst Tiere bekommen Namen«, sagte der Colonel.
»Wir finden einen«, erwiderte Old Matt. »Wenn man ihnen die Möglichkeit läßt, geben die meisten Dinge sich selbst einen Namen.«

4.

»Wir wollen ihn so, wie er zu uns kam«, sagte der alte Mann zu dem Jungen.
»Böse?« fragte Manuel. Ihm schien, man brauchte mehr als das, aber er war bereit, Old Matt zu glauben.

»Ja, böse, aber auch alles andere – stolz, und höllisch verrückt, und so durcheinander, daß es aus dieser Wut heraus etwas leisten und herausfinden will, wer es – oder er oder sie – ist.«
»Mhmhm.« Manuel blickte zweifelnd drein.
»Trotzdem, um ihm beizubringen, seine Wut, seinen Wahnsinn zu benutzen – muß es den Stab kennenlernen, soviel ist sicher.« Sachlich und nüchtern blickte Old Matt zu seinen Worten, als riefen sie ihm etwas ins Gedächtnis zurück. »Es ist nicht mehr richtig menschlich, aber es muß einige Menschendinge lernen – oder wiederholen. Um nicht nur ein verrücktes Ding zu sein. Aber auch nicht zu menschlich, nein. Das nun auch wieder nicht.«
Sie trainierten es. Es war tagelang fort, wochenlang manchmal, und kam dann zurück zur Fünf-Klicks-Grenze und schickte übers Komm einen langen, klagenden Baßton, so wie Old Matt es ihm gezeigt hatte. Es riß nur Muties. Old Matt hatte ihm die Unterschiede beigebracht, und irgend etwas sagte ihm, daß die abweichenden Formen das rechte Wild waren. Der Junge entdeckte nie, wie der alte Mann das Training bewerkstelligt hatte, aber es funktionierte. Bio registrierte ein langsames, aber stetes Absinken der Muties in der Umgebung Sidons. Colonel López entlockte dieses Ergebnis Zeichen zurückhaltender Freude, denn die Siedlung erhielt von Hiruko für »im allgemeinen Interesse« geleistete Arbeit Übergangskredite. Ohne Menschen, die sie bei ihren Pflichten hielten, hätten die Hunde es nicht schaffen können.
Wenn es von einem Ausflug kam, holten es Old Matt und später Manuel an der Grenze ab. Die Arbeitslast nahm ständig zu, und die beiden ergaben sich der Routine, kümmerten sich um das Ding, wenn es nötig war, und hofften, daß es sich mit der Zeit etwas erschöpfte. Old Matt griff es nie an, einmal allerdings versuchte es eine Attacke auf Manuel. Der Junge stieß mit dem Stab nach ihm, verfehlte es und traf mit voller Wucht in das Gesicht, das sein ganzes Blickfeld einzunehmen schien und keinen Laut von sich gab. Der Stab summte, als die Energie freigesetzt wurde und das Ding zurückschleuderte, es

benommen machte, ohne wirklichen Schaden anzurichten. Der Junge stieß nach ihm, um es fernzuhalten und sah die Falle, die es für ihn ausgelegt hatte zu spät. Er war zu weit in den Käfig vorgedrungen, um die Tür mit einem langen Sprung zu erreichen, und mußte stehenbleiben, als ihm das Ding den Weg abschnitt, sich nach links drehte und unter Manuels erhobenem Arm angriff. Es traf ihn. Er war auf dem Boden, bevor es registrierte, daß überhaupt etwas geschehen war. Er drehte sich und blickte hoch. Es ragte über ihm auf; glutäugig, massiv und unbeweglich tat es nichts, als ihn zu betrachten. *Es genießt die Situation,* dachte der Junge, *es holte das meiste heraus, bevor es* – und er schlug feste nach oben, drehte den Stab so, daß die Spitze das Ding an der rechten Nervenverbindung erwischte. Es heulte und zuckte zurück, wobei die Augen glühten und das Maul weit aufgerissen war. Manuel rappelte sich hoch und ging rückwärts zurück, den Stab abwehrbereit in der Hand. Er hatte sich schon so weit erholt, daß er an seinen Stolz dachte und sich nicht hastig bewegte, sondern das Ding noch bei seinem Rückzug mit starrem Blick niederzwang.
Später war er sich nicht sicher, was das Ding zu tun versucht hatte. Die Attacke mochte ein Weg gewesen sein, mit ihm gleichzuziehen. Sicher würde er sich nie sein. Er hoffte, niemand hätte den Zwischenfall beobachtet, und war nach einer Woche überzeugt, daß Old Matt nichts wußte. Erst Monate später erwähnte der alte Mann es beiläufig als eine der Situationen, durch die Manuel und das Ding durchmüßten. Er erfuhr, daß Old Matt und selbst sein Vater davon gewußt hatten. Sie hatten nichts gesagt, weil nicht zu reden die Lehre aus dem Vorfall deutlicher machte. Es dauerte noch länger, bis er begriff, daß die Lehre dieser Lektion im Grunde ihre Doppeldeutigkeit war, und darüber zu reden, hätte auch das übertüncht.
Nach der Attacke ging Manuel beinahe gleichauf mit der massigen Gestalt, wenn er sie bei ihren Ausflügen begleitete. Er fühlte sich jetzt befähigter, mit ihr umzugehen. Der Hauch der Vernichtung (so dachte er über den Vorfall) hatte bewiesen, daß er sich so schnell und sicher bewegen konnte, wie es nötig

war. In ihm hatte eine Angst gesteckt – nicht die kupfrige Angst, die ihn, wie er wußte, nie verlassen würde, sondern eine mildere, die gebannt werden konnte und sich nun langsam verflüchtigte. Nachdem ihn Old Matt wachsam, aber mit lebhaftem Schritt, neben dem Ding hatte gehen sehen, sagte der alte Mann: »Wir sollten es Adler nennen.«

»Was bedeutet das?«

»Ein großer Vogel. Lebte vor langer Zeit auf der Erde.«

»Hm? Es ist doch kein Tier, es ist...«

»Sollen wir es Fred taufen? Elizabeth? Carmelita?«

Eine Weile sagte der Junge nichts, dann: »*Si, si.* Ich schätze, du hast recht. Aber Adler? Es kann nicht fliegen. Nicht mal in die Luft könnte es fliegen.«

»Das Wichtigste beim Adler war nicht seine Flugfähigkeit, sondern sein Herz. Deshalb ist er ausgestorben, wie ich mich erinnere. Er gab nicht nach, wollte kein Haus- und Hoftier werden.«

Manuel zuckte die Achseln. Er machte sich nicht viel aus der alten Vergangenheit. Den Namen akzeptierte er, weil am Ende ein Name so gut wie ein anderer war. Er bedeutete ihm nichts, bis er einige Wochen später mit Adler – es war wirklich schwierig, sich an diesen Namen zu gewöhnen – von der Grenze über die glasige Ebene mit den weiten Landungskratern zurückkehrte. Sie hüpften über Flecken verbrannten Goldes, verkrusteten Scharlachrots, versengten Oranges. Adler lief neben ihm, und Manuel hielt den Traktorstab lässig in der Armbeuge. Einige Tiere arbeiteten an einer Heißwasserleitung, die sie auf Stützen über das Eis zwischen zwei Kuppeln verlegten. Sie plapperten bei der Arbeit miteinander, richteten Streben auf und verschweißten mit hellblauen Lichtbögen Verbindungsgelenke, als sie Adlers ansichtig wurden. Sie begrüßten die beiden und lösten sich dann aus der Arbeitsgruppe, während die Männer hinter ihnen herschrien; fünf Tiere, die rasselnd über die purpurne Eishülle rollten, laut plapperten, froh über die Unterbrechung in ihrer Arbeit. Vier von ihnen wurden langsamer, blieben stehen, als sie einen besseren Blick auf das Ding hatten, das mit dem Jungen ging, aber das jüngste war bisher noch nie außerhalb der Siedlung gewesen und kannte in seiner verschwommenen Welt keine Feinde, also kam es näher. Kläffend rannte es auf Adler zu. Adler nahm es kaum wahr. Er verlangsamte den Schritt nicht, setzte nicht einmal seine Spurketten ein. Er rammte das Tier einfach in die Seite und ging weiter, während es über die glitschige Oberfläche taumelte und einen flachen Hang hinabrutschte, wo es schließlich zum Stillstand kam. Adler ging weiter, gleichgültig gegenüber der Stille, die Tiere und Menschen gleichermaßen erfaßte. Sie starrten Adler hinterher und machten sich mit langsamen Bewegung auf den Heimweg. Das Junge jammerte und blökte kläglich. Die Männer flüsterten miteinander, benommen und mit grimmiger Bewunderung. Es war nicht die Handlung selbst – die nicht grausamer war als die täglichen spielerischen Ringkämpfe der Tiere –, sondern die Art, wie sie ausgeführt wurde, ohne Zorn und mit hochmütigem Sinn für das, was Adler und was die Tiere waren.

Manuel begann, ihn als sein Eigentum anzusehen. Das hörte auf, als er ihn erneut ansprang. Er hatte Adler, weil er beschäftigt war, zwei Tage im Käfig gelassen und keine Zeit gehabt, ihn für einen weiteren Ausflug hinauszulassen. Diesmal schlug ihn Manuel direkt nieder, wollte sich auf nichts mehr einlassen. Die Attacke erfolgte schnell, aber ohne die große Kraft, die Adler, wie der Junge wußte, aufbringen konnte. Dann ein klagender Schrei – sonst nichts. Aber die Szene kurierte den Jungen von der sentimentalen Ansicht, Adler zu seinem Eigentum gemacht zu haben, das so unterwürfig oder so freundlich wie die Tiere wäre. Old Matt lächelte sanft, als er davon hörte und sagte nichts, aber Manuel wußte, was er dachte.

Die Arbeit war mehr geworden, da die Siedlung mehr Kuppeln hochzog, sie mit mühsam gewonnenem Erdreich, vermischt mit menschlichen Exkrementen, Getreidehalmen und alten Pflanzenfasern (»die Honigeimer-Brigade« nannte Major

Sánchez es) füllte und die Tunnel in die benachbarten Hügel ausweitete, um Zugang zu weiteren Wasseradern und Gräben mit ammoniakreichem Eis zu gewinnen. Es gab weniger Zeit für die Erholung, weniger Tanzveranstaltungen und gesellige Treffen, dafür mehr der kleinen Kartenspiele und Zechgelage in der Zeit zwischen den Schichten. Was schlimmer war, die neuen Arbeiten verschlangen Energie, deshalb wurde das Heizbudget reduziert. Männer und Frauen blieben nah bei ihren Unterkünften, die in die Eisschollen gegraben worden waren. Um den Wärmeverlust durch Zugluft zu mindern, wurden Decken in die Verbindungsgänge gehängt. Die jüngeren Kinder, darunter auch Manuel, verbrachten viele Stunden damit, dicke, graue Isolierschichten auf dem Rohrleitungssystem anzubringen, alles in der ewigen Schlacht gegen die Kälte, die trotz der Magnetisolierung und des ständigen Gurgelns heißen Schmelzwassers in die Wände hineinsickerte. Aber der Colonel kannte die Grenzen der Gemeinschaft und sprach mit Bio eine neue Expedition zu weit entfernten Gegenden ab, um die Muties niederzuhalten und jedem eine willkommene Unterbrechung möglich zu machen. Es war einige Jahre her, seit eine Frau bei einer der Jagden mitgezogen war, nicht durch Planung, sondern einfach aus Neigung. Während die Männer und Jungen fort waren, fühlten auch die Frauen eine seltsame Befreiung, die einige Neuerungen zur Folge hatte. Sie arbeiteten an privaten Gärten und anderen Projekten, fertigten Unterhaltungsholos für den Austausch mit den anderen Siedlungen – keine Imitationen der raffinierten Sensodramen von der Erde, sondern Geschichten von Ganymed und den Asteroiden, über Menschen, wie sie es waren – und träumten von dem Tag, an dem die Familien beginnen konnten, sich von den Siedlungen zu trennen und auf eigene Faust im neuen Land zu leben, unter einer schützenden Luftdecke sicher vor dem tödlichen Protonenhagel und ohne jemandem Tribut, Steuern oder Vertragsarbeit zu schulden. Diese Zeit würde nicht so bald kommen, wahrscheinlich überhaupt nicht in ihrer Generation, aber das spielte keine Rolle: Sie konnten die

Verheißung sich auftun sehen, und das reichte im Moment aus.
Die Jagdgruppe, die von Sidon aufbrach, war größer als gewöhnlich, größer und lauter, in Hochstimmung durch Vorfreude und Kippsprit. Während der langen Fahrt zum Prometheusplateau hinab fühlte Manuel, wie eine Last von ihm abfiel. Die Monate voller Routinearbeit waren zäh und aufreibend gewesen. Für ihn hatten die ermüdenden Monate die Sicherheit der Dinge verwischt, die er außerhalb der isolierten, kleinen Menschenwelt erlebt hatte, von der sie rundherum begrenzt wurden. Ihre Supraleiter hatten die dünnen Vakuumkeile ermöglicht, die sie von der grauenhaften Kälte isolierten, und nur härteste Arbeit würde aus Ganymed einen menschlichen Ort machen, doch unter ihrer nicht endenden Last verloren sie das Empfinden für die freien, endlosen Ebenen, die sie nun so selten überquerten. Die frühen Entdecker hatten hier, wo jetzt Spurketten die flachen Krater zerfurchten, wirklich gelebt. Die kuppelbeschränkten Farmer hatten einen engeren Horizont. Er war froh, kein Farmer mehr zu sein und einen Teil der alten Entdeckerrolle wieder anzunehmen. Es prickelte, als er sich am Morgen gegen die beißende Kälte kleidete.
An dem Morgen, an dem sie das Plateau erreichten, trafen sie sechs Fremde. Sie kamen aus dem Gebiet zwischen Nelson- und Fujimura-Siedlung, tausend Klicks entfernt, und waren seit Tagen unterwegs. Sie hatten einen Auftrag von Bio, aber in Wirklichkeit hatte sie die Geschichte Adlers angelockt, die inzwischen rundgegangen war, und die Aussicht auf eine echte Jagd. Sie waren ungepflegt und schmutzig, nicht die besten Männer. Die meisten hatten keinen festen Vertrag mit einer Siedlung. Sie waren Stromer und Einzelgänger, Männer, die in eigener Regie in ihren zusammengeflickten Kuppeln in Flußtälern arbeiteten, oder Agenten von den Außenposten (alt die meisten, beinahe Einsiedler, mit uralten Bitterkeiten). Alle kamen mit ihren Gewehren, einer sogar mit einem schweren E-Strahler, der an einem alten, abgenutzten Schlepper vertäut war. Sie waren die Sorte von Männern, die nie gut in die

umfriedeten Siedlungen paßten. Und sie waren dort, um eine Schuld zu begleichen: »Dachten, wir könnten mit euch hinter ihm her« – wobei keiner auch nur mit dem Gedanken spielte, das Aleph in der Art des zwanzigsten Jahrhunderts anzugehen: eine nukleare Sonne und aus und vorbei. Das war undenkbar. Die alte Erde und Luna waren durch die Hölle gegangen und machten diese Waffen zu einer entsetzlichen Vorstellung, und so kamen sie wie immer, hoffnungsvoll, aber mit den gleichen wirkungslosen Waffen, die ihre Väter ihnen vermacht hatten, den Strahlen und Geschossen, denen das Ding widerstanden oder die es zahllose Male beiseite gewischt hatte. Adler war es, der sie anzog.

Das Sextett hockte im kalten, trägen Nieseln vor dem Lager, noch bevor die größere Gruppe ihr Frühstück aus Sauermais und Laurersteak beendet hatte. »Dachten, wir könnten einfach so mitkommen. Werden nicht mal schießen, wenn ihr nein sagt. Vorausgesetzt, es ist hinter keinem von uns her.«

Colonel López nickte. Er konnte ein Team, das von Bio das Okay hatte, kaum abweisen. »Habt ihr es oft gesehen?«

»Meine ersten Hydrokuppeln hat es zertrümmert«, antwortete ein drahtiger Mann und packte sein Gewehr fester.

Ein andrer sagte: »Hat meine Frau getötet, vor dreißig Jahren.«

Der Colonel sah sie prüfend an und sagte entschieden: »Wir sind hier, um die Muties wegzuputzen.«

»Wollt ihr das, dann schickt ein paar von den Knaben raus«, meinte der Drahtige.

»Wir frieren uns hier draußen nicht den Arsch ab, um vom Aleph über den Haufen gerannt zu werden«, mischte Major Sánchez sich ein. »Habt ihr das vor, *Mierda,* dann könnt ihr gleich wieder nach Hause.«

»Vielleicht seht ihr weichen Siedlungsknaben nicht genug von ihm«, sagte der Mann, der seine Frau verloren hatte. »Ich komme nicht mehr oft an die großen Orte. Aber wir sind Vertragsfarmer. Es weiß nicht mal, daß wir da sind.«

Der Colonel blickte sie aus schmalen Augenschlitzen an und sagte: »Ihr seid im Auftrag von Bio hier, *si?* Wenn ihr Felskauer-Muties oder Roller seht, schießt ihr so viele ihr könnt. Aber keine guten. Seht ihr etwas anderes, schießt ihr auch – *si.* Aber das gehört nicht zum Auftrag.«

Die Männer murrten, aber es war ohnehin egal. An diesem Tag bekam keiner das Aleph zu Gesicht, die ganze Woche nicht. Es kam und ging auf seinen merkwürdigen Bahnen tief in dem alten Mond, und die Chancen, daß man es überhaupt in einer Saison sah, standen mehr als schlecht. Manuel fand Gräben und Höhlungen, die Spuren seiner Bewegungen hätten sein können, aber der endlose Prozeß der Schmelze und des Wiedergefrierens machte eine sichere Aussage unmöglich. Den Delta-Abdruck fand er nirgendwo. Aber in der zweiten Woche schien eines der Tiere etwas aus südlicher Richtung zu hören, und die Hauptgruppe machte sich dorthin auf. Adler wollte nicht bei der Schlange aus Menschen und Tieren bleiben, und Old Matt gab ihm das Zeichen, daß er weiter nach Süden streifen und dort suchen könne. Weder er noch Manuel hatten Adler viel über das Aleph berichten können, aber sie hatten ihm Bilder gezeigt.

Sie stampften schwerfällig eine Schlucht hinab, wo eine große, graue Eisscholle sich gegen einen Eisenberg schob und eine Art Waffeleisen aus abwechselnd gestrecktem und gequetschtem Felsgestein formte. Es gab keine Vorwarnung, kein ankündigendes Beben. Die Felswand beulte sich, schickte einen Schauer von Eissplittern und Schneeklumpen über die Leichttiere, und da war es: diesmal schmal, schlangengleich und wogend, ein weiches Bernsteinlicht verströmend, mit Alabasterblöcken unter seiner rauhen Haut, die wie Eisberge in einer Flüssigkeit zu treiben schienen. Es bohrte sich aus dem Eis heraus, als spürte er keinerlei Widerstand – noch weniger nahm es die Männer und Tiere wahr, die sich vor ihm in alle Richtungen zerstreuten und schreiend und hektisch flohen. Nicht einer nahm es ins Visier oder suchte nach einer potentiell verwundbaren Stelle, auf die man hätte zielen können. Nicht einer – außer dem Jungen. Er befand sich am Ende der Gruppe, als die Eiswand aufriß und Gestein herabkrachte. Er stand ganz still. Das Ge-

röll regnete um ihn herab oder sprang an ihm vorbei, knirschte über Schneebänke oder schlug neben seinen Stiefeln auf, und er war der einzige konstante Punkt inmitten all der Bewegung. Er beobachtete es. Das Aleph drehte seine lange Gestalt, als es sich dem Grund der Schlucht näherte. Unter seiner Masse knarrten Eisplatten und zersplitterten – *drahtig diesmal,* dachte der Junge, *als würde es schwimmen* –, und spiralige Wellen pulsierten über es hin. Von den Spitzen der Wellen brach sich wäßriges Bernsteinlicht, als es die Schlucht mit anmutigen Windungen durchquerte – *nur berührt es den Grund nicht* – und völlig unbeeindruckt in eine Eisenklippe rammte, den stumpfen Kopf (jetzt ohne Gesichtsmerkmale) mit mahlendem Geräusch in die rostrote Felswand tauchte, während der ganze Berg vor dem Angriff zurückzuzucken schien und von der Stelle der Berührung Schockwellen fächerförmig ausströmten. Gleichgültig stieß es hinein. Aus dem Loch, das es bohrte, wurden Steine und Staub gespien, und dann sah der Junge die Flecken. Sie bildeten sich auf dem Schlangenkörper immer wieder neu, einige größer als ein Mensch, nicht nur schwebende blaue Stellen, sondern tatsächliche Öffnungen, die sich verschoben und vertieften – *wieder die Sechseckform, eindeutig* – und ein düsteres, blauschwarzes Leuchten verströmten, als blickte man weit in einen Eisberg hinein und sähe das blasse Leuchten der Sonne, die auf der anderen Seite aufging.
Adler eilte an seine Seite. Das Aleph war jetzt fast vollständig in seinem ovalen Tunnel vergraben, und Adler hetzte weiter, ohne zwischen den fliehenden Männern und rennenden Tieren auch nur einmal zu verharren, ohne langsamer zu werden, als er an Old Matt vorbeilief – der vornübergebeugt blinzelte –, und so schnell, daß Manuel ihm kaum mit Blicken folgen konnte. Das stumpfe Ende des Alephs war bleich. Wie in einer Muskelbewegung verdreht, schwebte es einen Meter über dem Grund, als hielten es Magnetfelder – und Adler sprang hinauf. Er krallte sich an die Oberfläche und schaffte es, Halt in einem winzigen Spalt in der sonst scheinbar glatten Haut zu finden. Seine scharfen Hand-Servos hieben in die glänzende Hülle,

und Manuel glaubte, einen roten, sengenden Riß in der Haut zu sehen, doch bevor er sich sicher sein konnte, wogte eine der Bernsteinwellen zum Ende des Körpers, wurde zurückgeworfen und packte Adler auf dem Weg zurück zum Kopf beim Fuß, um ihn gewandt und mühelos abzuschütteln. Manuel rannte auf Adler zu, und im Laufen sah er, daß er eine Narbe, eine eindeutige Narbe hinterlassen hatte, die jetzt tiefrot wurde. Dann glitt die weiße Spitze des Dings in den Tunnel und war verschwunden.

Adler schüttelte sich und wirkte ein wenig benommen. So schnell er vermochte kam Old Matt herbei, und allmählich näherten sich auch die anderen Männer. Sie unterhielten sich, blickten auf den Tunnel – einige wagten sich sogar tapfer hinein und leuchteten die wie mit dem Gewindebohrer geschnittenen Wände an – und ließen sich darüber aus, wie sie es gesehen hatten (ein Faxbild hatte niemand aufgenommen) und was Adler getan oder zu tun versucht hatte. Der Junge hörte sie nicht. Er schmeckte den metallischen flüssigen Geschmack, der sich prickelnd in seiner Nase breitmachte – nicht Angst diesmal, sondern etwas Stärkeres, weil es sich in ihm niederließ und bleiben würde: eine Gewißheit, ein Gefühl künftiger Dinge, ein Vorherwissen – ätzend und endgültig und in seiner Grausamkeit unnachgiebig von ihm Besitz ergreifend.

5.

Im nächsten Jahr kamen Stromer ins Lager, einige, weil sie ohne Arbeit waren und ins Land hinauswollten, andere aus wichtigeren Gründen. Vier Monate zuvor hatte das Aleph nur mit einer Streifbewegung eine Kuppel aufgerissen und mehr als ein Dutzend Menschen getötet. Zum Schutz aller Siedler wurden Nuklearwaffen ins Spiel gebracht. Der Wissenschaftsrat von Luna wies Hiruko mit dem Argument zurück, das Aleph wäre mit einer archäologischen Ausgrabungsstätte auf der Erde zu vergleichen und sollte für zukünftige Generationen erhalten bleiben, die möglicherweise fähig wären, mehr von ihm zu lernen. Für die hageren, schweigsamen Männer, die ihre winzigen Kuppeln neben Colonel López' Schuppen aufstellten, spielte all das keine Rolle. Sie hatten eine Schuld einzutreiben, und obschon sie wußten, daß es hoffnunglos war und schon für ihre Väter hoffnunglos gewesen war, ließen sie nicht nach. Diesmal waren zwei Männer von den McKenzie-Asteroiden dabei, neu im Hiruko-Bereich – um sich mit Ammonniakfarmen vertraut zu machen, sagten sie –, aber sie wußten über das Aleph Bescheid und sogar über die Mutie-Jagdgruppen, die gelegentlich auf es trafen. Einer hatte in Hiruko von Colonel López und dem großen, stahlblauen Adler gehört. Er hatte nicht einmal ein Lasergewehr dabei, und sein Isolieranzug hatte noch drei Tage vorher im Lager eines teuren Ausstattungsgeschäfts gelegen. Die Männer von Sidon ignorierten all diese Menschen so gut sie konnten.

Die McKenzie-Leute waren noch weniger willkommen, weil sie für die Farmer die ersten Vorboten einer neuen Ära waren.

»Ich sage, wir verbünden uns nicht mit ihnen«, sagte Petrowitsch eines Abends beim Essen. Wie gewöhnlich hatte er versucht, dem Colonel die Erlaubnis abzuschwatzen, Krauchies zu schießen, und wie gewöhnlich hatte der Colonel ihm eine Abfuhr erteilt. Jetzt wollte er das Thema wechseln. »Sie kommen her, gucken sich um, nehmen unsere Ideen mit.«

Major Sánchez, stets mit einem Widerspruch zur Hand, entgegnete: »Im Vertrag mit der Erde steht, wir sollen an Kenntnissen teilhaben.«

»Erde!« schnaubte Petrowitsch. »Immer auf der Seite der 'Roiden, weil die Felshüpfer, die haben sie an der Kehle.«

Der Colonel sagte ernst: »Die Erde hat genug Probleme, ohne sich in unseren Zank einzumischen.«

Die Tischrunde verstummte. Ein Umverteilungskrieg war in Asien aufgeflammt, und in den ersten Stunden war Sidney ausgelöscht worden. Selbst in dieser Entfernung war es unmöglich, der alten Krankheit der Erde gegenüber gleichgültig zu sein. Manuel konnte den Fatalismus, mit dem jedermann über die Kriege sprach, die ständig zwischen den historisch Armen und den relativ Reichen wüteten, nicht verstehen. Er fragte sich, wie man wissen konnte, daß man sich in einer bestimmten Periode der Geschichte befand, die von den Metasoziologen eingeordnet und geschildert wurde, als wäre man bereits tot – und obwohl man es wußte, fuhr man fort im Griff der historischen Gesetze, vergeblich und vorherbestimmt, und folgte stets dem gleichen Nullsummenspiel, bis zu einem erbarmungslosen Ende. Vielleicht war falsches Verstehen leichter, wenn man die Erde und ihre blutgetränkten Rätsel nur als blauen Schimmer zu sehen vermochte; oder vielleicht war auch er eine Raumfähre, die eine glatte, total festgelegte Umlaufbahn, die er selbst nicht erkennen konnte, entlangglitt – vielleicht war er ebenso lächerlich. Schulterzuckend tat er diese Gedanken ab und hörte wieder Petrowitsch zu.

»...Er würde ihnen das rausreißen, wenn sie kämen, wo er schläft und sich zum Aufwärmen auf ihn legten.« Er sprach über Adler, der stets allein schlief, oft in eine Schneewehe eingegraben. Die Tiere legten sich stets übereinander.

»Er ist kein Tier«, merkte der Colonel an.

»Auch kein Mensch«, gab Petrowitsch störrisch zurück. »Hiruko, die haben den Hirnlappen auf Max-Kapazitäten gebracht, klar. Alle übriggebliebenen Nervenverbindungen genutzt. Aber kein Mensch, trotzdem.«

»Warum nicht?« fragte Old Matt beiläufig.

»Zu einem Mensch gehört mehr als Verbindungen.«

»Was denn?«

»Ein halber Mensch ist kein Mensch.«

Major Sánchez schlug mit der flachen Hand auf den Festfasertisch. »Ha! Der Neurophilosoph wird uns jetzt verraten, woran er einen Menschen erkennt.«

»Nun, Menschen haben größere...größere Ziele.«

»Zum Beispiel?«

»Aleph! Für Tiere, für Adler ist es nur ein großer Felskauer. Etwas zum Jagen, wenn sie das Herz dazu hätten.«

»Und für uns?« fragte der Colonel.

»Tja...« Petrowitsch biß sich auf die Lippe, fühlte sich in die Enge getrieben. »Für uns ist es etwas, von dem man lernt.«
»Bis jetzt war Lernen nicht gerade deine starke Seite, Petrowitsch«, meinte Major Sánchez spöttisch.
»Ich habe im letzten Jahr etwas gelernt. Etwas, was du nicht weißt. Es ist eine Prämie auf es ausgesetzt.«
»Was?« fragte der Colonel erstaunt. »Wenn man's tötet?«
Petrowitsch grinste. Er hatte das Gespräch in die gewünschte Richtung gelenkt. »Nicht töten. Einfangen.«
Major Sánchez fühlte sich überrumpelt. »Bist du sicher?«
»Hab ich in den alten Berichten gefunden. Solltest du selbst manchmal durchschauen, mein Freund.« Und mit unschuldigem Gesichtsausdruck fügte er hinzu: »Um ein wenig zu lernen.«
»Du hast sie gedruckt?« fragte der Colonel.
Strahlend zog Petrowitsch einen Papierstapel hervor. »Lesestoff für lange Nächte.«
Die Männer gaben die Aufzeichnungen herum, lasen Auszüge offizieller Anweisungen durch, die beinahe ein Jahrhundert alt waren, lachten über die steifen Erdbezeichnungen und die gespreizte Art zu formulieren. Nur wenige von ihnen schrieben überhaupt einmal etwas, deshalb war alles in gedruckter Form ausgefallen, bizarr und unnötig. Old Matt nahm die alten Anweisungen und zeigte sie Manuel. »Stammt etwa aus der Zeit, als die Wissenschaftler das Zeug auf den äußeren Monden entdeckten«, betonte er.
»Als sie hier aufgaben?«
»Ungefähr um die Zeit. Schätze, sie stellten sich vor, jemand könnte einen Weg finden, es zu verlangsamen oder anzuhalten, damit sie es gefahrlos studieren könnten. Ich erinnere mich an so etwas – ich meine, warum die Leute anfingen, es zu jagen.«
»Du warst damals schon da?«
Old Matt grinste. Seine Metallwange faltete sich mit leisem Kratzen. »Noch in den Orbit-Labors, und dann auf Titan – aber da, da war ich.«
»*Madre.*« Für den Jungen kamen beide, der alte Mann und das

Aleph, aus einer gesichtslosen Zeit vor allem, was er mit Gewißheit wußte. Beide kamen aus Ursprüngen, die für ihn auf immer verloren waren, und mit der schützenden Scheuklappenkonzentration der Menschen gab ihm seine Unwissenheit Sicherheit und Frieden.
»Siehst du das hier?« Manuel zeigte auf ein altes Schnellbild. »Im Text heißt es, sie mußten wirklich schnell sein, um die Flecken an der Seite zu sehen.«
»Hmm.«
»*Ich* kann sie leicht sehen.«
»Richtig.«
»Es muß langsamer werden.«
»Es hat sich Zeit gelassen, das ist alles.«
»Vielleicht wird es schwächer.«
Old Matt lachte. »Verschlingt einen Berg in einer Minute, wenn du das schwach nennst.«
Unbeirrt legte der Junge einen Finger auf das Foto. »Was sind das für Flecken? Man sieht sie nicht auf vielen Bildern.«
»Löcher.«
»Weiß jemand, was für Löcher?«
»Sie verändern sich ständig.«
Manuel nickte. Old Matt war müde, nachdem sie den ganzen Tag Klapper gejagt hatten, die neue Bioform, die ein Glied in der biochemischen Kette füllen sollte, welche zu einer Sauerstoffatmosphäre führte. Die Klapper waren leistungsfähig, groß, wuchtig und häßlich wie die Sünde. Sie mutierten leicht und waren schwer zu erlegen. Nachdem der alte Mann sich in seinen Schlafsack gehüllt hatte, blieb Manuel noch lange auf. Er blickte auf die alten Bilder, las die Angaben. Ihm war noch nie der Gedanke gekommen, das Aleph zu studieren. Studieren, das heißt Rohrreparaturen oder Thermodynamik zu lernen, und das Aleph war etwas anderes – keine Formeln oder Verfahren, nur eine dahinhetzende Wildheit, auf die man nur durch Gespür und Gefühl Anspruch erhielt. Aber während er auf die erstarrten Abbilder aus Bernstein und Alabaster blickte, nickte er entschlossen und konzentriert. Am nächsten Morgen

redete er Adler zu. Er wußte nicht, ob er es verstand, versuchte es dennoch. Und an jedem darauffolgenden Morgen versuchte er es erneut.

Elf Tage jagten sie Klapper-Muties. Adler erlegte die meisten, war immer viel schneller als die Tiere und beim Töten stets rasch und unerbittlich. Der McKenzie-Mann hatte aus eigenem Verschulden einen teilweisen Zusammenbruch der Isolation und innerhalb von fünf Minuten Erfrierungen am Bein. Die Haut war an die Anzughülle gefroren, so daß sie abriß, als sie ihn herauszogen.

Adler führte sie jetzt alle mit einem Instinkt, der mit der Zeit immer sicherer geworden war. Ohne erkennbare Zeichen wußte er, welcher Cañon der richtige war, welche Höhlung im Purpurschatten die wachsenden Mutiegruppen schützte, wo die verstreuten und sich bekriegenden Lebensformen Beute machten, sich paarten und starben. Adler jagte mit gedankenloser Grausamkeit, die einigen der Männer Furcht einflößte. Die freundlich-lockere Zuneigung, welche die Evolution zwischen Menschen und den domestizierten Tieren geschmiedet hatte, galt ganz gewiß nicht für ein Ding wie Adler, und die Männer blieben ihm fern.

Diesmal fand Adler das Aleph allein. Es war während der letzten Tage der Expedition, und Manuel befand sich zehn Klicks westlich der Hauptgruppe auf der Fährte eines Rudels von Klapper-Muties, die die normalen Steinkauer und Krauchies jagten und fraßen. Er hörte die erregten Schreie und Rufe über Nahbereichsfunk. Adler hatte das Aleph auf offener Ebene gestellt. Manuel lauschte, hüpfte in die Richtung der Gruppe und stellte sich die Szenerie vor: die Männer und Tiere, die es verfolgten, das riesige Ding, über das Eis gleitend und dabei einen feinen trockenen Staub von Ammoniakkristallen aufwirbelnd, und Adler hinter ihm, diesmal nicht hüpfend, sondern sich Zeit lassend, vorsichtig, aber voll unterdrückter Wut knurrend. Der Junge rannte unter Aufbietung aller Kräfte, nutzte keuchend die gesamte Servo-Energie. Er hörte Major Sánchez fluchen, Petrowitsch jubeln, Tiere in einer Mischung aus Angst und Blutgier plappern und blöken. Er hörte das plötzliche scharfe Knacken, als Colonel López zwei Laserschüsse auf Kernschußweite abfeuerte. Manuel erkletterte eine Klippe und blickte auf die Ebene hinab, wo die hektischen schwarzen Pünktchen um das riesige Ding herumschwärmten, auf es losstürzten und sich dann wieder zurückzogen, obwohl die sich flüssig bewegende Gestalt nichts getan hatte, sie aufzuhalten. Dann kam ihm eins zu nahe, und das Aleph bewegte sich darüber hinweg, ließ einen zerquetschten Fleck aus Rot und Stahl hinter sich. The Barron warf sich gegen die Gestalt, allerdings langsam, unsicher. Etwas packte ihn mitten im Sprung, das Tier wand sich unter Schmerzen und stürzte nieder – in zwei Teile zerbrochen.

Und Adler: Er rannte neben dem Aleph her, beobachtete die blauschwarzen, sich verändernden Flecken, bis er wie ein Schatten zu der Alabasterflanke hochschoß, wie von einer unsichtbaren Sehne losgeschnellt den Rand eines dreieckigen Lochs erreichte und dann verschluckt wurde, in einem Sekundenbruchteil verschwunden war, so daß die kläffenden und schreienden Laute von den schwarzen Pünktchen plötzlich verstummten und sich eine sonderbare Stille breitmachte. Der Junge fühlte sein Herz schlagen, einmal, zweimal, und beim dritten Schlag verzog sich die Seite des Dings, wurde rostrot, und Adler kämpfte sich aus dem Dreieck heraus, das zusammenschrumpfte, noch während er sich mit windenden Bewegungen befreite, knurrte, spie und mit winzigen Servohänden auf das Aleph einhackte. Er kämpfte. Dann fiel er. Adler traf hart aufs Eis, überschlug sich. Der Junge keuchte und hüpfte bergab. Die Stoßdämpfer fingen seine ungelenken, überhasteten Sprünge ab. Als er die Ebene erreicht hatte, war Adler schon auf den Beinen. Er schwankte, war aber im Grunde unverletzt. Das Aleph war verschwunden, hatte sich in einem Nebel aus Energie flach in einen Felsen gegraben.

»Hat es beide Male getroffen«, sagte Colonel López, als sein Sohn näherkam. »Beide Male, und kein Loch, keine Spur.«

Old Matt hatte die Hand auf Adlers Rücken gelegt. Die Männer drängten sich heran, wogegen sich die Tiere zurückhielten. Adler keuchte erschöpft, seine Keramik- und Verteilerplatten produzierten hohle Kratzgeräusche. Der Junge sah, daß er etwas in der Hand hielt.

»Ein Stück von dem Ding«, sagte Old Matt. »Hat es irgendwie rausgerissen. In dem Loch da drin, schätze ich.«

Major Sánchez starrte auf das dünne Plättchen, das wie rosiges Blech aussah. »Zum ersten Mal, daß ich so was sehe.«

»In den Berichten findet sich nichts davon«, sagte Petrowitsch.

Am Abend rief Petrowitsch vom Lager aus Sidon an und holte sich die Bestätigung: Noch nie war ein Stück des Dings geborgen worden. »Das Geheimnis steckte also die ganze Zeit in den Flecken«, meinte Old Matt. »Gottverdammt!«

Die Männer lachten und schlugen sich gegenseitig erleichtert auf die Schultern. Sie tranken noch mehr und luden sogar den fußlahmen Haufen von den Vertragsfarmen ein. Die Männer waren noch immer ganz verängstigt, waren zum Schluß zurückgefallen und dem Aleph nie nahe gekommen. Zwei Tiere tot und ein Bruchstück in den Händen: ein stolzer Preis. Als der Junge in der Nacht in einen erschöpften Schlaf fiel, wußte er, daß er es in diesem Jahr nicht wieder sehen würde. Doch das war nicht mehr wichtig, sie waren, trotz der momentanen Euphorie, alle ausgelaugt. Doch sie hatten etwas geschafft, was die Wissenschaftler nicht schaffen konnten, und sie hatten es ohne raffinierte Instrumente, ohne viel Geld geschafft. Im warmen, dumpfen Geruch der Bettlaken lächelte er still vor sich hin. Ein Zeitabschnitt war zu Ende, und etwas Neues, Großes begann – auch wenn er nicht wissen konnte, was es war. Doch das kümmerte ihn nicht.

6.

Es dauerte länger als ein Jahr, bis sie in das unwegsame Gebiet zurückkehrten. Die Gruppe war größer, aber keineswegs erfahrener, denn sie wurde durch Männer aus Fujimura und der

Zannatkin-Siedlung aufgebläht. Drei kamen aus Hiruko, und auf sie mußte aufgepaßt werden, damit sie ihre Tanks nicht falsch bedienten und sich die Lungen steinhart froren (ein teures Ersatzteil – und manchmal tödlich), in einen überfrorenen Spalt stürzten oder neben Adler hergingen und versehentlich die Hand auf ihn legten, weil sie ihn für ein normales Tier hielten. Dann waren die zusätzlichen Männer von Nutzen, weil der Colonel und Major Sánchez sie dazu brachten, einen Großteil der mühseligen Jobs im Lager zu erledigen. Manuel begrüßte das, weil er als Junge stets mehr der stupiden und ermüdenden Arbeiten aufgeladen bekam als die Männer – unter vierzehn Prozent der Erdschwerkraft konnte er selbst große Kisten heben und handhaben – und es nun als angenehm empfand, eine Stufe befördert zu werden und zuschauen zu können, wie andere sich damit abmühten. Trotzdem nahmen das aufdringliche Interesse, die komische Ungeschicklichkeit und die schlichte Ignoranz dieser anderen der langen Reise vieles von ihrer fröhlichen Lockerheit. Dem Jungen gefiel sie so wenig wie früher, und er verlor in dieser frühen Mißstimmung und der Haltung, den Weg des Wandels zu blockieren, ein weiteres Stück seiner Kindheit.

»Hoffentlich erwartest du nicht von mir, daß ich mit ihnen jagen gehe«, sagte er am ersten Tag im Lager zu seinem Vater.

»Wir teilen die Jobs wie gewöhnlich auf«, erwiderte Colonel López. »Und wir teilen auch die neuen Männer auf unsere Gruppen auf.«

»Sie kommen nicht mal aus Sidon.«

»Aber Bio gibt uns den Zuschuß für ihre Einsatzstunden.«

»Einen lumpigen Klacks von Zuschuß.«

»Wir brauchen ihn«, sagte der Colonel mild. Er war mit seinem Jungen jetzt weniger streng, verließ sich weniger auf Disziplin, als auf Zuverlässigkeit und Besonnenheit. »Wir verkaufen weniger Ammoniak-Mix an Mars-General. Irgendwie müssen wir's zusammenkratzen.«

»So nicht. Es gibt eine Menge...«

»Eine Menge ist genau das, was es von nichts gibt. So, und jetzt hilf genau wie die anderen dabei, die Spurketten abzulösen!«

Manuel befolgte den Befehl und hatte nach einer Stunde seinen Groll so gut wie vergessen. Ihm half dabei, daß die Fujimura-Männer sich zu Bewunderern Adlers entwickelten – seiner Größe und Fremdheit und seiner anmutigen, schwierigen Sprünge, als er die umliegenden Hügel auf einem ersten Ausflug erkundete. So etwas hatten sie noch nie gesehen, ein Ding, das einem Servo-Tier ähnelte, aber Energie und nervöse, unterdrückte Intelligenz ausstrahlte, jeden und alles mit einem offenen, furchtlosen und festen Blick beäugte. Die neuen Männer waren nervös, wenn sie spürten, wie er sie beobachtete, als empfände die glutäugige Intensität sie als nicht vorhanden.

Der erste Abend im Lager war stets Grund, mehr als gewöhnlich zu trinken und zu schnüffeln, und die neuen Männer paßten sich prächtig an. Einige warf der Kippsprit schon recht früh um, und man mußte ihnen eine Dosis Oxy geben, um ihre Kardiosysteme wieder voll in Gang zu bringen. Der Major schlenderte wie zufällig durch die miteinander verbundenen Hütten, hatte ein Auge auf die Feuerköpfe und achtete darauf, daß das Oxy nichts entzündete und sie ausbrannte.

Manuel saß auf seiner Koje, besah sich die Szene und trank ein wenig von dem braunen Schnaps, den die Siedlungen problemlos als Nebenprodukt der Sauermaische herstellten und, mit einem beträchtlichen Steueraufschlag, durchs Sonnensystem verschifften. Wie gewöhnlich ging der beste Teil der Produktion in den Export, aber die Siedlungen hatten sich an die herbere, halskratzige Spielart gewöhnt und bevorzugten sie inzwischen sogar. Der Junge nippte an seiner Ration und sprach mit jedem, der vorbeikam, doch dann langweilten ihn die Geschichten unwahrscheinlicher Schützenkunst, endloser beinahe tödlicher Unfälle und selbstentdeckter, aber jetzt verlorener Metalladern, und er machte sich auf die Suche nach Old Matt. Der alte Mann schlief bereits, lang ausgestreckt und kleiner wirkend als ein Mann, die Kleidung lose um den Körper, abgenutzt und schmutzig an Stellen, wo Chemikalien eingetrocknet waren und den Staub der Metallarbeit gesammelt hatten. Er atmete flach, und sein Gesicht wirkte vertrocknet, tief von UV-Strahlen verbrannt, die Nase immer wieder entzündet, die Nahtstellen zwischen Fleisch und Metall schief und faltig. Manuel betrachtete die dünne, schlaksige Gestalt einen Moment und wandte sich gerade wieder ab, als eine Wisperstimme sagte: »Du hast nachgedacht.«

Überrascht erwiderte der Junge: »Morgen zeig' ich es dir.«

»Nein, heute nacht. Ich bin nie sicher, ob ich morgen noch hier bin.«

»Ach was, die Hälfte dieser Clowns kannst du doch in Grund und Boden marschieren.«

»Vielleicht, vielleicht.« Gewandt setzte sich Old Matt auf, ohne viel Gewicht an seinen Armen zu tragen, obwohl der eine Syntho und der andere Servo war. »Ich mußte bitten und sogar ein bißchen hinterlistig sein, um diesmal mit herauszukommen.«

»Hm? Jeder kann mit, so lange er will.«

»Die Vorschrift über unverhältnismäßige Risiken, kennst du die? Wenn ich wieder verletzt werde, ein neues Bein oder einen ganzen Unterleib brauche – wer soll das bezahlen? Größere Überholungen kann Sidon nicht anstellen. Muß von Hiruko, vielleicht sogar von Luna kommen.«

»Sie wollten dich in der Siedlung zurückhalten? Deshalb?«

»Ich habe ihnen gesagt, es sei billiger, wenn ich hier draußen abschmiere, falls man bedenkt, daß die Chancen für eine Rückkehr eher schlecht stehen.«

Sein Gerede bereitete dem Jungen Unbehagen, und er wechselte das Thema: »Das Spektographen-Zeug, nicht?«

Manuel nickte. »Ja, das Bruchstück. Schwer zu glauben, daß sie so viele Informationen rausholen können.«

»Die Datierung? Ein Un-Ergebnis, wenn du mich fragst.«

»Ich verstehe nicht, wieso die Hiruko-Labors keinerlei Datierung erzielen.« Old Matt zuckte die Achseln. »Der Anteil verschiedener Isotope – das ist der einzige Ansatzpunkt für das Alter des Dings. Das kleine Stück hatte alle Arten von Isotopen in sich, aber sie alle führten zu widersprüchlichen Ergebnissen – verschiedene Datierungen für jeden Anteil. Manchmal sogar unmögliche Resultate: mehr Zerfallsprodukt, als es überhaupt sein konnte, als käme es direkt aus den radioaktiven Ausgangsatomen im Material.«

»Es ist also etwas, was sie vorher noch nicht gesehen haben. Und? Sie haben so große Köpfe, *al norte*, und sie meinen, es sei unmöglich?«

Old Matt lächelte sanft. »Das bedeutet, das Ding besteht nicht aus natürlich vorhandenem Material. Es muß seine eigenen Atome die ganze Zeit umschichten, um dieses Durcheinander zu erhalten.«

Der alte Mann schien das für bedeutend zu halten, doch Manuel sah es nur als Detail. »Wichtig ist«, sagte er, »es besteht nicht aus Stein, auch wenn es so aussieht.«

»Ach ja?«

»Viel Metall. Aus dem Masse-Spektrogramm, das sie uns geschickt haben, habe ich alle Elemente zusammengezählt, die gute Leiter bilden. Dann habe ich berechnet, wie viele andere Atome es gibt.« Er beugte sich vor. »Das Bruchstück, es ist ein guter Leiter.«

»Hm, hm! Das Stück ist von innen. Wir wissen, die Haut des Aleph ist nichtleitend. Also muß es innen anders sein.«

»Richtig! Und ein Leiter kann auch ein Kanal sein.«

»Ein Kanal?«

»Der Mann aus Hiruko feuerte beim letzten Mal – genau wie der dieses Jahr – einen E-Strahl auf es ab.«

»Klar. Er ist einfach abgeprallt. Wie immer.«

»Richtig! Das Aleph weiß, wie es sich nach außen verteidigt. Seine Haut erledigt das.«

»Nicht immer. Es hat The Barron aufgenommen.«

»The Barron war ein Hund. Er kam zu nah. Kann sein, daß er in das Aleph aufgesaugt wurde.«

Old Matt blickte ins entfernte Ende der Hütte, als lauschte er den Hintergrundstimmen, dem Keuchen der Pumpen oder dem Gurgeln der Rohre. Seine flüssigbraunen Augen schienen das

Licht aus dem düsteren Schlafraum zu absorbieren. »Es hat The Barron untersucht, würde ich meinen. Hat ihn umgedreht, so wie ein Mann einen merkwürdig geformten Kieselstein umdreht, und ihn dann aus Versehen fallen gelassen, so daß er zerbrach.«

Ungeduldig fuhr der Junge fort: »So was in die Richtung, klar, aber der springende Punkt ist doch, ein Elektronenstrahl transportiert elektrischen Strom. Leiter sind wie Spiegel – ein Strom kommt ihnen nach, sie erzeugen einen Abbildungsstrom, nur umgekehrt. Genau so, wenn du in einen Spiegel guckst und Linkshänder bist.«

»Ich bin schon Linkshänder.«

»Dann bist du im Spiegel Rechtshänder. Ich meine, was man ganz früh in der Energietechnik lernt, nämlich daß ein Strom mit entgegengesetzten Zeichen abgestoßen wird. Richtig? Das heißt, ein E-Strahl, der einen Leiter erreicht, sieht praktisch einen abstoßenden Strom in dem Leiter. Seine eigene Abbildung stößt ihn ab.«

Old Matt lehnte sich zurück und musterte den Jungen mit einer Mischung aus Belustigung und neu gewecktem Respekt. »Also bleibt der E-Strahl weg.«

»Richtig!«

»Und das heißt, E-Strahlen nutzen nichts gegen das Aleph.«

»Nicht, wenn man auf Kernschußweite feuert, so wie es der Hiruko-Typ tut. So wie es jeder getan hat, so weit ich es von Dad weiß. Aber einmal angenommen, man bekommt den Strahl in eine der Öffnungen.«

»Dann gerät er in eine Art Metallröhre. Er wird von den Wänden abgestoßen. Na und? Nutzt dir immer noch nichts.«

Manuel gestikulierte. »Nein, *nein*. Der E-Strahl, er fliegt durch das Loch, fast so schnell wie Licht. Er kann nicht in eine Wand fahren, weil er jedesmal, wenn er sich einer Krümmung oder Gabelung in der Röhre nähert, sein eigenes Abbild sieht.«

»Und das findet er abstoßend«, lächelte Old Matt.

»Also zischt er weiter. Verstehst du? Er biegt um Ecken,

nimmt Kurven – nur um von seinen Abbildern fortzukommen. Herrlich!«

Old Matt schloß einen Moment die Augen. Seine Nasenlöcher weiteten sich bei jedem langsamen Atemzug, sein Gesicht war wie eine Maske. Als er die Augen wieder öffnete, war sein Gesichtsausdruck verändert, so als wäre ein Moment eingetroffen, den er erwartet hatte, ohne zu wissen, daß er auf ihn wartete. »Der E-Strahl bahnt sich seinen Weg in das Aleph hinein.«

»Und wenn das Metall zu Ende geht – *falls* es zu Ende geht –, trifft der Strahl – zack!« – Manuel schlug die Hände zusammen, Köpfe fuhren herum – »in das, was da ist. Alles Nichtmetallische.«

»In das, was da ist.«

»Richtig. Tief drinnen in dem Ding.«

Erneut schloß Old Matt die Augen. Er nickte schläfrig. »Ein Mann, dann ein Tier, dann ein Gewehr. Jetzt haben wir alle drei. Entweder es reicht, oder es wird nie reichen.«

Manuel war erregt von der Vorstellung eines E-Strahls, der sich kraftvoll in das Ding hineinbohrte, sich schlängelnd einen Weg bahnte und in die weichen, verwundbaren Teile tief innen traf; Teile, deren Beschaffenheit niemand auch nur annähernd kannte. Der Junge hörte kaum, was der alte Mann sagte, und noch weniger dachte er darüber nach, was der Mann Old Matt gemeint hatte.

Teil III

LANGE JAGD

1.

Old Matt weckte ihn früh. Ganymeds finstere Nacht würde erst später der Dämmerung weichen, ein Vorgang, der Stunden dauerte, als müßten alle Dinge hier einen übermenschlichen Maßstab haben. Manuel war an der Reihe, Energiekabel an Schlepper und Geher anzuschließen und den Fusionsgenerator zu beschicken. Noch im Halbschlaf zog er sich langsam an. Neblige Formen, die vor einem schieferschwarzen Hintergrund rannten, hochragten und keuchten, tauchten vor seinen Augen auf, ein Traum, den er inzwischen so gut kannte, daß seine Bedeutung eindeutig war, wie ein Faktum, wirklicher als das Tageslicht. Seine Lungen und sein Herz erwachten bleiern wieder zum Leben, und er zitterte, als er die dünnen, aber schwerfälligen Gewebeschichten überzog, die sie alle, selbst drinnen, zum Schutz gegen die fortwährend zehrende Kälte trugen. Im Schlafraum gähnten und stöhnten die Männer. Einige stolperten nach hinten und urinierten laut in die offenen Recycler. Aus ihren Anzügen geschält, war ihr Fleisch porzellanweiß, rotgescheuert, wo die Isolierschichten sich bauschten oder falteten. Einige wiesen fleckige Schwielen und dicke blaue Venen auf, wo Druckverluste das Blut an die Oberfläche gesaugt hatten. Andere hatten Flecken aus glänzenden Erfrierungs-Ersatzteilen. Keiner, der ohne Merkmal war. Ihre Isolierhüllen schirmten die brutalen Tatsachen dieser Welt ab, die kalten, dunklen und brennend heißen Chemikalien der schmelzenden Berge. Aber sie schützten unvollkommen, so daß die Menschen ihre häßlichen Sprenkel voller Stolz trugen, als ein Zeichen, daß sie die warmen, bequemen Siedlungen verlassen hatten.

Er zog sich an und ließ die zunehmende Wärme der Hütte hinter sich. Jupiter warf überallhin trübblaue Schatten, und die Monde schimmerten unter ihren uralten Narben. Er überquerte das Feld zur Fusionskuppel, indem er sich zwischen abgestellten Fahrzeugen hindurchwand, die wie dunkle, kastenförmige Gebilde auf einer in mattem Blau glühenden Ebene ruhten. Träge lag die Welt unter einer strengen Nacht, und er spürte bereits die kupfrige Wärme, als seine Gedanken dem frühen, verschlafenen Morgen vorauseilten. Das stupide *Womm-womm-womm* der Fusionsgeneratoren schien ihn wie ein ungeduldiges Tier zu begrüßen. Er schleppte die Kabel zu den Fahrzeugen, steckte sie ein und sah zu, wie das schwarze Eis langsam von den wuchtigen Spurketten und Rädern schmolz, als die Kilo-Amps sich entluden und Leben erneuerten.

Als er in die Hütte zurückkam, herrschte auch hier wieder Leben. Die Heizer knackten und fauchten, Männer fluchten über Kleidungsstücke, die durch unentdeckte Eisflecken feucht geworden waren, und ihr Atem ließ die Fenster bereits beschlagen. Rohre rasselten, als die Hitze sich in ihnen wieder ausbreitete, und der Geruch bratenden Fleisches zog durch die Luft. Old Matt saß über eine dampfende Schüssel gekauert an einem Tisch und kaute gedankenvoll.

»Willst du die Zielgenauigkeit nochmal prüfen, bevor wir ihn in den Schlepper legen?« fragte Manuel und setzte sich neben ihn.

»Nein. Er ist gut, keine Streuung. Der Strahl spreizt sich ein wenig, aber daran ist nichts zu ändern. Du solltest mal versuchen, einen abzufeuern – wir haben sie zum Schweißen benutzt – ohne jedes bißchen Luft rundherum. Elektronen entfernen sich alle voneinander. Die Ladungsdichte jagt den Strahl auseinander. Als ob man eine Schrotflinte abfeuert. Sogar noch schlimmer.«

Manuel nickte. Er hatte Ganymed nie ohne Atmosphäre kennengelernt – ein dünnes Wispern, als er gerade laufen lernte, nun eine leichte Hülle, die Wolken tragen konnte, Schnee und die ätzenden Säureregen möglich machte. Generationen würden vergehen, bis ein Mensch einen ersten, tiefen Atemzug würde tun können. Jetzt war sie noch dünn, kaum mehr als ein Randstreifen des Vakuums, aber genug, daß ein E-Strahl wie ein Blitz aufzucken konnte: Atome aufspaltete, die neu erzeugten, positiven Ionen festhielt, die unerwünschten Elektronen ausstieß, die Strahlladung neutralisierte und sie fähig machte, sich in einem dünnen, tödlichen Strom auszubreiten. Sie wurden eingesetzt, um Kuppelhüllen zu dichten. Ein Mann, der ein gutes Auge besaß, konnte aus fünfzig Meter Entfernung einen Riß verschließen.

Old Matts Kiefer arbeitete stetig, ohne Hunger: Essen als Treibstoff. Manuel nahm eine Tasse Brühe und einen Maisfladen von dem vollbeladenen Tablett. »Ich war irgendwie überrascht, daß er das getan hat«, sagte er.

»Wer?«

»Der Typ von Hiruko. Dachte, er würde mehr Geld verlangen, sobald er begriff, daß wir den Strahler wollten. Der nächsterreichbare ist in Fujimura.«

»Das Geld habe ich ihm nur aus Höflichkeit angeboten. Hiruko-Leuten muß man immer Gelegenheit geben, großzügig zu sein. Sie mögen das. Aber deshalb hat er ihn uns nicht überlassen.«

»Hm?«

»Er hat Adler gesehen. Er beobachtet uns, beobachtet die, die schon so lange hier herauskommen, ohne daß jemand mithalten konnte. Er weiß, wir können ihn benutzen – und er nicht. Obwohl wir ihm alles über die Leitfähigkeit und so erzählt haben. Deshalb hat er ihn uns gegeben.«

Sie hatten sich zwei Tage Zeit genommen, den langen, magnetumringten Lauf des E-Strahlwerfers zu modifizieren und den Feuerstrom auf Kosten eines Teils des Flusses zu verschmälern. Energie, die gegen die unverwundbaren und noch nicht analysierten Flanken des Dings prallte, wäre ohnehin wertlos. Präzision war wichtiger als ziellose Kraft. Der Werfer war mit dem wuchtigen Energiespender und der bösartig wirkenden Mündung ein unhandliches Gerät, und die beiden trugen ihn vorsichtig zum Schlepper hinaus, vertäuten ihn auf dem Vordeck und schützten ihn mit einer Plane vor dem weichen, rosigen Schnee, der inzwischen zu fallen begonnen hatte. Der Junge zurrte Ausrüstungsgegenstände fest, bereitete schließlich die Staudruckmesser vor und blickte dann von der Arbeit auf in einen Kreis stummer, unbewegter Gesichter. Einige hatte er noch nie zuvor gesehen. Ihm wurde bewußt, daß dies die größte Gruppe war, die jemals hinausgezogen war. Eine buntgemischte Crew, die sich im Freien rund um die schäbigen Fahrzeuge versammelte: um abgenutzte Transporter der Agency mit eingedrückten Verkleidungen und abgerissenen Antennen; Schlepper, denen die Lenkraupenketten fehlten und die mit Stahlbändern der falschen Stärke geflickt waren; Geher, denen ganze Beine fehlten, verschrammt und verbeult und mit Passagierkuppeln, die mit Sprüngen übersät waren, so daß niemand hinausblicken konnte – Gefährte, die fast so schlecht wie ihre Anzüge waren, die bei Bewegungen quietschten und aus Rissen Luft ausströmten; organische Dichtungsmittel flossen in die defekten Stellen und füllten sie, doch schon beim nächsten Schritt platzten sie wieder auf, und die verbrauchte Anzugluft knackte beim Ausströmen, gefror und fiel zu Boden. Unbewegt beobachteten sie ihn, ohne ein Wort untereinander zu wechseln. Einige arbeiteten, einige waren untätig. Sie hielten sich von dem großen blauroten Adler, der den Hügelkamm abschritt, die Ebene dahinter beobachtete und die Männer in seinem Rücken ignorierte, ein gutes Stück entfernt.

»Für heute schlage ich drei Gruppen vor«, sagte Petrowitsch zum Colonel. »Die parallele Talgruppe da – der Major nimmt das linke, ich das rechte. Ganz einfach...«

»Ich glaube nicht«, unterbrach Colonel López. »Es handelt sich nicht um ein militärisches Manöver. Falls es kommt, wenn wir nahe sind, wird es keine Flanke angreifen oder sich darum kümmern, wie wir aufmarschiert sind. Das ist ihm gleichgültig.«

»Ich meine...»

»Wir werden in parallelen Tälern vorrücken. Ich nehme das linke. Haltet Schritt!«

Petrowitsch hatte den neuen Männern erklärt, was sie zu tun hatten, und das war ihm zu Kopf gestiegen. Er lief rot an, sagte aber nichts.

»Der Junge und Old Matt«, schaltete Major Sánchez sich ein, »zu Fuß werden sie mit dem E-Strahler langsamer sein. Ich könnte mich bei ihnen halten und...«
Wieder unterbrach Colonel López: »Sie bleiben bei der Hauptgruppe. Wir sind viele, werden das Ding ganz schön verwirren, wenn wir alle rummachen. Vielleicht hilft es den beiden, einen Schuß anzubringen.«
Plötzlich meldete Petrowitsch sich wieder zu Wort: »Merzen wir hier draußen Muties aus oder...« »Natürlich«, sagte der Colonel. »Natürlich tun wir das. Hattest du etwas anderes vermutet?« Er grinste Major Sánchez zu. Petrowitsch schluckte seinen Ärger hinunter, da er seine Sinnlosigkeit einsah.
Und so brachen sie auf wie gewöhnlich, obwohl keiner glaubte, daß es ein normaler Tag werden würde. Die Hiruko-Leute hatten sich mit der Zentrale kurzgeschlossen und einen Bericht erhalten, daß das Aleph vor fünf Tagen gut fünfhundert Kilometer entfernt von ihnen aufgetaucht und seitdem nicht mehr gesichtet worden war. Aber hier draußen waren Wahrscheinlichkeiten bedeutungslos, und jeder Mann, der in der klappernden, rumpelnden Karawane fuhr oder ging, spürte, daß dieser Tag lang werden und keinen von ihnen unverändert lassen würde. Keiner von ihnen erwartete allerdings einen Erfolg, eine Veränderung des Gleichgewichts zwischen Menschen und Aleph.
Manuel sah Adler nach, der eifrig vor ihnen allen hinausrannte, den Kopf nach unten, als horchte er am Boden. Der pulvrige Schnee schmolz von ihm ab, die komplizierten Gelenkbeine und Spurketten scharrten und rollten über schwarzes Eis, zerschmetterten Stümpfe und Aufwölbungen und hinterließen eine Spur, als wäre Adler eine kleinere Version dessen, was er jagte. Im Innern war Adlers Herz und Blut und vielleicht Lungen, gestützt von Maschinen, die darüber hinaus dazu dienten, seine Bewegungen zu vergrößern und zu verstärken, so daß der weiche Innenbereich im Grunde ein Stützpunkt war, von dem die einzige bewußte Konzentration auf das Ding ausging, eine Konzentration, anders als die eines Menschen

oder eines Tiers, verzehrender, reiner, von dem Willen erfüllt, durchzuhalten, sich anzuspannen und weiter zu jagen, bis er aufspüren, zuschlagen und töten konnte. Er gehörte weder Old Matt, noch ihm, noch sonst jemandem, würde nie jemandem gehören, denn er war in einen Raum jenseits aller Menschlichkeit geschleudert worden, so weit, daß er nicht einmal Rückmeldung geben konnte und für immer stumm sein würde, erkennbar nur an seiner Leidenschaft und seinem unerbittlichen Verlangen. Der Junge, in der Kabine des Schleppers sitzend und Adler beobachtend, fühlte plötzlich Entsetzen. Jetzt verstand er, was Old Matt gemacht hatte, um so weit zu kommen: ein Ding zwischen ihnen und dem Aleph, besessen von den Eigenschaften beider Seiten, aber im Grunde etwas Fremdartiges, Neues, ohne das gereifte Alter des Aleph und – mißgebildet – aus dem Mahlstrom des Lebens aufsteigend.

Die Leere nahm sie in Anspruch. Sie erkundeten kahle, frische Schluchten, scheuchten Roller, Felskauer und Sprungesel auf, sonderten die Muties aus und brannten sie nieder, außer wenn Adler sie zur Strecke brachte oder die Männer mit ihren Lasern und Betäubern auf die verängstigten, sich zerstreuenden Gestalten feuerten. Old Matt saß auf dem Seitendeck des Schleppers und hielt Ausschau. Manuel ging neben ihm, besorgt über die friedfertige Mattigkeit des alten Manns. Er wollte ein paar Schüsse mit dem E-Strahler anbringen, mahnte sich aber selbst, die Energie für den Moment aufzusparen, in dem sie eine Chance hätten. Ihr Schlepper war der erste, nicht der des Colonels oder des Majors. In Wirklichkeit führte Old Matt die Gruppe, während er nach vorn über die sich allmählich lichtenden Schluchten und die Hügelgipfel spähte, als die Sonne über den fernen Bergrücken aufging und blaue Schatten über das Land warf.

Nach einer Stunde draußen flüchtete ein Felskauer-Mutie nicht mit seinem Rudel, sondern sprang einen der neuen Männer an. Es brachte ihn zu Fall und trat auf seinen Helm. Der Mann schrie, schlug auf das Mutie ein und rollte sich zur Seite, um von ihm loszukommen. Irgendwie drückte das Ding eine

Helmöffnung auf. Dampf zischte aus dem Helm, machte den Mann einen Moment blind. Major Sánchez riß den Felskauer weg, trat ihn und streckte ihn mit seinem Betäuber nieder. Als sie ihn getötet hatten, war es dem Mann gelungen, die Klappe selbst zu schließen, aber die Isolation war zusammengebrochen. Seine Augenlider ware zugefroren. Das hieß, jemand mußte ihn ins Lager zurückführen, damit er behandelt werden konnte. Einige der Neuen, die noch nie ein Mutie in einem solchen Zustand gesehen hatten, ernüchterte das Erlebnis.

»Verdammt schlimme Kiste, wenn ihr mich fragt. Nur 'ne kleine Veränderung, und schon geht dir das Miststück an die Kehle. Genetische Abweichung, wenn ihr mich fragt.« Der Mann, der das sagte, saß während der nächsten Klicks neben Manuel und dem alten Mann, legte seine Waffe auf die Eisenkufen und versuchte den Eindruck zu erwecken, daß er das Gelände vor ihnen nach Jagdwild ausspähte. Er war aber zu nervös, um seine Augen lange am Horizont zu halten.

»Mußte ja passieren«, brummelte Old Matt.

»Wieso?«

»Hiruko trimmt sie darauf, sich auszubreiten, den richtigen Chemikalien nachzuspüren, sich fortzupflanzen. Zielgerichtete, einseitige kleine Erfindungen. Gegen die Strahlung gepanzert. Mußte passieren, da jetzt einige der Chemikalien im Schmelzprozeß knapp werden. Wettbewerb. Die natürliche Selektion ist hier schrecklich schnell.«

»Wenn das so weitergeht, isses gefährlich, alleine rumzulaufen.«

»Wir waren es, die sich auf sie gestürzt haben, vergiß das nicht!«

»Hm. Hm.« Der Mann bewegte sich unbehaglich, als begriffe er erst jetzt, daß dies etwas anderes war als eine Unterhaltungs-Sim. Nach ein paar Klicks stieg er ab und ging nach hinten, um einen Freund am Ende des Karawane zu suchen.

Hinter den fernen Bergrücken wurde ein Orangeglühen heller. Die ionisierte Anlaßwolke eines Fusionserheizers. Der Schmelzschlepper bewegte sich nur einen Kilometer pro Tag, aber der Strom aus Gas und Flüssigkeit, den er ausstieß, spülte Gräben frei und überflutete die darunterliegenden Ebenen. Der Colonel dirigierte die Marschsäule in eine Nebenschlucht und von dort in ein anderes System verzweigter Täler, um sie von dem Ausfluß fernzuhalten. Felskauer und Roller flohen ebenfalls vor den Fluten, und die Männer entdeckten Muties in den Herden, die aus den Hohlwegen in das weite, offene Land strömten. Erregung packte die Männer, so daß sie sich bei der Verfolgung der einzelnen flüchtenden Gebilde zerstreuten. Sie feuerten in rascher Folge auf die Ziele, die sich im Schutz von Kratern duckten oder in panischer Angst in ausweglose Cañons und Schluchten rannten. Voller Angst kratzten sie mit mißgebildeten Gliedern an den Eiswänden. In ihren keilförmigen Köpfen klapperten die Augen. Die Muties kreischten und starben, während nur wenige Meter entfernt die normalen Felskauer und Roller aus den Schmelzpfützen fraßen, einige von ihnen so dumpf, daß sie das Drama, das sich in komischen wie in tragischen Ausprägungen um sie herum abspielte, nicht einmal bemerkten.

Auch die Tiere wüteten unter den Muties, jagten sie und zerquetschten sie unter rasselnden Spurketten. Adler war weit vorne wie ein Leittier. Ohne es bewußt zu wollen, verfolgte er die Jagdbeute. Als die Muties die dünnen Schreie ihrer Gefährten unten im Tal hörten und zu rennen begannen, jagten einige sogar zurück in die höher gelegenen Täler, wo die Schmelze jetzt die Wildbäche herabstürzte, um sich in die Ebene zu ergießen. Schaum gefror auf der Oberfläche der schmutzigen Sturzflut, die Eisbrocken und Steine über das Purpureis mit sich riß. Die Männer blieben mit Leichtigkeit vor den wogenden Strömen, hielten bei ihren stetigen Hüpfbewegungen die Gewehre bereit und suchten in den Schattenzonen nach mißgebildeten Formen. Adler machte nie einen Fehler, brachte niemals einen Norm zur Strecke. Doch einige der Tiere taten das in ihrer Jagdlust. Der Colonel sah es jedesmal inmitten des sich ausbreitenden Chaos – der beste Tag seit langer Zeit, viel Wild, genug, das Blut zum Singen zu bringen – und rief dem angrei-

fenden Tier einen scharfen Tadel zu, der Tage später einen Tag ohne Futter oder Sexsenso oder eine andere Bestrafung zur Folge haben würde.
Manuel verließ den Schlepper und beteiligte sich an der Jagd, ohne zu versuchen, die anderen hinter sich zu lassen. Old Matt blieb mit dem E-Strahler hinten und erwischte nichts außer einem in Panik versprengten Mutie, das in blinder Angst ohnehin unter die Spurketten des Schleppers geraten wäre. Der alte Mann war es zufrieden, in dem Fahrzeug zu sitzen und zuzusehen, während der Schlepper sich träge seinen Weg durch das weite Tal bahnte, ein langsamer Riese inmitten der winzigen Männer, die wie Bienen ausschwärmten, zuerst zu dem einen Ziel, dann zu einem anderen. Ihre erregten Rufe und Schreie erreichten den Jungen und vermischten sich mit den schrillen Lauten der Tiere. All die Stimmen überlagerten sich, bis das Komm nur noch dröhnte und lärmte.
Manuel watete durch schmutzige Wasserrinnen. Es verdampfte oder gurgelte in Risse und Spalten. Einige der Muties waren so verwirrt, daß sie von der Flüssigkeit schlürften, obwohl die Jagd an ihnen vorbeistürmte und überall die Geräusche der Schüsse zu hören waren. Manuel schoß einige von diesen. Er spürte ein dauerndes Saugen an seinen Knöcheln und bewegte sich nach links auf höheren Grund, um aus dem Hauptkanal herauszukommen, aber es wurde noch schlimmer, und als er innehielt und in die nächste Klamm blickte, sah er die ganze Wasserflut auf sich zukommen. Sie wurde schneller, tiefer, große Flocken des verdampfenden, schmutzdurchsetzten Schaums glitten von einer anschwellenden Erhebung aus Eis und Fels, die sich vor seinen Augen mit einem dumpfen Donner spaltete, so daß es ihm die Füße wegriß, er mit der Schulter gegen einen Felsen geschleudert wurde und mit dem Gesicht nach vorn in den Schneematsch stürzte.
»Jesus Christos!« schrie jemand.
Der Junge richtete sich auf Knien auf, rieb den Dreck von seiner Gesichtsplatte und spähte nach oben auf den noch immer aufquellenden splitternden, ächzenden Fels, in dem die Risse sich

wie ein schwarzes Spinnennetz auftaten. Steine polterten in die gähnenden Öffnungen.
»Manuel! Hier!« rief Old Matt inmitten eines immer lauter werdenden Geräuschorkans, als die Tiere brüllten, die Männer schrien und der Boden sich erneut hob und den Jungen niederwarf, als dieser den ersten Schritt auf den Schlepper zutat, von dem ihn zwei Kilometer sich aufbäumenden Eises trennten.
»Bergrutsch!« schrie jemand. »Der ganze Berg kommt runter.« Aber der Junge stand auf und rannte in Richtung Schlepper los, der weiter unten im Tal auf höherem Grund war. Old Matt band bereits den E-Strahler los und kämpfte mit dem langen Krümmer. Manuel sprang hoch, um sich über dem ächzenden, wogenden Land zu halten. Er landete und hüpfte so schnell er konnte, forderte den Servos Maximalleistung ab, rannte, um den alten Mann und die Waffe zu erreichen, ohne sich die Zeit zu nehmen, ins Tal hinabzuschauen und nach seinem Vater zu suchen oder sich umzublicken, als das plötzliche Brüllen ertönte, weil sich etwas durch die Oberfläche bohrte und die Eisfläche zerriß, denn er wußte bereits, was er sehen würde.

2.

Manuel kletterte auf das Deck des Schleppers. Old Matt hatte den E-Strahlenwerfer aufgeladen und justiert. Sein verwittertes Gesicht konzentrierte sich auf die Anzeigen im Schaft der Waffe, den anschwellenden und auseinanderbrechenden Boden beachtete er gar nicht. Manuel griff nach dem E-Strahler und hob ihn hoch. Er schaute sich noch immer nicht nach dem Ursprung der Verwerfungen um, die er durch seine Stiefel spüren konnte, obschon er längst auf dem Schlepper stand. Statt dessen blickte er über die Ebene und hinter den flüchtenden, jetzt ignorierten Gestalten der Roller und Felskauer her. Der erregte, blinde Strom ergoß sich an den Männern vorbei, die jetzt zu den langsameren Schleppern und Gehern zurückhüpften, ihre Waffen im Anschlag. Einige spähten während der langen Bögen ihrer Sprünge bereits übungshalber durch die Zielfernrohre. Dann drehte der Junge sich um.

Es war riesig diesmal. Die Bernsteinflanken zermalmten mannshohe Felsbrocken, als ein langgestreckter, rhomboider Abschnitt des Aleph aus dem geborstenen Eis hervordrang. Es wälzte sich, zog Stützrippen aus dem Loch, das es bohrte. Gratwerk wurde sichtbar, schabte kratzend gegen Nickel-Eisen-Stücke aus alten Meteoriten. Die rostbewachsenen Schichten hielten einen langen Augenblick stand und zerfielen dann mit gedämpftem Dröhnen.

Plötzlich ragte das Ding in die Luft hinein, drehte sich vor den Augen des Jungen, und aus der höchsten strebengestützten Schulter sproß ein verwundender Gegenstand, feucht wie ein Stalagmit – kantig, jadegrün, sich drehend; zuerst eine messergleiche Klinge, die die Nadelspitzensonne in einen Farbenklecks brach, und dann knotig und siedend, saugte das Licht in dunkle Spalten; und ebenso plötzlich glätteten die Kanten sich, der Auswuchs bekam einen tropfenförmigen Kopf, einen wedelnden Stumpf, der ein Arm sein mochte, eine vorgestülpte Mulde, die ein Mund hätte sein können, nur fraß sie, während sie wuchs, den Kopf und den Hals, verwandelte den Gegenstand in einen Körper, aus dem kurze dicke Beine wuchsen und der langsame, träge Bewegungen machte, als bewegte er sich durch eine zähe Flüssigkeit, selbst dann noch, als seine obere Hälfte verschlungen wurde – und urplötzlich schossen Kristallfacetten durch ihn, lange, glitzernde Silberfäden, die sich auf der Brust trafen und vereinten und sich zu neugebildeten Armen ausbreiteten. Das Silbernetz weitete sich, als der Körper mit zuckenden Armen kämpfte, und die dünnen Linien sanken in die Beine, von einem inneren Licht erglühend. In diesem Augenblick bewegte sich das Aleph, beugte sich zum Boden hinab, als es sich von der letzten Klammer aus dunklem Eis befreite. Diese Bewegung nahm dem Jungen den Blick auf den sich windenden Auswuchs.

Die ganze Szene hatte er in kürzester Zeit, fast zwischen zwei

Herzschlägen, gesehen. Er blinzelte, und jetzt stürmten die schreienden, wirren Stimmen wieder auf ihn ein. Das Komm erdröhnte unter heiseren Befehlen, Schreckensrufen, Pfeifgeräuschen und Flüchen in drei Sprachen. »Verdammt noch mal, hätte man ja wissen müssen, daß es sich gerade dann auf uns stürzt, wenn...« und »Tirez! Tirez!« und »Nach links, da rüber!« und »Christos, der Sicherungshebel klemmt« und »Runter mit dem Arsch, das Ding macht dich platt!« und »An dem Ding ist gar keine Sicherung, du Armleuchter, ziehst die ganze Zeit an der Reflexspule!« und »Das Ding ist größer als auf den Bildern. Mann, das muß gewachsen sein!« Und »Verdammt will ich sein, wenn ich näher rangehe« und »Ihr Hiruko-Jungs seid so knochenhart, jetzt zeigt mal, wie ihr's einkreist« und »Verdammt! Guck mal! Verdammt!« und »Los von der anderen Seite. Mal sehen, wie ihm der Laser schmeckt« und noch mehr Schreie, die sich zu lautem Lallen vermischten, bis er sein Komm mit einem energischen Knopfdruck abschaltete.
Er starrte auf das Aleph, das jetzt in der klaren, dünnen Luft deutlich zu sehen war, wie es über das geborstene und geschundene Eis flog. Mit einem Ruck kam es frei, die riesigen Alabasterblöcke bewegten sich mit baßtiefem Brummen gegeneinander. Dann schwebte es einen Meter über dem wüsten Land, bewegungslos und unsichtbar gestützt.
»Nimmt sich Zeit«, sagte Old Matt sachlich, seinen Helm an den des Jungen legend.
»Warum *tut* es nichts?« flüsterte Manuel.
»Braucht es nicht.«
»Es sollte wegrennen.«
»Vor uns?«
»Nein, nein, aber... Früher hat es sich immer bewegt.«
»Und? Nur weil wir es jagen, heißt es nicht, daß es einverstanden ist, gejagt zu werden.«
In seinen Träumen hatte der Junge es immer in Bewegung, endlos und doch ruhend, gesehen, wie ein Fluß, der sich verändert und dennoch immer der gleiche ist. In Bewegung und groß, und jetzt schien es weitaus größer als vor Jahren bei

seiner ersten Begegnung mit ihm. Er schaltete die Magnetdetektoren ein und sah als Muster auf seiner Sichtplatte die Korona bogenförmiger Magnetfelder, ein Halo rund um das Ding, der – sagten die Wissenschaftler – den Rumpf stützte und die leise prasselnden Funkgeräusche abgab, die auf den Kommkanälen Pfeifgeräusche erzeugten.

»Kein Ziel, um darauf zu schießen.«

»Keine Öffnungen, richtig. Sowieso eine schlechte Distanz von hier aus. Gehen wir näher ran!«

Sie sprangen vom Schlepper – der Fahrer hatte die Raupenketten angehalten und war aufs Vordeck gekommen – und begannen mit den merkwürdig langen Schritten zu gehen, die in niedriger Schwerkraft möglich sind. Manuel hielt den E-Strahlenwerfer im Arm. Er schlug bewußt ein langsames Tempo an, damit der alte Mann mithalten konnte, und nahm kein Auge von der vor und über ihnen schwebenden Erscheinung. Im ganzen Tal kamen die Teams vorsichtig näher, die Waffen im Anschlag. An den Seiten des Aleph wanden sich weitere Auswüchse aus den Bernsteinblöcken. Manuel versuchte, die Gebilde zu erkennen, sie mit anderen Formen zu vergleichen, aber sie kamen zu schnell, wurden geboren und starben mit rastloser Energie, die sich über das träge schwebende Riesending wellte. Die Extremitäten schluckten das Sonnenlicht, das auf sie traf. Einige schienen für kurze Momente menschlich, während andere wie mißgestaltete Tiere, deformierte Geschöpfe oder vielleicht Maschinen wirkten. Alle entstanden, produzierten einen Ausbruch kraftvollen Lebens und sanken dann wieder in die steinerne Oberfläche zurück, gingen dahin.

Als sie näher kamen, studierte Manuel den Klotz. Er schaltete sein Komm wieder ein, hörte statische Störungen, lauter als vorher, und einige wenige leise Stimmen. Links von ihm näherten sich Petrowitsch und Major Sánchez, und mit einem Blick zurück sah der Junge dichte Gruppen von Gestalten im Tal – Männer, die nebeneinander gingen, ohne das sonst auf dem Komm gewohnte belanglose Gerede, unbewußt zueinanderrückend (wie Fäden in einem Spinnennetz sich nahe dem

Mittelpunkt annähern), angezogen von der schlummernden Masse, die über der zerborstenen Ebene hing.
»Hee!« schrie jemand. Das Aleph begann sich zu bewegen. Manuel rannte, brachte die Mündung hoch, ohne ein echtes Ziel zu finden, ließ Old Matt zurück.
Das schwerfällig wirkende, undeutliche Gebilde begann dahinzutreiben wie ein Gegenstand, der von einem unmerkbaren Wind in Bewegung gesetzt wird. Die zuckenden Auswüchse erschlafften, wurden trüber, unkenntlicher, waren fort. Manuel rannte schneller. Er hörte einen Laser feuern. Der rubinrote Strahl wurde von einem Alabaster-Sechseck zurückgeworfen und zischte ins Eis, wo er eine schmutzige Dampfgischt aufsprühen ließ und ein beinahe kreisrundes Loch zurückließ. Manuel öffnete alle Servos, wurde noch schneller und löschte den zunehmenden Lärm und die Schreie über das Komm. Jetzt waren nur noch wenige Männer näher als er, und er kam an dem vorbei, der gefeuert hatte – ein Mechaniker von Fujimura, ein noch immer erstarrter Arm, der auf die Stelle zeigte, wo der Laserstrahl aufgetroffen war, ein Gesicht, die Haut straff gespannt durch einen weit geöffneten Mund, geöffnet und stumm und mit dunklen, tiefsitzenden Zähnen bestückt.
Er traf auf den Boden und bereitete sich auf einen hohen Sprung vor, um bessere Sicht zu bekommen. Er achtete sorgfältig auf die Richtung, die das Aleph einschlagen würde, und plötzlich, ohne Übergang, rutschte er mit dem Gesicht nach unten übers Eis, bis ein Felsstück ihn aufhielt. Seine rechte Hüfte war taub. Etwas hatte ihn an der Seite getroffen und zu Fall gebracht. Er stand auf und sah, daß es Adler war, der weiterhetzte, ohne das momentane Hindernis zu beachten, das er beiseite gewischt hatte. Der Junge warf einen Blick auf den E-Strahler – die Kontrollampe blinkte immer noch grün – und folgte Adler keuchend.
Das Aleph glitt bergab in Richtung auf die fernen Talwände. Es bewegte sich nicht auf die sich sammelnden Menschengruppen zu oder von ihnen weg, sondern nahm eine Bahn, die ihm keinen Vorteil gab, und ignorierte die heulenden, schreienden

Fleckchen, die sich auf dem zerschundenen Land unter ihm zusammenscharten. Gespensterhaft trieb es an ihnen vorbei. Da erreichte Adler es und jagte ohne abzubremsen in es hinein. Als er auf die gewaltige Masse über ihm zusprang, wirkte er schmal und schwach. Adlers Klauen packten in das Alabaster-Rippenwerk, verkrallten sich – und ein Stück löste sich, färbte sich an den Bruchstellen rosa, taumelte zusammen mit Adler herab, fiel mit ihm aufs Eis. Der Junge hielt an. So etwas hatte er noch nie gesehen – daß ein sterbliches Ding das Aleph auf diese Weise verletzte. Er schaltete auf die Magnetdetektoren und sah, was Adler gespürt haben mußte: ein unregelmäßiges Anwachsen und Nachlassen der Magnetfelder, als das Ding über den unregelmäßig geformten Grund glitt und mit seinen Feldern nach dem Eisen darunter zu greifen versuchte.

Adler rappelte sich wieder auf und sprang erneut. Im Bogen flog er in einen Spalt, der nicht dagewesen war, als er sich vom Boden abgedrückt hatte, sondern sich erst öffnete, als Adler im Sprung war. Er schnappte zu und riß erneut ein Stück heraus. Wieder veränderten sich die Felder und warfen Adler zurück ins Eis. Doch der sprang ohne Pause wieder hoch, diesmal ein wenig zu spät, um ein momentanes Abheben der Fluxlinien nutzen zu können. Das Aleph wurde langsamer. Drehte sich. Schwebte talabwärts, Adler eine Bernsteinflanke zuwendend. Der Junge keuchte, saugte Luft ein – er hatte den Atem angehalten – und Petrowitsch schrie: »Seht nur! Es hat seine Meinung geändert!« Und die Männer rannten schneller.

Das Aleph gewann an Geschwindigkeit und bewegte sich von Adler fort. Ein Tier – Manuel sah, daß es ein Servo-Hund war –, das von der Seite kam und vielleicht durch Adlers Attacke Mut bekommen hatte, sprang die schwebende Masse an. Es flog ebenfalls durch eine flackernde Ebbe in dem Magnetfluß – unmöglich zu sagen, ob zufällig oder mit Absicht –, wurde aber, bevor es das Aleph erreichte, von einer dichten Magnetturbulenz in den Bauch getroffen. Das Tier überschlug sich, und der Bauch explodierte, spie Rohre, Stangen und blutbespritzte Teile aus. Ein kurzes aufgeregtes Kläffen war über das

Funkspektrum zu hören. Das Tier stürzte und blieb unter dem stummen, sich weiterbewegenden Rumpf auf dem Eis liegen. Adler jagte hinterher und sprang das Aleph immer wieder an, als beide einen flachen Hang hinunterrasten. Diesmal zeigten die Attacken keine Wirkung, als hätte das Aleph gelernt, wie man sich gegen das neue Ding verteidigt. Die Männer näherten sich ihm jetzt von allen Seiten. Manuel suchte noch immer nach einem Ziel in den trüben Bernsteinquadern. Er atmete den heißen Kupfergeschmack, als er hüpfte und spähte, heftig keuchend und mit Schmerzen in der rechten Hüfte, wo Adler ihn getroffen hatte. Er hörte den Chor der Rufe, Befehle und Schreie im Komm aufbrausen, als die Männer die Bedeutung von Adlers Angriff und der steten, geisterhaften Gleitbewegung über das Hügelland verstanden. Es bohrte sich nicht in das Eis, um sich ihnen zu entziehen, nein, es floh – nicht vor den Männern, sondern eindeutig in Reaktion auf das Ding, das Menschen hergestellt hatten, in Reaktion auf Adler. Sie schwärmten jetzt aus und begannen, auf es loszuhacken, indem sie ihre Waffen auf alle möglichen Stellen abfeuerten. Sie schrien einander gellend zu, während sie rannten und jubelten und lachten, einer Angst ledig, die sie sich vorher nicht eingestanden hatten.

Ein zweites Tier kam dem Aleph nahe, sprang, bekam es irgendwie zu packen, hielt es einen Moment. Das Tier zerbrach in der Luft. Die Männer bemerkten gar nicht, wie der Körper fiel. Sie kamen immer näher. Ihre Waffen krachten und dröhnten, abgefeuert auf die Alabasterplatten. Tief in den Blöcken strömte jetzt ein gesprenkeltes Grün. Die Schüsse verursachten keinerlei Schaden.

Das Aleph war fast an der Talwand. Die Männer feuerten schneller, weil sie wußten, sie würden es bald verlieren. Noch immer sah Manuel kein Ziel und hielt sich zurück. Er war sich nicht sicher, ob es überhaupt Zweck hatte, zu warten, wollte sich aber auch nicht ziellos wie die anderen erschöpfen. Er sah sich nach Old Matt um. Den alten Mann hatte er beinahe vergessen und er erwartete, ihn weit hinten zu sehen. Um so

überraschter war er, als der Überzug seiner Gesichtsplatte Old Matts blinkenden, blauen Punkt ganz in seiner Nähe zeigte. Er winkte, und die trockene, sandige Stimme rief über Komm: »Hier oben. Mir nach!«
Manuel zögerte, wollte eigentlich der schreienden Menge folgen. Old Matt wartete nicht auf ihn, sondern bewegte sich hüpfend den Hang hinauf. Manuel eilte ihm nach. Der alte Mann war langsamer, wählte aber seine kurzen Sprünge mit Bedacht und kam gut voran. Der Junge sah, daß dieser Weg sie durch einen Paß führte, dann über einen Kamm und an geborstenen Eisschollen entlang. Nach wenigen Augenblicken konnte er den Talboden hinter sich nicht mehr sehen. Der E-Strahler brachte ihn aus dem Gleichgewicht, als er durch einen engen, schlüpfrigen Graben eilte. Dann waren die beiden wieder auf dem Weg abwärts, landeten rutschend in Dreck und Kies, die ihren Fall bremsten. Sie hasteten weiter, glitten auf halbgetautem Boden aus, durchquerten platschend einen Wasserlauf mit Stücken gefrorenen Ammoniaks an den seichten Stellen, kletterten am anderen Ufer hoch und rannten weiter. Manuel hörte Old Matts langgezogenes, rasselndes Keuchen über das Komm. Sie kamen am Fuß einer weitgestreckten, hohen Felsklippe heraus. Sie bestand überwiegend aus Stein mit rostroten Furchen und einzelnen Stellen Konglomerat – Kiesel, Eisstückchen, Brocken grauen, metallischen Erzes.
Hier hielten sie an. Die Hände auf den Knien beugte Old Matt sich hustend nach vorn. Ein träges, trockenes Bellen tief aus dem Brustkorb.
»Willst... willst du weiter? Vielleicht etwas ausruhen? Auf die Schlepper warten? Ich kann...«
»Nein. Warten. Hier warten.«
Mehr wollte der alte Mann nicht sagen. Er beugte sich vornüber und wartete, daß der quälende Hustenanfall vorüberging. Manuel verwünschte sich selbst, weil er die Chance auf einen Schuß, auf eine oder zwei günstige Minuten aufgegeben hatte, um hierherzukommen. Wahrscheinlich hatte Old Matt geglaubt, einen besseren Winkel zu dem Aleph zu bekommen,

wenn es sich den Hügeln näherte, und es von oben beschießen zu können, vielleicht auf eine weniger gut geschützte Stelle. Aber sie hatten sich in den Schluchten und Gräben verirrt, konnten nicht einmal mehr die Ebene sehen. Jetzt war das Aleph mit Sicherheit aus dem Tal verschwunden, selbst wenn er umkehrte, wäre es ...

Die Felsklippe zitterte. Steine fielen herab, Staubschwaden stiegen auf. Ein Beben. Die Felswand explodierte, ließ Geröll auf sie regnen. Zuerst kamen die röhrenförmige Schnauze, Gestein zermahlend, in den leeren Raum hinausragend und sich dann nach unten biegend. Der gewaltige Körper folgte mit Schlängelbewegungen, Bruchstücke rostroten Felsgesteins mit sich tragend. Auf seiner Haut waren jetzt Wirbel, Flecken von verschwommenem Blau und Grün tief in dem Bernstein. In einer letzten Kaskade aus Dreck und Eis brach es aus der Felswand hervor und senkte sich auf das flache Plateau hinab, immer noch einen trennenden Meter über dem Boden.

»Oh ... ich ... Woher hast du gewußt, daß es hier rauskommt? Ich dachte ...«

Old Matt brachte ihn mit einer Handbewegung zum Verstummen.

»Anders«, sagte er heiser, immer noch heftig keuchend. »Es ist jetzt anders.«

»Du meinst die Farben? Ich verstehe nicht ...«

Einer der Flecken löste sich auf, verfestigte sich, wurde dunkler. Er wurde zu einem Loch, und das Loch weitete sich, und etwas bewegte sich darin. Plötzlich sah der Junge, daß das Ding, das herauskam, Adler war. Der Kopf kam frei, dann die massigen Schultern. Adler kämpfte ohne einen Laut gegen den irisierenden Rand, und die weit auseinanderliegenden schwarzen Augen fixierten die Menschen, nicht um Hilfe bittend, sondern als unerbittliche, stumme Feststellung, die er selbst in dem Moment treffen wollte, als er spürte, was die Menschen sehen konnten – den plötzlichen, zusammenschnürenden Griff, der seine linke Schulter eindrückte, den Hauptkörper und das stählerne Leitungssystem zerbeulte, die Rückgratverstärkung zerbrach, Adlers breite Spurketten zermalmte, die gegen die Bernsteinwände mahlten. Erst kurz vor dem Ende streckten Adlers Hände sich aus und schlugen gegen die Seite – vergeblich, ohne Hoffnung, aber auch ohne Kapitulation. Manuel trat einen Schritt vor. Old Matt legte ihm die Hand auf die Schulter. Adler kämpfte weiter. Der breite Hals knackte. Die Augen wurden leer. Adlers Kopf baumelte herab, und Manuel tat einen weiteren Schritt nach vorn. Die Öffnung zuckte einmal, zweimal, und dann, beim dritten Mal, verschluckte sie Adlers Körper mit einem schlürfenden Geräusch.

»Ich... ich... Verdammt! Es hat...« Der Junge bebte vor Wut, schrie zu niemandem außer sich selbst. »Adler... war drin... Er mußte doch nicht... Verdammt! Nur um... Verdammt!«

Das Aleph bewegte sich nach Süden, immer noch ein gutes Stück über dem Grund schwebend.

»Adler war drin, hatte vielleicht Zeit, einigen Schaden anzurichten«, sagte Old Matt. »Deshalb die Farben, deshalb hat es die Flecken wieder geöffnet.«

»Ja... ja...« keuchte der Junge. Seine Gedanken rasten. »Adler zu... zu töten, weil... weil...«

»Sei nicht traurig, daß er so endete, Adler war es auch nicht. Du hast doch seinen Blick gesehen, in der letzten Sekunde. Er blickte wie immer. Bösartig, wie er immer war, und ohne Bedauern.«

»Ich verstehe nicht...«

Old Matt streckte die Hand aus. »Es macht sich in diese Richtung davon.«

Manuel beobachtete das massige Gebilde, dessen keilförmige Ringwülste und Stützen sich gegeneinander bewegten, als es lautlos und ohne Eile dahinglitt. Seine Oberfläche war noch immer von schwarzblauen Spuren getrübt, und eine Stelle öffnete sich irisierend.

»Immer noch nicht erledigt«, sagte Old Matt. »Auf geht's!« Sie begannen wieder zu laufen.

3.

Old Matt war jetzt langsamer. Als sie durch eine Schlucht hüpften, konnte der Junge die von der Anstrengung eingegrabenen Furchen in dem alten, verwitterten Gesicht sehen. Ihre Glanzanzüge bauschten sich mit verstärkter Kraft, und Manuel sah auf der Energieanzeige auf Old Matts Rücken, daß fast zwei Drittel verbraucht waren. Sie kletterten über Felsnasen aus Schichtgestein, das aus den ersten Tagen stammte, als Ganymeds rohe Kruste schmolz, gefror und wieder schmolz, als Jupiter in eigenem Feuer erglühte und auf den Monden flüchtige Wasser zusammenflossen, um schnell sterbende, dampfende Seen zu bilden. Auf den schlüpfrigen Hängen mußten sie langsam gehen. Gleichmäßig vergrößerte das Aleph den Abstand zu ihnen. Manuel prüfte die Helmauflage und sah, daß sie parallel zum Haupttal liefen. Das blaue Schrotmuster verriet ihm, daß die Hauptgruppe in den angrenzenden Schluchten und Canons ausschwärmte.

»Komisch, daß es sich nicht eingräbt«, rief er Old Matt zu. »So lange habe ich es noch nie über Grund gesehen.«

»Ich schon. Zweimal.«

»Meinst du, es führt uns an der Nase herum?«

»Bezweifle, daß es überhaupt weiß, was wir sind.«

»Adler kannte es ganz gut«, sagte er mit deutlichem Stolz.

Der alte Mann keuchte in sein Anzug-Mikro. »Das allerdings. Das allerdings.«

Er beobachtete Old Matt, während sie dem still dahintreibenden Gebilde hinterherhüpften. Das alte Gesicht zeigte jetzt etwas. Weder Erregung, noch Eifer, auch keine Hoffnung. Jahre später, als er ein Mann geworden war, würde der Junge schließlich wissen, was es war: eine Mischung aus Vorherwissen und einer bewußten, erbitterten Entschlossenheit. Old Matt hatte etwas Unausgesprochenes erkannt, damals als er Adler zum erstenmal gesehen hatte, und er hatte aus der wild lodernden Wut in Adler etwas gemacht, das, richtig geformt, weit reichen und etwas in dem Aleph treffen konnte. Er hatte es gewußt und war von dem Wissen vorangetrieben worden, hatte sich jedes Jahr darauf konzentriert, ein wenig mehr zu lernen. *Er hatte keinen Anteil an der Siedlung,* würde Manuel dann denken. *Es gab Kinder, seine eigenen von vor Jahrzehnten, aber sie hatten sich alle auf andere Außenstationen oder sogar zur Erde zurück verstreut. Dieser Teil von ihm war verweht. Er hatte seine Zeit und seine Substanz in den Orbitallabors oder bei Erkundungsteams oder auf Titan und Saturn verbracht, als man dort draußen gerade erst angefangen hatte. Daher hatte er nie eine Beteiligung beansprucht oder Vereinbarungen getroffen, aus denen er Anspruch auf einen Teil des Landes ableiten konnte. Er konnte in Sidon leben, arbeiten und verdienen, indem er als Ersatzmann einsprang. Er hatte sogar eine Stimme bei den Wahlen, war aber dennoch kein Gemeindemitglied und hatte nichts von dem Land, außer dem, was er aus ihm erspürte. Er hatte es gekannt, bevor ein Fuß auf jeden Hügel gesetzt worden war, bevor Jahrhunderte lärmender Menschheit ihm ihren Namen mit Siedlungen und Zentralen aufprägten. Doch trotz alledem kehrte er immer wieder in das Land jenseits der menschlichen Enklaven zurück, fühlte noch immer seine Leere und seine verborgene, ungelöste Kraft.*

Manuel rief zu seinem Vater durch, erhielt eine Antwort, die er nicht verstand, und lief weiter. Dann tauchte das Aleph in eine Hügelflanke. Es wurde nicht einmal langsamer, sondern bohrte sich einfach mahlend und dröhnend in eine Eiswand und durch sie hindurch.

»Teufel! Es taucht weg!« schrie Manuel und wurde langsamer, aber Old Matt sagte nichts, sondern rannte weiter durch den Cañon. Keuchend blieb Manuel stehen und beobachtete, wie das letzte Stück des Aleph im splitternden Eis verschwand, dabei Felsbrocken den Hang herabpoltern und den Grund erbeben ließ. Geschlagen seufzte er und schlug sich gereizt auf die Seite. So weit hatte er den E-Strahler geschleppt und ihn nicht einmal abgefeuert. Er vefluchte seine Dummheit. Allmählich wurde er müde, und die beste Chance bisher, die beste Chance, von der er je gehört hatte, war zerronnen, ohne daß er einmal den richtigen Winkel oder die richtige Distanz für einen erfolgversprechenden Schuß gehabt hätte. Vielleicht hätte er trotzdem feuern sollen. Dann hätte er wenigstens sagen können, er hätte etwas getan, es versucht. Doch im gleichen Moment wußte er, daß das Unsinn war, Schüsse, die nicht dem Ziel, sondern dem anschließenden Gerede darüber galten, waren falsch und würden der ganzen Sache für lange Zeit danach einen Beigeschmack von Billigkeit geben. So stand er da und fluchte.

Als er sich nach einer Minute umsah, war der alte Mann fort. Er prüfte die Helmauflage und folgte ihm, wobei er sich noch dümmer als vorhin fühlte. Old Matts blauer Punkt kurvte um eine niedrige Hügelkette. Manuel rannte los. Er nahm lange, hohe Sprünge und verließ sich darauf, daß seine Gyros ihn vor jeder Landung ausrichteten. Einmal kam er in einer Herde Felskauer herunter. Sie zerstreuten sich in wilder Flucht, obwohl der Junge sie kaum sah. Nach fünf Minuten hatte er die Gestalt fast erreicht, war nur noch wenige hundert Meter hinter ihr, als eine Hügelseite aufbrach und das Aleph hervorstieß. Es bewegte sich wie vorher mit konstanter, indifferenter, gleitender Geschwindigkeit.

»Manuel!« Das war sein Vater. Er schaute nach Norden und sah die flinken Gestalten der sich sammelnden Hauptgruppe. »Wir hatten uns gedacht, daß ihr ihm folgt. Als wir es zuletzt sahen, war Adler...«

»Ich weiß. Adler ist tot.«

Die Männer redeten miteinander, während sie über das weite, flache Land heranhüpften. Automatisch wartete Manuel auf seinen Vater und sprang ein wenig nach Westen, um nahe bei dem Aleph zu bleiben, das jetzt beschleunigte. Mehr als zehn Klicks entfernt ragte ein Eisgebirge in seine Bahn, dessen rote Gipfel das Sonnenlicht einfingen. Das Aleph mochte das Gebirge ansteuern, oder es mochte einfach im Weg stehen, aber wenn das Aleph sich hindurchbohrte, würden die Männer einen weiten Umweg nehmen müssen, und Manuel wußte, daß Old Matt das nicht vorhatte. Er ermüdete jetzt auch. Übers Komm hörte er das Keuchen der rennenden Männer.

»Es ist verflixt schnell«, rief einer.
Ein anderer sagte: »Ja, es sieht so aus, als legt es noch zu.«
»Zu schnell. Ihr, *los ricos,* mit euren Zusatz-Servos, vielleicht könnt ihr mithalten, aber wir...«
Petrowitsch schrie: »Wenn ihr ausscheren wollt, geht zurück zu den Schleppern!«
Flüche antworteten ihm.
»Ihr habt nur rumgequatscht, während der Junge dem verdammten Ding auf den Fersen geblieben ist.«
»Ja, richtig.«
»Hmm, ein Kind.«
»Der alte Mann auch.«
»*Si,* haben uns den ganzen Tag die Hacken gezeigt.«
»Weiter, ihr Mistkerle!«
»Es ist uns nur ein Klick voraus.«
»Ihr wollt euch doch von dem alten Mann nicht in Grund und Boden rennen lassen? Ha!«
Und die verstreuten Grüppchen zogen sich zusammen und rannten wieder verbissen los. Das Komm tönte von ihren herben Spötteleien, ihrem heftigen Keuchen, als einige sich an die Spitze setzten. Lärm und Getöse schwollen an, als Keramikplatten und Stahl sich mit schabenden Geräuschen in den diffusen Chor einstimmten und sie in einer Vermählung von Mensch, Maschine und Bewegung zurücktrieben.
»Laßt die Tiere nicht zu nah heran!« schrie Colonel Lòpez.
»Es reißt sie in Stücke.«
Eine Stimme grunzte: »Da bin ich mir sicher, daß ich auch nicht zu nah herankomme.« Vielfache Zustimmung folgte.
Major Sánchez rief: »Versucht, es umzudrehen!« Er sagte aber nicht, wie das zu schaffen wäre, und es fragte auch niemand.
Inzwischen hatte der Junge zu Old Matt aufgeschlossen. Das ledrige Gesicht wandte sich ihm zu, die Augen hell, ein dünnes, trockenes Lächeln auf den Lippen, das Kupfer der Wange von Schweiß befleckt. »Du mußt... es im Laufen treffen«, rief der alte Mann.
»Wie? Ich... ich... Die Öffnungen sind klein. Ich...«

»Näher ran!« war alles, was Old Matt sagte, und dann landeten beide am Ende eines Sprunges und waren wieder in der Luft neben dem dahingleitenden Gebilde. Manuel beobachtete, wie sich der knisternde Magnetfluß gabelte und um es herumtanzte. Er wartete auf seine Gelegenheit. Löcher öffneten und schlossen sich, aber zu schnell, als daß er etwas hätte tun können. Adler war schneller gewesen. Adler hatte die verwundbaren Verzerrungen erkannt und sie augenblicklich genutzt, ohne die betäubende Angst, die ihn jetzt überkam, eine sich ausbreitende Kälte, die Nerven und Muskeln zu lähmen drohte.

»Halt dich fern von ihm, Sohn!« Aber er drängte vorwärts, als er einen blauen wirbelnden Fleck sah, der sich nahe einem Knotenpunkt bogenförmiger Magnetfeldlinien bildete. Er hob die Mündung des Strahlenwerfers und feuerte, als das Blau zu grünlichen Tupfen zerschmolz. Der Strahl beschrieb eine schmale gerade Bahn durch die dünne Luft, traf mit einem Schauer orangefarbener Funken ganze drei Zentimeter neben der anvisierten Stelle und wurde nach rechts abgelenkt, ohne Schaden anzurichten. »Ah! *Ah!*« spie er in Selbstverachtung aus. Und feuerte erneut. Dieser Schuß saß besser, prallte aber dennoch in einem Funkenschauer ab. Der Junge war so nahe, daß einige der Funken von seinem Arm zurücksprangen.

Das Aleph erschien dem Jungen wie ein bewegliches Gebäude, und er sprang zurück, als es sich ihm zudrehte, als wollte es ihn von einer der gewaltigen Schultern abschütteln, und sich dann wegdrehte und einen weiteren Meter hochstieg. Es ragte über ihnen, und der blaugrüne Strudel verblaßte. Er weigerte sich, zu weichen. Es beschleunigte von ihm fort, und der Junge war mit drei schnellen Hüpfsprüngen hinter ihm, Old Matts Stimme in den Ohren: »Wir müssen ihn weiter drehen!«

Der Junge sah, daß der alte Mann links von ihm war, den Kopf in den Nacken gelegt, um die Unterseite des Dings zu betrachten. Der körnige Bernstein trübte sich mit Flecken und Furchen in ausgewaschenen Farben, als strudelte etwas Flüssiges

direkt unter der Haut, aber die massigen Blöcke wirkten zugleich fest und hart wie tiefes Felsgestein.
»Hier drüben beginnt eins!« rief Old Matt und sprang vor, auf einen Wirbel gescheckter Farben zeigend. Ein sich verdichtender Magnetknoten kam aus dem Wirbel und traf seine Brust. Er ging zu Boden. Der Magnetknoten legte sich um seine Brust und seinen Kopf, ein schlangengleiches Knäuel ineinander verwobener, rubinroter Fluxlinien, die ihn umzüngelten. Manuel sah ihn stürzen und in die Knie sinken. Aber der Junge nahm zugleich wahr, daß die Farben des Strudels dichter wurden und schwenkte die Mündung herum. Er feuerte. Verfehlte. Schaltete am Schaft auf Neuladung der Kondensatoren. Und schaute nach Old Matt. Der Magnetknoten hatte sich zu verdünnen begonnen und zog sich in das Aleph zurück. Old Matt war noch immer reglos am Boden. Der Junge sprang vor, weiter unter das immense Gewicht, das sich mühte und arbeitete, und hob den Werfer erneut und schoß aus nächster Entfernung direkt in das Ding hinein. Der schnelle, gelbe Strom knisterte, als er Zugang fand. Die mahlenden, dunklen Farben saugten ihn auf. Er wurde verschluckt, der ganze Feuerstoß war fort, aufgesaugt. Manuel bewegte sich rückwärts, das Aleph glitt weiter. Er sah, daß er nichts bewirkt hatte, ließ den Werfer fallen und beugte sich über Old Matt, der keuchend auf Händen und Knien kauerte, die Augen geschlossen, den Mund offen, und Speichel absonderte.
»Du... Kannst du... Kann ich dich...«
»Mir... Mit mir ist alles in Ordnung. In Ordnung. Bleib dran!«
Manuel musterte das gefurchte, müde Gesicht einen langen Moment, nickte dann und stand auf, seufzte, griff nach dem Werfer, prüfte die Blinkanzeigen, blickte auf.
Das Aleph war unten. Es war auf dem Eis, bewegte sich kaum. Die Aura des Magnetflusses flackerte und wurde schwächer. Er schrie in heller Freude. Auf dem Boden sah das Aleph noch größer aus. Das Eis barst, wo sein gewaltiger Rumpf rutschte und anhielt, rutschte und anhielt.

Eine Hand schlug ihm auf die Schulter. Er drehte sich um, erwartete Old Matt zu sehen, aber es war sein Vater. »*Jesucristo*«, sagte der Colonel. »Irgend etwas innen drin, ein elektromagnetisches Teil, muß versagt haben.«
»Es kriecht!« unterbrach Petrowitsch. »Du hast es zum Kriechen gebracht. Das Fuß-Ding, siehst du? Gleitketten auch auf der anderen Seite.«
Träge, langsam kam der Kegel herab, stampfte seine abgestumpfte Spitze in das Eis. Als das Aleph sich drehte, konnten die Männer sehen, wie Gleitketten packten und es vorwärtsschoben. Eis und Fels splitterten im Rhythmus mit dem komischen Auswuchs, der stampfte und stanzte, stampfte und stanzte und den deltaförmigen Abdruck hinterließ. Manuel spürte den Boden beben, als das Aleph sich unerbittlich vorwärtsschob. Jetzt glitt es nicht mehr leichthin über das rauhe Land, das Reich der Menschen und ihrer ungelenken, tölpelhaften Beine. Manuels Blick war starr. Es war so massig, wie er es immer geträumt hatte, und jetzt, da er es verletzt und mit der gleichen, unvergeßlichen Energie kämpfen sah, so unerbittlich mit sich selbst, wie es mit anderen gewesen war, wußte er, daß es durch eine Verletzung ungemindert blieb und noch immer das besaß, was er suchte.
Schwankend stand Old Matt auf. Er nickte kurz und endgültig, und ein schmales Lächeln machte sich breit, bis es an das Metall kam.
Die Männer schrien, schlugen Manuel auf den Rücken, rissen ihre Betäuber und Laser hoch, und in seinen Ohren dröhnten die Menschenstimmen wie die Schreie und Kläfflaute der Tiere.
Sie schufen ihr eigenes Echo, erfüllten die Luft der festgebackenen Ebene, schienen zu reflektieren, sich neu zu formen und zu verstärken, bis in den Lärmsturm ein Schuß krachte, dann ein zweiter, noch mehr – Laser und Betäuber und Doppelläufer, alle malträtierten die Flanken des sich abmühenden Dings, das weiterkroch, als von den stärkeren Laserwaffen Stücke aus ihm herausgerissen worden, Alabasterstückchen wirbelnd in die

klare Luft flogen, während Betäuber den Raum zwischen den schreienden Männern und ihrem Ziel kräuselte, Schüsse das Eis verdampften, Felsen vergasten und gegen das komplette Gratwerk spritzten, in dem immer noch Farben wirbelten. Im Nu stand Manuel allein, und die gut fünfzig Männer der Gruppe waren feuernd und rennend ausgeschwärmt, hatten es eingekreist.

»Stop! Feuer einstellen!« schrie Colonel López einmal, ein zweites und ein drittes Mal, als seine Worte allmählich Wirkung zeigten.

»Es bewegt sich noch«, rief ein Mann zurück.

»Ihr schnipselt nur an ihm rum«, sagte Old Matt schwach. »Nützt nichts. Macht es nicht mal langsamer.«

Ein Mann schrie: »Ha! ›Rumschnipseln‹ sagt er. Woll'n wir doch mal sehen.« Damit riß er den Betäuber hoch.

Colonel López war bei dem Mann, bevor er feuern konnte, und schlug die Waffe nieder. »Wollen wir sehen, hee? Du befolgst, was gut für uns ist, benutzt deinen Kopf, *si*?«

»Ich sehe nicht ein...«

»Ruhe!« schrie jemand.

»Es bewegt sich nicht schnell.«, sagte Major Sánchez. »Wir haben Zeit, nachzudenken.«

»Nachdenken? Alles, was wir können, ist schießen«, entgegnete ein Mann aus Hiruko.

»Genau«, stimmte ein anderer zu. »Wenn wir alle schießen, kriegen wir's mürbe.«

»Nein«, widersprach Petrowitsch. »E-Strahlen in die dunklen Flecken, das wirkt. Sonst nichts.«

»Richtig«, pflichtete Old Matt ihm bei.

»Die Flecken, viele gibt's nicht davon«, meinte Major Sánchez. Momentan zeigten sich nur einige wenige der gesprenkelten Stellen. Sie bewegten sich in einem langsamen Strudel tief in den Blöcken, Ringen und Stützwerken.

»Schwer zu treffen«, sagte einer. Andere murmelten und brummten. Keiner von ihnen hatte E-Strahler. Sie waren überwiegend arme Agro-Arbeiter, und sie wollten sagen kön-

nen, sie hätten das Ding an diesem Tag beschossen und vielleicht sogar etwas Bedeutendes getan. »Wir könnten hier ewig sitzen und auf...«
»Manuel hat es bereits getroffen«, sagte Major Sánchez.
»Ja, zuviel Risiko hat er gewagt«, meinte Petrowitsch. »Genug für einen Tag. Ich mache den nächsten Schuß.«
»Ich würde behaupten, ich verstehe mehr von Werfern«, gab Major Sánchez sanft zurück.
Colonel López schaltete sich ein: »Was von Werfern verstehen – darum geht's nicht.«
»Genau«, stimmte Petrowitsch zu. »Es zur richtigen Zeit zu treffen, das ist wichtig. Ihr habt den Jungen gesehen.«
»*Si*«, erwiderte Major Sánchez.
»Scheint mir, der E-Strahler sollte verteilt werden«, verlangte ein Mann aus der Fujimura-Siedlung.
»Jawohl, Gemeineigentum.«
»Nur einer da, müssen wir uns abwechseln.«
»Kommen von weit her, kriegen keine Chance, wenn sie uns nicht abwechselnd...«
»Ruhe!« schrie der Colonel. »Ihr bekommt gar nichts, indem ihr darum winselt.« Wütend starrte er die Männer an, und die Diskussion verlor einiges an Hitze.
Jemand sagte ruhig: »Trotzdem müssen wir zu einer Entscheidung kommen.«
Petrowitsch sagte: »Der Junge, der hat noch ein ganzes Leben zu jagen.«
»Na und?« entgegnete einer der Agro-Leute. »Er hat es verdient. Er und der Alte.«
»Kann sein. Aber gefährlich ist's«, sagte Major Sánchez.
Manuel war die ganze Zeit stillgeblieben. Er hatte abgewartet, welchen Verlauf die Diskussion nähme. Aber jetzt, als er spürte, was sein Vater fühlte, ergriff er das Wort: »Old Matt hat Anspruch auf einen Versuch. Es hat ihn verletzt.«
Kopfnicken. Die Menge murmelte zustimmend.
Old Matt sagte nichts. Er nahm den Werfer, hob ihn und prüfte alle Blinkanzeigen der Reihe nach. Die Männer beobachteten

das Aleph, wie es sich über den unebenenen Boden mühte. Es legte ein tüchtiges Tempo vor, war aber von dem Bergzug noch ein beträchtliches Stück entfernt.
»Warum hat es sich nicht eingegraben?« fragte Major Sánchez.
»Verletzt«, antwortete Petrowitsch. »Braucht vielleicht Zeit, um sich zu reparieren.«
»Wegkriechen wie ein Tier?« sagte Colonel López. »Nein. Es ist überhaupt keine Kreatur.«
Aber das Ding machte jetzt einen tapferen Eindruck, verwundet und sich dennoch weiterschleppend, mit derselben zähen Energie und dem tiefen Drang, sich für immer zu bewegen.
Old Matt setzte sich in Bewegung, auch er mit langsamer, eiserner Bestimmtheit, feierlich fast, aber behindert von dem unhandlichen Gerät, das er trug. »Ich helfe ihm«, rief Manuel und lief hinter ihm her.
Instinktiv schwärmten die Männer aus, bildeten eine weite Kette wie ihre Vorfahren es Millionen Jahre vorher gemacht hatten – eine gute Methode, Wild aus dem Unterholz zu scheuchen und es in die gewünschte Richtung zu treiben. Mit Leichtigkeit überholten sie das träge gewordene Aleph. Die Menschenkette legte sich um es, umzingelte es. Der konische Rammfuß ließ die Erde erbeben, stampfte wild, und der große Körper schwankte, knarrte und ächzte in seiner unvorstellbaren Schwungkraft.
»Müssen nahe ran«, sagte der alte Mann.
Manuel folgte ihm mit den Werfern. Er achtete auf die blaugrünen Körnchen, die über die Flächen flackerten. Sie schwebten, als sähen sie durch eine innere, strahlend helle Lichtquelle auf einen Bildschirm projiziert, ein Licht so hell, daß es durch Felsgestein leuchten könnte. Der warme, kupfrige Geschmack füllte seinen Mund, jetzt mit einer öligen Mattigkeit versehen.
Vorsichtig rückten die beiden im Schatten des Dings vor. Ein sechseckiges Segment schwankte hin und her. Das Land bebte.
Feierlich gab Manuel Old Matt den Werfer und sah die tiefen Furchen in dem dunklen Gesicht, sah den festen Entschluß in seinen Augen und verstand das schmale, stille Lächeln nicht.

»Ein guter Schuß wird reichen«, sagte der Junge. Ihm schien es absurd, daß er Ratschläge gab. Der alte Mann nickte und lächelte noch immer, während nur wenige Meter entfernt eine große, flache Flanke wie eine Mauer auf den Boden hämmerte und weiter hinten der Kegelstumpf hervorstieß und ein neuer Delta-Abdruck erschien, tief in den Fels eingegraben und dampfend.

»Achte auf mich!« sagte Old Matt.

Der Junge ließ seine Augen an dem langgestreckten Profil des Aleph entlanggleiten, versuchte vorherzuahnen, wo der nächste blaugrüne Wirbel auftauchte, und legte die Hand eine Weile auf Old Matts Schulter, als wollte er ihn davon abhalten, näher heranzugehen. Wenn sie auf den richtigen Augenblick warteten...

Blaugrüne Flecken vereinten sich direkt über ihm, an einer Ecke wuchsen sie schnell, teilten sich in zwei größere, gesprenkelte, runde dunkle Öffnungen...

»Da!« schrie Manuel.

Old Matt riß die Mündung hoch und feuerte auf einen sich bildenden Fleck. Der gelbe Strahl traf am Rand und ließ einen dichten Schauer orangefarbener Funken auf sie herabregnen.

»Erwischt?« rief Manuel. Old Matt schüttelte den Kopf. Er feuerte erneut. Die Entladung dröhnte in der dünnen Luft. *Wieder knapp verfehlt*, dachte der Junge, aber genau konnte er es nicht erkennen, und nun flackerte eine grüne, elektrische Aura um die Öffnung.

Der bebende, kämpfende Berg schwankte heftiger, erzitterte, dröhnte und neigte sich in ihre Richtung. »Es ist...« Der Junge versuchte, Old Matt zurückzuziehen, fort von dem Aleph, das weiter kippte, während die mahlenden Blöcke auf seiner ganzen Länge arbeiteten. Old Matt taumelte zur Seite und hob den Werfer gegen die schwankende Mauer. Der Junge schrie: »Warte – komm raus!«

Zu spät. Das Aleph fiel. Schon zur Flucht gewandt, sah Manuel den sich weitenden dunkelblauen Fleck auf sich zukommen und spürte im letzten Moment einen schwammigen Griff um sich, als er sich duckte, ohne Hoffnung gegen das Gewicht gestemmt...

Und wurde von Stille umfangen, totaler Schwärze, als er das erschütternde Krachen des stürzenden Aleph durch seine Stiefel spürte, die noch auf Eis standen, während der größte Teil seines Körpers in die wattegleiche Leere eingedrungen war. Er war innerhalb des blauen Zugangs, die Öffnung war auf ihn gefallen. Er griff nach einem Halt, fand aber nichts als schlüpfrige Glätte, ein Widerstand, der seinen Griff beiseite schob und ihm einen Bewegungsimpuls gab.

Er spürte, wie seine Stiefel sich vom Eis lösten. Hochgehoben...

Er rief, aber sein Komm ließ nur das Hornissensummen statischer Störungen hören. Vor ihm – er wußte, er bewegte sich, verstand aber nicht, wie – teilte sich ein grünes Licht in die Mündungen von Tunneln. Er glitt eine Röhre hinab. Etwas Dunkles bewegte sich regelmäßig in dem diffusen Licht, und er sah, daß es zwei Beine waren, eine menschliche Gestalt, die sich in dem Leuchten drehte, und als er näher kam, erkannte er Old Matt, einen Arm erhoben, als winkte er, den Helm nur von dem trüben Grünlicht beleuchtet.

Als Old Matt sich drehte, sah der Junge einen Moment lang das Gesicht, furchenlos und bleich, lächelnd. Die Augen blickten ihn ohne zu blinzeln an. Old Matt sagte etwas, seine Lippen bewegten sich langsam, und der Junge versuchte, die Worte zu verstehen, aber da drang ein dumpfes Brüllen in die Tunnel und lenkte ihn ab. Er glitt jetzt an Old Matt vorbei, hob die Hand und winkte ihm einen zeitlosen Augenblick zu, dann spürte er einen Schub, zunehmende Beschleunigung, und stürzte immer schneller von der sich drehenden, stummen Gestalt fort. Er blinzelte, kämpfte gegen unsichtbare Kräfte an, hörte ein Durcheinander von Lauten, die anschwollen, als näherte er sich ihnen: Schreie, Verwünschungen...

Dunkles Eis raste auf ihn zu, und er traf heftig auf, überschlug sich, die Arme ausgebreitet, spürte Schmerzen, hörte Stimmen, die wie ein Inferno über ihn hereinbrachen. Er krachte gegen einen Felsen, schlug mit der Schulter gegen ihn, sah lauter Purpur vor Augen – keuchte und konnte einen Moment seine Hände und Füße nicht dazu bringen, ihn aufzurichten. Er klammerte sich an den Stein und stand auf. Er war ein Dutzend Meter von dem Aleph entfernt und konnte die Stelle erkennen, an der er aufs Eis aufgetroffen war, direkt aus einer grünen Öffnung in einem der Sechsecke. Er hatte Rutschspuren hinterlassen. Das Aleph lag völlig regungslos und still auf dem Eis, das unter ihm geborsten war. Der konische Deltastempel war halb in die Luft gestreckt und zeigte zum Horizont.

Männer rannten um das Aleph herum, gröhlten und schrien –. »Hastu geseh'n, wie ich ihm eins in den Kopf verpaßt hab'?« – trotz der Tatsache, daß das Aleph nichts hatte, was man einen Kopf nennen konnte; »Drei Dinger hab' ich ihm versetzt, astreine Schüsse« und »...vorstellen, ich und Raul haben es erwischt. Wir haben unsere Schüsse so abgestimmt, daß wir es zusammen in das gerippte Gehäuse da oben trafen.« Und »Hab' ich's doch gewußt, sobald wir das Feuer eröffneten, als es rumzuckte, gab das feige Ding ganz einfach auf. Nur ein paar Schüsse, mehr war nicht nötig...« und »Zermürbt haben wir's. Keiner ist ihm so auf den Fersen geblieben« und so weiter. Der Junge stand benommen inmitten der Wortkaskaden. Pochender Schmerz breitete sich in seiner Schulter aus. Ein Hiruko-Mann sprang auf die graue Flanke und stampfte mit dem Fuß auf, als wollte er seine Festigkeit prüfen, und schrie: »Ein kleiner Schritt für einen Menschen!« Lachend kletterte er auf die Spitze der Verstrebung. Manuel starrte in die Runde. Er hatte den Eindruck, etwa hundert Meter von der Stelle, an der er und Old Matt gewesen waren, fallengelassen worden zu sein. Er ging zurück, und da sah er die dichte Menschengruppe. Sie standen um zwei Gestalten herum, die auf dem Boden lagen. Eine von ihnen war groß, ein Tier. Die andere war ein Mensch, bewegungslos mit dem Gesicht nach unten auf dem Eis liegend. Es war Old Matt.

4.

Manuel taumelte weiter und drängte sich durch die Männer. Ein gezackter Riß in Old Matts Anzug reichte von der Schulter bis zur Hüfte. Jemand hatte einen Instandflicken daraufgesetzt, und durch das transparente Gewebe konnte Manuel Blut heraussickern sehen. Auf einer Seite war der Anzug völlig zerkratzt, Gewebeteile hingen heraus, Isolierungen lagen offen, Flüssigkeit tröpfelte. Behutsam rollte Petrowitsch Old Matt auf die Seite. Die Vorderseite des Anzugs war unbeschädigt. Aus dem Gesicht war jede Farbe gewichen, die Augen waren geschlossen. Die Anzeigen auf dem Rücken registrierten schwache, aber gleichmäßige Lebensfunktionen.

»Ist er auf etwas aufgeschlagen, als er rauskam?« fragte Manuel.

Major Sánchez starrte ihn an. »Rauskam? Es hat ihn zerquetscht, als es über ihn rollte.«

»Nein. Wir sind beide von ihm aufgenommen worden. Es ist auf uns gefallen, die Öffnungen haben uns aufgesaugt. *Madre.* So muß auch Adler nach drinnen geraten sein.«

Die Männer blickten ihn verständnislos an. Colonel López sagte: »Old Matt war die ganze Zeit hier.«

»Nein! Ich habe ihn drinnen gesehen. Dann hat das Ding uns wieder ausgespuckt.«

Petrowitsch schüttelte heftig den Kopf. »Es rollte langsam auf die Seite, wir schossen. Ich gesehen. Aleph traf den alten Mann« – er schlug die Fäuste zusammen – »warf ihn wie eine Puppe um.«

»Nein, es hatte uns beide. Drinnen. Es hat mich wohl länger behalten, das ist alles. Ich habe ihn da drin *gesehen.*«

Wieder starrten ihn die Männer an. Sein Vater sagte: »Schon gut, Sohn, du bist aufgeregt. Setz dich hin, nimm eine Stim-Dosis. Ich muß mich jetzt um dies hier kümmern.«

Manuel blickte auf Old Matt hinab und versuchte sich zu erinnern, wie der alte Mann drinnen ausgesehen hatte. Genauso, nur unverletzt. Er wollte noch etwas sagen, als ein Mann

auf ihn zutrat und mit entschiedener Stimme sagte: »*Finito*!« Dabei zog er den Zeigefinger über den Hals.
»Zu Ende?« Manuel starrte auf die wuchtige, träge Masse. »Ich ... schätze schon.«
Ein zweiter Mann kam hinzu. »Das Ding da – ein paar Systeme tun's noch, aber die meisten sind hoffnungslos hinüber.«
»Was? Welches Ding?« Manuels Blick folgte dem Finger des Mannes. Das Tier, das dort lag, war grausig verstümmelt. Unsicher ging er hinüber. Er wußte halbwegs, was er finden würde.
Adlers Kopf war intakt, aber der Hals stand im falschen Winkel ab. Der kräftige, stahlumhüllte Rumpf war zerdrückt und gab eiterfarbene Flüssigkeit ab. Etwas hatte die Spurketten zermalmt und zerrissen.
»Wir müssen ihn ins Lager zurückbringen«, sagte Manuel.
Petrowitsch war ihm gefolgt. »Tja, Adler ist rausgekommen – *Poff*, wie du. Vielleicht war es das, was du drinnen gesehen hast.«
Manuel schüttelte den Kopf.
Petrowitsch fuhr fort: »Steht schlecht um ihn.«
»Ein Tier wie dieses da kann man retten, wenn man die Kälte nicht hineinläßt oder die Systeme ihre Minimalenergie verlieren.« Manuel sprach nicht zu Petrowitsch. Er starrte auf den zerquetschten Adler und schien gar nicht zu bemerken, daß weitere Männer herbeitraten, erstaunt den Schaden begutachteten und darüber rätselten, wie lange Adler dort drinnen gelebt hatte.
Major Sánchez sagte: »Seht ihn euch an, die ganze Zeit, und wurde mit herumgetragen.«
»Wo ist ein Schlepper?« fragte Manuel abrupt. Er ging zu seinem Vater. »Wir brauchen zwei, drei Schlepper.«
Der Colonel antwortete: »Ich habe Fuentes zurückgeschickt. Sind schon angefunkt.«
»Er blutet da drinnen.« Manuel sah zu, wie das helle Rot aus Old Matt heraussickerte. Ohne eine Druckkuppel konnten sie nichts tun, außer zusehen.

Petrowitsch sagte: »Keine Lecks – hab alles geprüft. Aber seine Temperatur gefällt mir nicht.«
»Er blutet.«
»Nicht so schlimm.«
»Nicht so schlimm, *verdammt*! Er hat nicht mehr viel Reserven, er ist verbraucht.«
»Der Schock ist das Schlimmste. Schlimmer als bluten«, sagte Petrowitsch ausdruckslos.
Unruhig ging Manuel zwischen den beiden Menschengruppen hin und her. Der Rumpf des Alephs überragte sie wie ein Bergkamm, der durchs Eis wuchs. Bewegungslos, wie es war, schien es ein Stück der geschundenen Landschaft zu sein. Manuel betrachtete es einen Moment und versuchte, ohne nachzudenken die Ungeheuerlichkeit des riesigen Körpers, jetzt still und tot, endlich von seiner Pflicht befreit, aufzunehmen. Er versuchte an das Geschehene zu denken, konnte es aber nicht. In ihm war eine tote Leere. Dann holten ihn die schrillen Laute der schreienden und über das Aleph kletternden Männer aus dieser Leere heraus, und er ging zu seinem Vater.
»Welche Route nehmen die Schlepper?«
»Sie müssen einige Schluchten umfahren«, sagte der Colonel. Er zeigte seinem Sohn die Route auf der Kartenauflage.
»Das wird zu lange dauern.«
»Zwei Stunden, schätze ich. Petrowitsch meint...«
»Ich werde ihn tragen. Gehe über den Kamm dort. Treffe sie unten, wo der Cañon sich verengt. Halbiert die Zeit.«
»Ihn tragen? Sohn, du bist erschöpft. Ich kann nicht...«
»Fragen wir Petrowitsch, ob es ihm schadet.«
»Du tust, was ich...« Colonel López unterbrach sich und blickte seinen Sohn einen Moment an, während der Junge auf die verkrümmte Gestalt des alten Mannes starrte. Dann ging er zu Petrowitsch und fragte, und der meinte, es könnte so gehen, wenn Manuel nicht spränge, sondern nur den Kamm hinaufstiege und auf der anderen Seite wieder hinunter, keine schnellen Bewegungen...
»Gut, gut«, reagierte Manuel.

Major Sánchez gab ihm eine Reserve-Energiepackung von einem der Hiruko-Leute. Der Mann wehrte sich dagegen, sie abzugeben, bis er die finsteren Blicke um sich herum bemerkte. Der Junge dachte nicht schlecht von dem Mann. Ohne die Reserve wäre der Rückmarsch ein lange Mühsal voller Schweiß und Schmerzen. Er ignorierte die Männer und konzentrierte sich darauf, ein Geschirr zu knoten, den Körper auf den Armen tragen zu können. Mit einem Gurt um seinen Hals sicherte er das Geschirr gegen plötzliche Stöße. Sein Vater beobachtete ihn und erkannte mit einigem Erstaunen, daß es nicht gut wäre, etwas zu sagen. In jenem Moment, da er seinen Sohn losließ, wechselte er in eine neue Zeit und begann Kummer und Zorn in sich zu sammeln, die von einem Verlust genährt wurden, den er während der kommenden Monate bewußt fühlen würde.
Behutsam hob Manuel den alten Mann hoch. Ausdruckslos blickte er in den Kreis aus Gesichtern, gab auf Ratschläge und Warnungen keine Antwort. Er hatte sich bereits inwärts gewandt und bereitete sich vor. Dann drehte er sich um und ging mit gleichmäßigen Schritten los. Einmal, nach einem Kilometer, blieb er stehen und blickte zurück, um sich zu orientieren. Er schien über eine weite Strecke zu schauen. Die Männer waren geschrumpfte Pünktchen, kleine Flecken, die über die Flanken eines riesigen Kadavers schwärmten.
Er ging die Hänge aus Geröll und Felsplatten hinauf. Als er höher kam und weiter sehen konnte, wurde ihm bewußt, wie weit sie gelaufen waren. Er dachte nicht über das Geschehene nach, sondern marschierte weiter, auf sich den leicht schwankenden, schlaffen Körper. Einmal öffnete Old Matt die Augen und blickte eine Zeitlang zum schwarzen Himmel hinauf, dann verlagerte er seinen Körper ein wenig, und seine Augen blickten wässrig und im bleichen Sonnenlicht glänzend auf Manuel. Manuel stapfte schwerfällig über den felsigen Bergrücken. Er sah im Süden Wolken hochkriechen, wo eine leuchtende Fusionsaura die Dämpfe gelb färbte. Die Bahnen aus Feuchtigkeit trübten sich und verschlangen sich miteinander zu einem blau-

en Gebilde. Aufsteigend schwebten sie über den Kamm, dann kam Regen herunter und brachte künstliche Dunkelheit mit, so daß der Junge langsamer ging, um sicher aufzutreten. Die erste Stunde ging vorüber. Der Körper knarrte in seinen Armen. Sechzehn Klicks legte er auf dem Bergrücken zurück, dann begann der Abstieg, das härteste Stück. Geröll und feuchter Boden gaben plötzlich nach, und er taumelte unbeholfen, damit der schwankende Körper nicht den vollen Stoß abbekam. Old Matts Augen öffneten sich kurz, dann sank das Gesicht in einen erschöpften Schlaf.
Es war die dritte Stunde, und er konnte seine Arme nicht mehr spüren. Er ging weiter durch die zunehmende dumpfe Dämmerung. In seinem Helm hörte er das regelmäßige *Ping-ping* des Richtungssignals, das der Schlepper sendete. Er bog nach unten, um ihn zu treffen. Unzählige Male rutschte er, fing sich wieder, rutschte erneut, löste kleine Steinschläge aus. Durch die flutende Dunkelheit erreichten ihn die periodischen Signale wie der konstante Ruf eines geistlosen Dings, der einzigen sinnlichen Erscheinung neben dem Knirschen seiner Stiefel auf knackendem Eis.
Er fand den Leitschlepper, der in einem Flußbett gut vorankam. Er hielt, und er hob den Körper durch die Schleuse. Zwei Schlepper und ein Geher zogen vorbei in die graupelnde Dunkelheit, auf dem Weg zur Hauptgruppe. Als er in den Schlepper stieg, war der Körper an den kleinen Med-Monitor angeschlossen. Er beobachtete zusammen mit drei Männern die aufflackernden Diagnosen. »Er hält durch«, sagte einer der Männer. »Müssen ihn aber ins Lager zurückschaffen, um etwas reparieren zu können.«
Der Schlepper setzte zurück, bis er das Tal hinter sich gelassen hatte und wenden konnte, ohne in Gefahr zu geraten, in den Teichen und dem schmelzenden Eis steckenzubleiben. Der Regen transportierte Energie mit sich, die ein Robot-Fusionsreaktor im Süden in ihm gespeichert hatte, und gab die Wärme jetzt frei, verwandelte das Land.
Es war eine lange Rückfahrt. Manuel bemerkte, daß die Män-

ner ihn prüfend anschauten, und ihm wurde bewußt, daß er sich völlig verausgabt hatte. Seine Anzugsanzeige war im roten Bereich. Er saß in einem Riemensitz und ließ sich von dem Schaukeln schläfrig machen, schlief aber nicht. Hagelkörner prasselten gegen den Rumpf. Die Männer hier waren aus der Hauptgruppe ausgeschert, hauptsächlich vor Erschöpfung, und fragten nicht viel über das, was geschehen war. Er war froh darüber.

Auf dem letzten Stück zum Lager hörten Regen und Hagel auf, und die Sonne drang durch den zurückbleibenden rosa Nebel, der Gräben und Eisrinnen einhüllte. Der Schlepper wurde schneller, näherte sich dem *Bip-bip-bip* des Entfernungssignals, das Manuel wie ein langgezogener Ruf erschien. Jeder Impuls verharrte in seinem Kopf, bis der nächste ertönte und ihn überlagerte, ein hohler Klang, so formlos und zäh wie der Nebel. Als sie ins Lager kamen, wurden sie von einem Dutzend Männer erwartet. Auf Befehl von Colonel López war ein Med-Techniker aus Sidon herausgekommen. Er war ein dünner Mann mit unsicheren, sich ständig bewegenden grünen Augen. Der Mann half, Old Matt hineinzutragen und drehte vorsichtig die Bahre, um sie ohne anzustoßen durch die Schlepperschleuse zu bekommen. Als sie seinen Anzug ausgezogen hatten, lag der walnußbraune Körper reglos da. Er war fast haarlos und erschien dem Jungen kleiner als in seiner Erinnerung.

Die Med-Geräte und der Techniker machten sich an dem Körper zu schaffen, flickten und paßten Ersatzteile ein, säuberten und desinfizierten, wo möglicherweise Anzugflüssigkeit in den Körper gedrungen war, arbeiteten an den Hauptproblemen und ließen den Rest für später.

»Mein Gott, sieh dir das an!« rief der Med-Techniker aus.

»Erschöpfung?« fragte Manuel. »Die Wunde sieht nicht sehr tief aus.«

»Erschöpft, sicher«, sagte der Med-Techniker. »Und ein ziemlicher Schock dazu. Aber vor allem sind's die Herzgefäße. Irgendwie vergrößert. Und eine Menge geschädigter Nerven.

Kann mir gar nicht vorstellen, wie das passiert ist. Vielleicht einfach verschlissen. Spricht auf die normalen Mittel nicht an.«

»Wieviele Funktionen können Sie retten?« fragte Manuel ruhig.

»Die meisten. Ganz sicher die meisten.«

»Den Rest ersetzen?«

»Wahrscheinlich, würde ich sagen. Einige der Organe sind allerdings abgestorben. Leber, Nieren, ein paar kleinere Sachen. Und die kleinen Blutgefäße – sie sind im ganzen Körper kaputt. Das zu ersetzen, kostet 'ne Menge.«

»Wieviel?«

»Keine Ahnung. Fälle wie diesen, so alte Leute, sehe ich nicht oft. Die meisten von ihnen sind in Hiruko.«

»Muß er dorthin?«

»Wahrscheinlich. Die Blutgefäße, da sind es nicht die Teile, es ist die Arbeit. Menge Werkbankzeit.«

Old Matt öffnete die Augen. Er blickte wie aus einem tiefen Versteck hinaus, und seine Augen bewegten sich langsam über die um ihn versammelten Männer. Sein Gesicht war trocken und kreidig, aber die Augen schienen in feuchter Fülle zu glänzen. Er öffnete den Mund, aber kein Laut kam heraus. Dann schloß er ihn, ohne daß sein Gesicht irgendeinen Ausdruck von Besorgnis zeigte.

»Irgendeine Kontrollfunktion ist ausgeschaltet«, sagte der Med-Techniker. »Nicht überraschend bei einer Rückgratverletzung.«

»Können Sie es beheben?«

»Ich hab's dir doch schon gesagt. Komische Nervenschäden da drinnen. Keine Arbeit für den Außendienst.«

Manuel nickte benommen.

Dann ließen sie den Med-Monitor an dem Körper arbeiten. Das Gerät summte, schnaufte und klickte vor sich hin. Manuel beobachtete es im Sitzen, kippte dann zur Seite und schlief einige Stunden. Er wachte auf, als die Hauptgruppe ins Lager fuhr und einige Männer in der Hütte um Hilfe baten, um Adler vom Deck eines Schleppers herunterholen zu können. Manuel ging nach draußen. Sein Vater und die anderen stiegen aus den Fahrzeugen. Sie alle waren blaß und bewegten sich in der typischen Art von Männern, die in Anzügen arbeiteten, deren Energie erschöpft ist. Er gesellte sich zu der Gruppe aus dem nächsten Schlepper. Sie fuhren einen Gabelstapler unter das eine Ende Adlers und hoben ihn auf eine provisorische Rampe. Der Hagel hatte die Rampe schlüpfrig gemacht und half ihnen, als sie ihn hinunterschoben. Sie banden ihn hinter den Schlepper und zogen ihn zu der außenliegenden Med- und Hydraulikstation für die Tiere.

Adler hob den Kopf und versuchte ihn zu drehen. Stahl quietschte, Funken sprangen. Der große Kopf fiel baumelnd zur Seite. Er zog die Hände nach, und die Spurketten klapperten und verklemmten sich ineinander. Er kämpfte tief drinnen, das konnte Manuel erkennen, und einen Augenblick später erzitterte er, die Hände entspannten sich, und er wurde wieder still. Der Junge glaubte, eine leichte, gleichmäßige Bewegung sehen zu können, so als arbeiteten Lungen tief unten.

Der Med-Techniker kam heraus. Die vielen Männer, die in die Hütte geströmt kamen, Männer mit Muskelzerrungen, Verstauchungen und gebrochenen Knochen, schienen ihn zu beruhigen. Er nahm an dem zerquetschten Ding eine Routineprüfung vor. Petrowitschs ungeschickt angebrachte Flicken schnitt er weg und lötete neue an. Er stoppte den Flüssigkeitsverlust und gab den inneren Systemen, die noch Leben in sich hatten, Stromstöße. Dann schüttelte er den Kopf. »Wunder kann ich nicht wirken«, murmelte er.

»Sie können's, verdammt nochmal, versuchen«, sagte Manuel schroff.

»Ich tue, was ich kann. Für mehr habe ich keine Ausstattung.«

»Ich könnte ihn zurück nach Sidon bringen.«

»Es sollte nicht mehr bewegt werden.«

»Wollen Sie ihn etwa einfach da liegen lassen?«

»Sieh mal, es gibt tiefe innere Verletzungen. Entweder die lebenden Teile kommen durch oder nicht. Helfen könnte man nur, wenn man das Gehäuse aufstemmt, es herausnimmt und am Leben hält, bis ihr es nach Hiruko schafft. Dort verstehen sie sich auf solche Arbeiten. Ich nicht. Deshalb sage ich, wir lassen es ruhen und warten ab, ob es durchkommt.«

»Wie lange?«

»Einen Tag, zwei.«

»Und dann?«

»Bringen es nach Hiruko, wenn es kräftig genug aussieht.« Die Mundwinkel des Med-Technikers zuckten gereizt. »Hör mal, ich muß an den Männern arbeiten. Tiere kommen zuletzt dran, das weißt du.«

»Das ist kein Tier.«

»Ja, ja, schon gut. Lies die Vorschriften, Junge. Lies einfach die Vorschriften.« Der Mann ging wieder nach drinnen, seine Werkzeuge befingernd. Er hatte mit mehr Verletzungen zu tun, als er jemals nach einem kleinen Ausmerzausflug gesehen hatte, und das gefiel ihm nicht.

In der weiträumigen Hütte aßen und tranken die Männer oder lagen halb ausgezogen auf ihren Kojen, bereits in den Schlaf gesunken, die Gesichter von wochenalten Bärten und Schmutz dunkel. Einige schnarchten. Der Junge setzte sich, sagte nicht viel und hörte den müden Gesprächen nicht zu. Old Matt lag ganz ruhig, die Diagnoseanzeigen blieben stabil. Der Junge schlief wieder ein. Aber als er auf seiner Koje liegend, mit einer Decke um den Kopf und nichts auf der unteren Körperhälfte erwachte, spürte er nicht, daß die träge Müdigkeit und der Schmerz in seinen Armen und Beinen nachließen.

Er ging hinaus, um nach Adler zu sehen. Es war kurz vor dem Mittag des langen Ganymed-Tages, und die Sonne hatte sich durch die Nebelschichten gebrannt, die sich hoch oben, wo die neue Atmosphäre in schieres, totes Vakuum auskochte, bildeten. Das Tüpfelchen einer Sonne warf scharfe Schatten unter den Männern und Frauen, die jetzt hereinkamen – Rohrmechaniker und Agro-Helfer aus Sidon und weiter entfernten Siedlungen, Bergleute von noch nicht benannten Ein-Kuppel-Orten, Kontraktarbeiter, Frauen, die seit Jahrzehnten verwitwet

waren –, alle mit einer wirklichen oder eingebildeten Schuldforderung, die jetzt bezahlt worden war. Sie kamen in Gehern oder zu Fuß, folgten dem andauernden *Bip-bip-bip* und erreichten den großen freien Platz, wo Adler lag, den Blick nach draußen gewandt zu der fernen Kette der Eishügel. Es müssen hundert gewesen sein, die zwischen den Fahrzeugen saßen, als Manuel herauskam. Er beobachtete, wie sie zu dem großen, malträtierten Ding gingen und auf den eingekerkerten Kadaver starrten, nicht wagten, eine Hand auszustrecken und ihn zu berühren, mit leiser Stimme zueinander sprachen, die nicht über Komm ging, und ihr eigenes, ganz persönliches Ritual daraus machten. Sie baten darum, nach drinnen gehen und Old Matt besuchen zu dürfen, aber Petrowitsch ließ sie nicht. Sie fragten nach Manuel, aber keiner von ihnen erkannte den Jungen – sie hatten nur von ihm gehört –, deshalb blieb Manuel nahe bei Adler, ohne daß sie ihn belästigten.
Adlers Verfassung hatte sich nicht verändert. Alle paar Stunden hob er den Kopf und drehte den Hals unter Schmerzen. Bei jedem kleinen Ruck schien ein Zahnrad in die nächste Nute zu greifen. Die schwarzen Augen spähten zu den sich sammelnden Menschen hinaus und zeigten nichts von den inneren Qualen. Er betrachtete die fernen Hügel, nicht mit der früher an den Tag gelegten Wildheit, sondern als wollte er sich versichern, daß die weit ausgedehnten Wüsten noch da wären, noch immer hinter dem Ring aus menschlichen Gesichtern lägen. Manuel beobachtete ihn, spürte seine unnachgiebige Weigerung, Kompromisse zu schließen, ein Zeichen von dem zu geben, was verletzt innen im Gehäuse lag. Adler gehörte nicht zum Menschen und konnte mit den Menschen nicht versöhnt werden, aber er war irdisch und wußte das auch. Er hatte seine Arbeit getan, eine Aufgabe, die er sich am Ende selbst auferlegt hatte, und war nun frei. Er starb am Mittag.

5.

Major Sánchez brach als erster auf. »Muß zurück. Habe zu arbeiten. Ich bin schon zu lange geblieben«, sagte er zu Manuel. »Die meisten von uns fahren morgen raus«, sagte ein Mann aus Sidon.
Ein Mechaniker einer anderen Siedlung mischte sich ein: »Meine Männer haben genug. Für uns ist Schluß.«
Colonel López nickte. »Ein paar sollten bei Old Matt bleiben, bis er transportfähig ist. Ich mache das.«
Manuel sah zu, wie sich die Menschen vor der Hütte verstreuten. Die meisten kehrten zu ihren Siedlungen zurück. Einige wollten hinaus zu dem Aleph ziehen, obwohl sie nicht viel mehr tun könnten als es anzustarren. »Ich bleibe auch«, sagte er.
»*Si*, wir haben's gepackt, he?« sagte Major Sánchez und schlug Manuel auf die Schulter. »Nach all dieser Zeit.«
»In Sidon, da werden wir feiern«, meinte Petrowitsch herzlich. »Aber wir warten, bis du kommst.«
»Fein«, sagte Colonel López, seinen Sohn beobachtend. »Ich nehme an, es sind nur noch ein paar Tage. Der Med-Techniker sagt, Old Matt komme durch.«
»*Si, si*, er ist eine zähe Haut«, sagte Major Sánchez. Er stampfte mit den Füßen auf, um sie zu wärmen und zeigte auf einen abgestellten Schlepper. »Ich will aufbrechen. Brauch Hilfe, um Adler wieder auf's Deck zu legen und festzuzurren.«
Manuel fragte: »Was werdet ihr mit ihm tun?«
»Recycling. Er ist Sidon-Eigentum. Eine Menge Schrott. Aber ein paar gute Motoren und Servos sind bestimmt noch da.«
»Was ist mit dem Körper?« fragte Manuel scharf.
Major Sánchez blickte zu Colonel López. »Körper? Tja, Tiere...«
»Tiere kommen ins Organ-Recycling«, sagte Petrowitsch.
»Er ist kein Tier«, entgegnete Manuel. »Ihr wißt das nicht.«

Colonel López nickte. »Ich erinnere mich. Hiruko sagte so etwas, daß er vielleicht menschlich wäre. Oder teilweise menschlich.«

»Aber Dad...«

Der Colonel wandte sich an Manuel. »Wenn sie ihn öffnen, werden wir's wissen. *Gehandelt* hat er ja nicht wie ein Mensch, oder?«

»Darum geht's nicht.«

Der Colonel lächelte. »Du weißt, wir bewerten menschliches Leben höher als alles andere. Wir werden für Old Matt tun, was wir können. Aber es gab keine Möglichkeit, Adler zu helfen. Er war zu fest in der Apparatur verankert.«

Manuel sagte nichts. Sein Vater hatte sich immer sehr um Med-Monitore gekümmert. Das war Bestandteil des Neukatholizismus – daß die Menschen, in jeder möglichen Form, am Leben gehalten werden sollten.

Major Sánchez zuckte die Achseln. »Kleinigkeiten. Wahrscheinlich steckt sehr wenig von irgendwas da drin. Große Maschine, das war es, *si*. So, wer hilft nun? Hm?«

Sie schafften Adler auf den Schlepper, und als sie damit fertig waren, war der Platz fast frei von Menschen. Die meisten aus der Hauptgruppe bestiegen ihre Gefährte, tauschten sich mit Rufen über Dinge aus, die sie nicht zurücklassen wollten und Dinge, die schon verloren wurden, und wetteten, wer wen auf der Heimfahrt nach Sidon schlagen würde. Der Junge nahm wenig davon wahr. Er arbeitete an der Ladung und betrachtete den klaren Himmel. Die Sonne glitt hinter die rosigen Wolken Jupiters, verlieh dem Planeten einen Lichtkranz, und dann breitete sich die Dunkelheit der Eklipse aus. Er sah zu, wie die Schlepper aufbrüllend anruckten und das Lager verließen. Major Sánchez an der Spitze. Adlers Körper wurde durchgerüttelt, als der Schlepper über ein Steinhindernis rumpelte, und für Manuel schien der Körper herabgemindert, ein Haufen loser Einzelteile. Er sah ihm nach, bis er außer Sicht war.

Die Gruppe ließ ihr Bettzeug zusammengerollt auf den Kojen, bereit für's nächste Jahr. Die Hütte würde hartfrieren, und bei ihrer Rückkehr würde es einen vollen Tag dauern, sie aufzutauen, aber wenn alles verschlossen oder festgerollt war, würde nicht viel Feuchtigkeit eindringen, und die Sachen wären trokken, wenn die nächste Gruppe käme, um zur Jagd hinauszuziehen. Sie ließen einige Vorräte und ein paar Pastenmahlzeiten zurück, alle kochfertig vorbereitet. Manuel half hier und da, immer ein Auge auf den ergrauten Körper, der von dem sanft summenden Med-Monitor umhüllt war. Der Med-Techniker verarztete die geringfügigeren Wunden.

»Das war ja eine tolle Jagd, die ihr da draußen hattet«, hörte ihn Manuel zu einem Patienten sagen. »Und alles, um ein bewegliches Artefakt in ein totes zu verwandeln, he?« Er kicherte kopfschüttelnd. »Brecht euch die Knochen, nur um noch eins hinzuzufügen. Wir haben eine Menge Artefakte, auf allen Monden verstreut. Begreifen nicht eins von ihnen. Und das neue wohl auch nicht, da wette ich drauf.«

Manuel sagte nichts, wußte nicht, was er hätte sagen sollen. Er machte sauber, lud auf und dachte nicht viel nach. Er half, die Fusionsanlage runterzufahren, lauschte, als ihr Stottergeräusch zu einem langsamen *Tschogg-tschogg* erstarb. Die Sonnenfinsternis vertiefte sich, als er wieder hineinging. Fünf Männer aus Sidon blieben noch bis zum Morgen, um sich zu erholen, und mit dem Med-Techniker und seinem Vater waren Manuel und Old Matt die letzten, die noch da waren. Sie hatten ein stummes, müdes Abendessen und gingen zu Bett, ohne daß jemand Kippsprit auch nur erwähnte. Manuel hatte kaum die Decke über sich gezogen, da schlief er auch schon.

Viel später hörte er die trockene Stimme. Sie rief ihn. Zuerst hielt er es für einen Traum, aber dann kam sie erneut. Er stand auf, immer noch Schmerzen in den Beinen spürend, und bewegte sich durch die Korridore aus rohrumrahmten Kojen tastend durch die Dunkelheit. Wieder rief Old Matt, und Manuel streckte den Arm aus und fand die kühle Hand mit den schwieligen Fingern und der harten, glasigen Haut.

»Wie lange seit... seit...«

Manuel antwortete: »Zwei Tage, fast.«

»Adler?«
»Tot?«
»Ihn... hat es... also auch zurückgegeben.«
»Genau wie uns.«
»Wie mich.«
»Ich hab' Angst gehabt, da drin.«
»Hast du mich gesehen?«
»Sicher. Die anderen...«
»Bin lange genug drin geblieben... Ich wußte... fühlte..., daß du Angst hattest.«
»*Si*, die draußen, die glauben...«
»Lange genug bleiben... Angst... Daraus lernst du.«
»Nächstes Mal wird es nicht mehr so gefährlich sein. Es ist tot, wir haben es erwischt – das wußtest du doch?«
»Ich wußte, es war stehengeblieben.«
»Sobald wir wieder in Sidon sind und dich nach Hiruko bringen, damit sie dich zusammenflicken, können wir beide rausfahren und es uns richtig anschauen.«
Ein kratziges Lachen. Es schlug in abgehacktes, würgendes Husten um.
Manuel flüsterte: »In die Löcher hinein, sehen, was darin steckt, wer es hergestellt hat.«
»Ich nicht. Du, vielleicht. Wenn sie dich lassen.«
»Mich *lassen*? Zum Teufel, du und ich, wir haben das Ding *erwischt*, wir – aber was meinst du damit, du nicht?«
»Ich hab' hier gelegen... gefühlt... was von diesem Körper übrig ist. Nicht viel.«
»Du hast deine Stimme wieder. Das andere kommt auch, sobald sie ...«
»Nein, wird es nicht. Ich habe den Med-Techniker reden hören... mit dem Colonel. Zu viele Zerstörungen. Nerven... Muskeln in den Armen und Beinen, alles kaputt... Ich kriege nie mehr genug, um auch nur Servos zu betätigen.«
»Wenn es das Geld ist...«
»Zum Teil ja. Immer bei jemandem in meinem Alter. Sidon kann sich keine großen Investitionen für einen Schmarotzer

leisten. Die Zeiten sind hart. Und ich habe keine Anteile, die ich verkaufen könnte.«
»So etwas solltest du nicht denken. Laß es sie wenigstens versuchen.« Mehr fiel Manuel nicht dazu ein.
»Und dann ende ich als Magen und Gehirn ohne viel Beiwerk.« Manuels Hand verfolgte den Arm des alten Mannes, bis sie auf die Keramikplatten und das Metall des Brustkorbs traf.
»Ganz richtig«, sagte Old Matt. »Du denkst, ich bestünde ohnehin stückweise aus Ersatzteilen, oder? Sicher. Aber es gibt einen anderen Punkt ... man will nicht mehr.«
»Hör mal, was das Geld angeht, kann ich ...«
»Du hast viel darüber nachgedacht, was geschehen ist, Manuel. Warum meinst du, hat es uns zurückkommen lassen?«
»Die anderen, sie haben auf es gefeuert. Haben es verletzt, denke ich. Es konnte sich nicht mit allen befassen.«
»Ich stelle mir vor ... es hatte genug von mir. Deinetwegen wundere ich mich.«
Manuel lächelte. »Wir sind beide zu unbedeutend, das ist alles.«
Wieder das trockene Lachen. Dann bewegte sich die Hand, die Manuel hielt, und die Stimme fragte entspannt und ernst: »Meinst du, du könntest mir in der Küche etwas zubereiten?«
Überrascht, denn er wußte, daß der Med-Monitor den Körper ernährte, antwortete Manuel: »Aber sicher.«
Er machte wenig Geräusche, lud etwas kaltes Fleisch und Maisbrot auf. Mit dem Tablett wand er sich zwischen den Kojen hindurch zu der Wand, an der der Med-Monitor stand. Er stellte das Tablett ab und wollte gerade eine kleine Lampe einschalten, als er spürte, daß der Monitor leer war. Er fühlte, die Matratze war noch warm. Eine seltsame Vorahnung überkam ihn. Er müßte die Lampen einschalten, wie er wußte, aber statt dessen bahnte er sich seinen Weg durch die nahezu vollständige Dunkelheit zur Schleuse am anderen Ende der Hütte. Dort, im Schatten der Notbeleuchtung, sah er eine Gestalt auf dem Boden liegen, fast fertig damit, einen Notfallanzug überzuziehen.

»Was zum Teufel...«
»Die Sonnenfinsternis. Ich will sie wieder sehen.«
»Das ist Wahnsinn! Wie bist du hierher gekommen?«
»Gekrochen. Die Beine fast wertlos, die Arme nicht viel besser.«
»Warte, ich hebe dich hoch...«
Als Manuel den überraschend leichten Körper hob, erreichte Old Matt die seitlichen Anzugverschlüsse und drückte sie zu. Das Helmvisier stand noch offen, und durch die Öffnung erklang die heisere Stimme: »Ich werde dich jetzt bitten. Ich möchte, daß du nachdenkst, bevor du irgend etwas tust. Bevor du mich... wieder dort hinein bringst.«
»Ich kann doch nicht...«
»Ich sage dir, ich will die Sonnenfinsternis noch einmal sehen, von draußen. Nicht auf irgendeinem Bildschirm, denn so werde ich sie mir anschauen müssen, wenn sie mich zusammenflicken.«
»Aber das wäre, wäre...«
»Ich... erinnerst du dich noch, als wir es zum letzten Mal angingen? Erinnerst du dich, was ich gesagt habe? Ich brauchte Hilfe. ›Achte auf mich‹, habe ich gesagt.«
»Richtig. Auf dich achten. Ich verstehe nicht...«
»Denk später darüber nach! Wenn du Zeit hast.«
»Ja, okay, aber ich...«
»Jetzt will ich, daß du auf mich achtest und sicherstellst, daß niemand mich aufhält, wenn sie die Schleuse hören. Ich kann ohne dich hinaus- und die Rampe hinunterkriechen. Aber ich werde jemanden brauchen, der sie aufhält, wenn sie nachschauen kommen. Nur ein paar Minuten.«
Manuel musterte das Gesicht in dem trüben Rotlicht. Die Augen schienen noch immer mehr Licht einzufangen und sich mit brechender, wäßriger Intensität zu bewegen. Er wußte, was der alte Mann sagte, und er sprach es laut aus: »Achte auf mich!«
Old Matt lächelte. »Genau.« Die Anstrengung zeigte sich in seinen gefurchten Wangen.

»Dann los«, sagte Manuel.
Er half dem alten Mann, in die Schleuse zu kommen und legte ihn auf das Förderband, mit dem sonst Ladungsteile hinaustransportiert wurden. Dann ging er wieder nach drinnen und pumpte die Schleuse langsam leer, damit die Maschinen leise arbeiteten. Die äußere Tür öffnete sich. Das Förderband jaulte. Er wartete lange Momente vor der Kontrolltafel, und dann hörte er Fußschritte auf dem Metallboden klirrend näherkommen.
»Was – warst du draußen?« Sein Vater.
Er drehte sich um. »Nein. Old Matt ist dort.«
»Old Ma ... und du hast ihn gelassen? Wo hast du deinen Kopf, Junge?« Colonel López packte den Kontrollhebel, riß die Außentür zu und setzte eine Schnellfüllung in Gang. »Wenn ich je ... was ... warum hast du ihn gelassen? Du weißt, er ist ...«, und dann riß er einen Anzug vom Regal und stieg hinein, den Mund zu einer dünnen Linie zusammengepreßt.
Stumm zog Manuel sich an. Die Schleuse öffnete sich, die beiden gingen hinein. Der Abpumpvorgang begann. Colonel López verzichtete auf vollen Druckausgleich, um Zeit zu sparen. Die Außentür schwenkte auf. Ein Wind blies Staub an ihnen vorbei auf die beschattete Ebene und erstarb heulend. Der Colonel trat als erster hinaus.
Der Körper lag vor dem Förderband, das Gesicht nach oben, die Augen immer noch glitzernd, das Helmvisier offen. Ganymeds Eis ergriff bereits Besitz von dem zerstörten Gesicht. Old Matt hatte die ganze Vorderseite des Anzugs geöffnet, um den Todeshauch Ganymeds hereinzulassen. Bei so plötzlichem Eindringen ließ die schreckliche Kälte die gefrierenden Zellen aufplatzen.
»*Mierda!* Bei dem Unterdruck kriegen wir ihn nie zurück!«
Der Colonel wirbelte zu seinem Sohn herum. »Tot! Er ist tot! Und du hast ihm geholfen!«
Colonel López hielt inne. Er drehte sich mit einem Ruck zu dem Körper um, bückte sich, um ihn hochzuheben. Beide hörten das Knacken, als er ihn hob und die gefrorene Haut aufplatzte.

Neue Risse öffneten sich in den Körper hinein, so daß eine kleine Dampfwolke aus dem Visier entwich und das Eis dieser Welt Old Matt noch weiter in Besitz nahm.
Der Vater starrte auf seinen Sohn. »Du hast ihn umgebracht. Endgültig. Ewiger Tod. Das weißt du, oder?«
»Ich...« Er blinzelte, aber die Feuchtigkeit schien wie Schweiß von überall zu kommen. Seine Brust hob sich, nahm aber keine Luft auf. »Ich habe...« Er schluchzte.
»Du hast ihn umgebracht. Genauso als hättest du selbst seinen Anzug aufgerissen. Ein alter Mann, der nicht wußte, was er tat, halb verrückt durch seine Verletzungen. Und du hast ihm geholfen.«
Manuels Körper zitterte, seine Sicherheit hatte sich in Nichts aufgelöst. »Ich... Vater, ich...«
»Umbringen, geht's darum, *si?* Alles umbringen, was alt ist...«
Er keuchte, von Worten überflutet. »Gestern war... war nicht genug, was? Du mußtest...«
»*Was?* Umbringen – du meinst das Aleph? Ich war...«
»Wir jagen es, *si*, aber es... es...« Der Colonel schüttelte den Gedanken mit einer energischen Bewegung ab. »Aber... Old Matt!«
Seine Kiefermuskeln verhärteten sich. »Kein Sohn von mir tut so etwas. Keiner, der zu mir gehört!« Seine Augen blickten hart und wütend, loderten in eine Wut, die nicht schwand, wenn sie einmal da war. »Kein Sohn von mir!«

Die lange Jagd nach Aleph scheint zu Ende. Sie hat Manuel und den Bewohnern Ganymeds alles abverlangt. Aber auch jetzt ist noch nicht klar, um was es sich bei dem Aleph eigentlich handelt. Dieses Wesen ist zu fremdartig, um vom menschlichen Geist verstanden zu werden.
Die fremdartigen Wesen, denen Sie in dem fantastischen Rollenspiel Das Schwarze Auge begegnen, sind auch manchmal ganz schön ausgeflippt, aber Sie werden keine großen Schwierigkeiten mit der Einordnung haben, den im Gegensatz zum Aleph agieren und reagieren sie auf wagemutige Abenteuer...

Bitte umblättern ☞

Teil IV

HIRUKO

Sechs Jahre später

1.

Zerstreut nahm Manuel den Weg durch die glatten Gänge. Er behielt die zu Fäusten geballten Hände in den Taschen, obschon es hier überhaupt nicht kalt war. Dieser Abschnitt von Hiruko war immer gut geheizt, so daß die Frauen, die gern enge Kleidung trugen, sich bei kurzen Ausflügen behaglich fühlen konnten. Es war ein Zeichen für etwas – er hatte sich nie Gedanken gemacht, wofür –, wenn Menschen ohne den Reflex, nach einer Jacke zu greifen, umhergingen und das hohe Temperaturgefälle beiläufig ignorierten.
Seine Stiefel machten auf der mit Matten belegten Isolierung kein Geräusch, doch das Rattern und Summen unterirdischer Fabriken drang durch die Wände. Er ging um die Ecke zur Rotonde Plaza. Zwei junge Männer lungerten dort herum, bekleidet mit abgetragenen Hosen und Faserhemden, die wie grobes Leinen wirkten. Einer war klein und hatte einen stechenden Blick. Seine schmalen Augen zuckten nervös über alle Passanten. Der größere musterte Manuel, richtete sich dann auf und hob eine Faust. »Raus«, sagte er mit übertriebenem, aufgesetztem Akzent und öffnete die Hand, »-geben!«
»Was?« Verwirrt blieb Manuel stehen und nahm die Hände aus den Taschen.
»Du hast 'ne Menge Überflüx, Freund.«
»Über...?«
»Überflüssiges – so formuliert es – der Rat«, sagte der Kleine in schnellem Stakkato.
»Was, zum Teufel, soll das?« erwiderte Manuel gereizt.
»Alles – was nicht unmittelbar nötig ist für – Gesundheit – oder Sicherheit – was nach Luxus riecht – nach Privilegien.«
Manuel hatte etwas darüber gelesen, es ging um einen Kollektivbeschluß, aber es fiel ihm nicht ein, was es bedeutete. Der Große strich sich eine Haarsträhne mit langsamer, selbstbewußter Anglo-Geste aus der Stirn und meinte mit schleppen-

der Stimme zu seinem Kumpan: »Schon wieder ein Bürger, der nicht auf dem laufenden ist, Enrico. Schätze, wir werden ihn erziehen müssen.«

Manuel sagte nichts. Er stellte die Füße ein wenig auseinander, lockerte seine Haltung.

»Tja, der Rat hat endlich auf den Willen des Volkes, des wirklichen Volkes reagiert und zugegeben, daß wir viel zuviel verdächtigen Reichtum hier hatten.«

»Wenn ihr Reichtümer wollt, Jungs, dann müßt ihr woanders hingehen.«

»Besitztümer – Luxusbesitztümer – sind eine Beleidigung – des Kollektivs.«

»Hast du deinen Sweater geerbt?«

»Den?« Manuel blickte an sich herab – er bemerkte nie bewußt, was er morgens anzog – und versuchte, sich zu erinnern. »Nein.«

»Ererbte Güter – Besitztümer, durch privaten Handel erworben – Handel auf dem Markt – das sind alles Symptome für Übervorteilung.« Der kleine Dunkelhaarige schien vor Energie überzukochen, als er diese Aufzählung herausspie und dabei die Hände ständig schloß und öffnete. »Der Sweater – aus Wolle – sieht mir nach Marktware aus. Eindeutig – Marktprofit. Du hast ihn gekauft – *si*?«

Manuel trat einen Schritt zurück. Jetzt erinnerte er sich. Der Rat hatte von der Erde schlechte Beurteilungen bekommen, und drei Mitglieder wurden degradiert, zurückversetzt in die arbeitende Kategorie. Formell galt es nicht als Strafmaßnahme, sondern als Reorganisation und natürlicher Umlauf, durch den Arbeiter in den Rat gelangten, aber jeder wußte, es lag daran, daß der Erde das soziometrische Profil der Jupitermonde nicht gefiel. Jetzt, mit drei von der Erde bestätigten Nachrückern, tilgte der Rat die Auswirkungen neokapitalistischer Eingriffe. Um die Kontraste von Glück und Ausbeutung auszugleichen, hatte der Rat jeden Bürger autorisiert, jedes Besitzstück zu fordern, das den Irrtum der Vergangenheit widerspiegelte. Und man konnte es von jedem anderen Bürger verlangen.

»Du willst doch kein Haber sein, hä?« fragte der Große rätselhaft.
»Was ist das?« fragte Manuel zurück, um Zeit zu gewinnen.
»Unberechtigte Habe – von anderen profitieren – sie mit Arbeitsverträgen versklaven – *das* ist ein Haber – und du siehst aus wie einer.«
»Nein. Den Sweater habe ich rechtmäßig. Das Garn habe ich auf üblichem Wege bekommen, und ich habe ihn selbst gestrickt.«
Er wußte, daß er diese Behauptung beweisen konnte, denn auf seiner letzten Monatsabrechnung hatte er eine Eintragung für Garn. Es war zwar nicht für den Sweater, doch die beiden konnten das nicht wissen. Jedenfalls konnten sie es ihm nicht beweisen. *Aber wem beweisen?* dachte Manuel, dem jetzt bewußt wurde, daß es keine Behörde gab, an die er sich wenden könnte.
»Hm!« Der Große tat einen Schritt vor, sein Gesicht verhärtete sich. »Das hören wir oft, Freund. Gib uns ...«
»Nein – warte!« Der Kleine hielt eine Hand warnend hoch. Er wollte sich nicht so einfach ablenken lassen. Der Rat gab ihnen das Recht, nur einen Gegenstand je Bürger zu fordern.
»Auffällig ... zieht das Auge an ... helle Farben ... sogar Armringe ... sieht nach Marktgütern aus. Aber er könnte ihn so entworfen haben – ja, sicher – damit er so aussieht.«
»Versucht uns zu verarschen?«
»Kann sein. Diese Typen – halten sich für clever. Hier – was ist das?«
Manuel bewegte sich nicht, sondern blickte sie nur an. Die Hand des Kleinen fuhr vor und packte seine Gürtelschnalle.
»Kommen wir uns näher?« fragte Manuel sarkastisch.
»Wir kommen zu unserer Pflicht, Bürger. Der Gürtel – Markt, richtig?«
Manuel konnte das Gegenteil nicht beweisen, für die beiden die Bestätigung dafür, daß sie recht hatten. Er hatte ihn tatsächlich auf dem schwarzen Markt – dem einzigen Markt – gekauft, als Bekleidung knapp war. Jeder tat das. Man konnte nicht auf

einen Versorgungskommissar von *Outsystem Control* und die Genehmigung für eine neue Lieferung langer Unterhosen warten, wenn man fror.

»Und wenn ich nein sage?«

»Nun, das prüfen wir für dich nach, Bürger«, sagte der Große. Lässig strich er sich das Haar zurück und verlagerte sein Gewicht.

Jetzt meinte er es ernst.

»Der Rat läßt *mierda seca* wie euch rumlungern, und ihr nehmt...«

»Umverteilen – so heißt das – umverteilen.«

»Mir gefällt nicht, was du da gesagt hast, Bürger«, murmelte der Große und kam näher. Vorfreude erfüllte seinen Blick. Er ballte die rechte Hand in der linken Faust, ließ die Knöchel knacken. Manuel vermutete, daß er die Bedeutung des Fluchs nicht kannte, aber sein Tonfall hatte die Absicht deutlich gemacht. Die Augen des Kleinen begannen herumzutanzen. Manuel spannte sich und erwog seine Chancen. Sie standen nicht gut.

Manuel nahm den Gürtel ab. »Okay, okay.« Er reichte ihn dem Kleinen. »Und was hält mich jetzt davon ab, ihn euch wieder wegzunehmen, hm?«

Der Große kicherte, und der Kleine antwortete: »Im Prinzip – könntest du es. Aber wir haben – der Rat hat – spezielle Anweisungen erlassen. Wir sind Sonderbeauftragte. Wir sammeln – verteilen um –, bestrafen die Ausbeuter. Bis Neid – und Bosheit – getilgt sind.«

»Soldaten für die Gleichheit, he? Danke für den Hinweis. Hätte sonst gedacht, ihr wärt Diebe.«

Der Große sagte drohend: »Paß auf, was...«, aber der nervöse Kleine hielt eine Hand hoch.

»Wir arbeiten für dich – Bürger – wir sind deine Freunde. Und denk daran – der Rat – er ist nicht ängstlich.«

»Was heißt das?«

»Er wird zuschlagen – mutig – und sich durchsetzen.«

Manuel fluchte leise: »*Qué gente estútpida!*«

»Was war das?« fragte der Große mit düsterem Blick.
»Ihr habt eure Beute – geht mir aus dem Weg!« Manuel trat an den beiden vorbei und ging weiter, ohne sich umzuschauen. Er überlegte, einen Block weiter stehenzubleiben und zur Plaza zurückzuschreien: *Me cago en la leche de tu puta madre*! Aber so etwas hätte ein Junge getan, und außerdem hätte es sie dazu bringen können, hinter ihm herzulaufen. Deshalb bog er nach rechts und ging weiter zum Café Basquan. Eigentlich hatte er zum Quondon-Stande gewollt, wo ein Ring mitten in einem üppigen Park stand und die Boxerinnen zwischen den Kämpfen als Kellnerinnen bedienten. Aber diese Laune war schnell vorüber gewesen. Er wollte nicht sehen, wie Frauen aufeinander einschlugen und ihre glatte Haut blau und blutig prügelten, selbst wenn die Verletzungen geheilt oder ausgewechselt wurden, bevor die Kunden sich von ihrem Kater erholt hatten.
Das Café Basquan war groß und warm. Lokale waren hier immer überheizt, eine ständige Zurückweisung und Leugnung der ewigen Kälte draußen. Nur in Hiruko hatte er Flure gesehen, die so gemütlich warm wie ein Wohnraum in Sidon gehalten wurden. Hier war Energie einzusparen. Die Menschen kamen im Rotationsverfahren für zwei Jahre und spürten nie den Stachel der ersten Welt draußen, verließen nie diese Nische.
Er ging an den dicht besetzten Tischen vorbei, durch den Illusionsrauch und hinaus auf die weitläufige Veranda. Hier draußen war es kühler, sogar erträglich, wenn man die Jacke auszog. Diesen Ort unter dem würzigen Eukalyptusbaum, der immer seine Rinde und Blätter abwarf, mochte er am liebsten. Er nahm einen kleinen Tisch bei einer Statue von Romérez, einer monumentalen Figur, die einen Eispickel und eine Karte in die Höhe hielt. Das Gesicht war von Konzentration geprägt, spähte vorwärts, als versuchte es weiter in eins der fremdartigen Artefakte zu blicken, die Romérez entdeckt, studiert und katalogisiert, aber nie verstanden hatte.
Er bestellte einen Aufguß und betrachtete die Staubkörnchen, die die breiten Strahlen gelben Lichts aus dem duftenden Boden

jenseits der Veranda zogen. Ein unsichtbares Oberlicht schickte von Jupiter reflektiertes Sonnenlicht die langen Luftschächte hinab, wo es sich zwischen üppigen Grüngewächsen verteilte. Er mochte diesen Garten, der Jakarandas, Jadebäume und trokkene, unbewegte Luft enthielt. An jedem Kilometerdrittel wuchsen in allen Richtungen Gärten zur Luftreinhaltung. Jeder spiegelte einen anderen Ort der alten Erde wider. Er sah zu, wie das Licht in den faserigen Eukalyptusästen ins Rötliche spielte, wenn die Sonne, von den gesprenkelten rosa Wolken reflektiert, sich dem Rand des Planeten näherte. Er überlegte, ob er sich eine der leeren Buchhüllen von drinnen holen und sie mit einer Lehr-Patrone füllen sollte, die er eigentlich studieren müßte. Wie alles in dem Café war es gratis. In Sidon hatte er seinen Lohn ausgeben müssen, um ein paar Stunden an einem Interaktionsbuch zu bekommen – das verkürzte die Studierzeit und war unterhaltsamer –, aber im Moment war es angenehm, dort zu sitzen und den Duft zu riechen, der aus dem wuchernden Garten kam und das Summen des Cafés hinter ihm forttrug.

Rechts von ihm öffnete sich eine Tür, jemand kam heraus. Hoffnungsvoll drehte er sich um, aber es war ein Mann und dazu noch jemand, den er kannte.

»Ach, wußte ich doch, daß Sie hier sind.« Es war Ortiz Gutiérrez, der heftig durch einen herabhängenden Schnauzbart atmete. Er trug ein Cape, das wie Samt aussah, aber, wie Manuel wußte, aus Flockenfasern hergestellt war, die in den hydroponischen Anlagen wuchsen. Über dem Samt bildeten scharlachrote Schlitze ein aufdringliches spanisches Muster, das Manuel aus einer populären Erd-Show kannte.

»Darf ich mich eine Weile zu Ihnen setzen?« fragte Gutiérrez und setzte sich. Sein Umhang wirbelte einen kleinen Luftstoß hoch, der Manuel den Geruch des Mannes zuwehte. Ein Teil war Parfüm, ein Teil nicht.

»Woher wissen Sie, daß ich warte?«

»Sie sind ein Gewohnheitstier, Manuel. Sie dürfen nicht glauben, Sie blieben völlig unbemerkt.«

»Gehofft habe ich es schon.«
Gutiérrez nahm von Manuels Anspielung keine Notiz, denn er drehte sich nach links und nach rechts, um einer Kellnerin zu winken. »Trinken Sie etwas mit mir?«
Manuel hatte seinen geeisten Aufguß fast beendet. Er sah ein, daß es das beste wäre, noch einen zu nehmen und dann irgendwie fortzukommen. Er hatte gelernt, daß man hier eine Einladung nie ablehnte. Bei Parties war es einfach: Man sagte, man würde gerne kommen und konnte später bedauern, daß etwas dazwischengekommen war, das den Besuch verhinderte. Bei einem Zufallstreffen wie diesem gab es allerdings keinen leichten Ausweg. »Sicher.«
Die Kellnerin kam und Gutiérrez bestellte eine Tasse Glühwein. Dann wandte er sich an Manuel, der einen zweiten Aufguß bestellte. »Nein, nein. Bringen Sie ihm einen Rum *adopolc.*«
»Rum *adopolc.* In Ordnung.« Die Kellnerin ging.
Nach einem Moment bemerkte Gutiérrez, daß Manuel keinen Gürtel trug. Manuel war froh, darüber reden zu können, denn einerseits hatte er damit ein Gesprächsthema, andererseits verstand er die ganze Sache immer noch nicht. Als er zu Ende erzählt hatte, sagte Gutiérrez: »Sie waren einfach nicht darauf vorbereitet. Beachten Sie die Verlautbarungen des Rats nicht?«
»Worauf wollen Sie hinaus?«
»Tja, wenn Sie sich auf der Straße ausziehen lassen wollen ...«
»Ich weiß nicht, wie weit sie gehen würden, wenn man sie hochbringt. Also Vorsicht.«
»Warum steckt die Erde ihre *chingado* Nase überall rein?«
»Sie können nicht anders. Das ist Bestandteil der gesellschaftlichen Dynamik. Die Erde ist völlig sozialistisch. Die Erde versteht sich selbst als wissenschaftlich – die erste Gesellschaft, die das tut. Ich werde Ihnen sagen, Manuel, wie ich diese Dinge sehe.«
Manuel blickte über den ovalen Garten mit den schlanken Bäumen und dem festgebackenen, sandigen Boden. Er war hierher gekommen, um das Licht zu betrachten, hatte sich den

ganzen Tag darauf gefreut. Man mußte es ganz besonders aufmerksam betrachten. Jetzt war die Eklipse der Sonne durch den Jupiter gekommen. Sie brachte Bernsteinlicht mit, und er hatte den Übergang verpaßt. Gutiérrez fuhr fort.

»Bislang hat sich noch jede Zivilisation ihrer inneren Widersprüche wegen weiterentwickelt – wegen der Konflikte im Innern, die Wandel erzwangen. Durch seine inneren Widersprüche brachte der Kapitalismus den Sozialismus hervor, ganz unvermeidlich.«

»Aha.« Er betrachtete das Licht.

»Die Marxisten glaubten, unter dem Sozialismus würden Entfremdung und Klassenkampf zu Ende sein. Sie mißachteten die Tatsache, daß das dialektische Modell des Wandels *niemals* ein Ende der Widersprüche oder der Entwicklung vorhergesagt hat. Sozialismus erfordert eine Bürokratie, eine administrative Klasse. Die Administratoren standen vor einem Problem, das der Marxismus nie diskutiert hatte: wie *gut* der Sozialismus funktioniert, verglichen mit dem Kapitalismus. Was nutzt es, wenn alle genau gleich sind, wenn das bedeutet, daß man arm sein muß? Das letzte Jahrhundert hat uns – oder besser: die Erde – gelehrt, daß der Sozialismus in der Warenproduktion weniger effizient ist als der Kapitalismus.«

»Aha.«

»Um den Sozialismus davor zu bewahren, im Schlamm zu versinken, mußten die Bürokraten die Expansion forcieren – hinaus ins Planetensystem. Aber Sozialismus ist eine historische Notwendigkeit, die eintritt, wenn man eine bestimmte Bevölkerungsdichte erreicht. Sobald die Menschen sich ausbreiten...« Er spreizte die Hände. »Die Bevölkerungsdichte in den neuen Welten ist natürlich niedrig. Die Dynamik der Ökonomie treibt sie dazu, individualistische, kapitalistische Maßnahmen zu ergreifen. Das müssen sie, um in unwirtlichen Regionen zu überleben und sich zu entwickeln. Der innere Widerspruch des Sozialismus ist also, daß er expandieren muß, um seine ihm eigene Ineffizienz auszugleichen. Expansion jedoch bringt in den Grenzgebieten Kapitalismus hervor. Eure

Siedlung ist wirklich eine kleine, kommunale kapitalistische Einheit. Die gegenseitigen Beziehungen zur Erde werden über einen Markt, nicht durch Verordnungen geregelt.«
Die Kellnerin kam, und Manuel griff begierig nach seinem Drink. Das war schlimmer, als er erwartete hatte. Die Kellnerin stellte den Rum hin. »Es war nicht Rum *adopolc*«, korrigierte Gutiérrez streng. »Ich wollte Glühwein.«
»Schon in Ordnung«, sagte Manuel. »Ich nehme den Rum. Ich bezahle ihn. Bringen Sie ihm bitte, was er jetzt bestellt.«
»Was ich bestellt hatte«, verbesserte ihn Gutiérrez.
Die Kellnerin kam rasch mit dem Glühwein zurück. Sie saßen schweigend da. Der eine trank das kühle, bronzefarbene Getränk mit dem malzigen Aroma und dem mild-frischen, belebenden Geschmack, der andere hob die Tasse mit der dichten Wärme und trank sie in einem Zug mit hüpfendem Adamsapfel zur Hälfte leer. Manuel hoffte, mit der Gesellschaftstheorie wäre er nun zu Ende – es klang alles nach Erdgeschwätz. Gutiérrez war einflußreich, das wußte er, und es war ein Rätsel, warum der Mann einem Petro-Arbeiter aus einer obskuren Siedlung überhaupt seine Aufmerksamkeit widmete. Da war die Sache mit dem Aleph, aber Manuel lehnte es ab, darüber zu sprechen, und er hoffte, inzwischen hätte es jeder vergessen.
»Und darin liegt die eigentliche Komik«, nahm Gutiérrez den Faden auf, als hätte es keine Unterbrechung gegeben. »Sehen Sie, die Marxisten haben immer angenommen, der nächste Schritt würde den Zyklus von Widerspruch und Wandel vollenden. Wirklich lustig! Weil sie sich keinen weiteren Wandel jenseits des Sozialismus vorstellen konnten, nahmen sie an – ohne nachzudenken –, es würde keinen *geben*! Sie bemerkten nicht, daß das dialektische Modell *keine* letzte Revolution vorhersagte. Aus einer materialistischen Perspektive gibt es keine Notwendigkeit für eine letzte Revolution. Statt dessen gibt es ein Gleichgewicht zwischen beiden Formen. Da haben wir die Menschheit: mit einem verfeinerten, humanitären Sozialismus im älteren, bevölkerten Kern und einem Kapitalismus, der am Rand wie Unkraut wuchert.«

»Und um das zu erhalten, überfallen Halbstarke mich auf der Straße.«
»Nicht, wenn man sie erwartet.« Gutiérrez schwenkte sein Cape in einem halben Bogen. Sein Lächeln entblößte gleichmäßige, weiße Zähne. »Das hier habe ich selbst gemacht. Die einzige Marktkleidung, die ich trage, ist Unterwäsche.« Er lachte vergnügt. »Sie müssen lernen, mit dem Strom zu schwimmen, Manuel.«
In diesem Augenblick kam auf dem Gehweg unter ihnen ein hagerer, dunkelhäutiger Mann mit kantigen Wangenknochen vorbei, begleitet von zwei ähnlichen Männern. Sie alle trugen fließende, dunkelgrüne Umhänge, wie Manuel sie noch nie gesehen hatte. Der Mann blickte zur Veranda und ihrem Tisch hoch und winkte. Dann wandte er die Augen ab, und die drei gingen weiter.
»Haben Sie gesehen, wie ich den abblitzen ließ?« fragte Gutiérrez. »Haben Sie das *gesehen*?«
»Nein. Wen haben Sie abblitzen lassen?«
»Den da, den neuen Erdler. Piet Arnold.« Er lachte. »Dem *habe* ich vielleicht ein Abfuhr erteilt.«
»Ich sah ihn winken.«
»Ja! Ich habe ihn angeschaut, damit er wußte, ich habe ihn gesehen . . .«
»Und dann weggeschaut, ohne zu winken.«
»*Si.* Sie haben's also bemerkt.«
»Warum haben Sie das getan?« Manuel nahm einen Schluck von dem Rum.
»O Mann, ihr Siedlungs-Typen trinkt ordentlich.«
»Manchmal. Wenn es rauher zugeht als normal. Warum haben Sie ihn abblitzen lassen?«
»Er kommt aus einer politischen Gruppe – den Kodonzeniten –, die die Existenz der Menschen auf Ganymed ablehnt.«
»Wie das?«
»Die Artefakte. Sie wollen jede Welt, auf der ein Artefakt existiert, verschonen, um sie unberührt zu erhalten, bis das Artefakt vollständig begriffen wird.«

»Hm. Klingt verrückt. Sie ignorieren ihn also, weil Sie anderer Meinung sind?«
»Nur, wenn er von entsprechender Statur ist.«
»Statur?«
»*Si*. Warum sollte man jemanden verächtlich behandeln, den man normalerweise überhaupt nicht bemerken würde? Das fiele gar nicht auf.«
»Verstehe. Zuerst muß man sie kennen.«
»Allerdings. Übrigens ignoriert man sie nicht einfach. Man weigert sich bewußt, sie zu erkennen.«
»Ein wichtiger Unterschied. Sie kennen ihn also.«
»Ich bin ihm gestern bei einem Staatsempfang begegnet. Er ist Leiter eines Erdlerteams. Sie sollen hier die Gruppe ergänzen, die das Artefakt studiert, das Ding, das Sie...«
Erneut zeigte Gutiérrez die strahlend weißen Zähne und trank. Glühwein tropfte von seinem Bart. »Ich verbringe meine Zeit nur mit wichtigen Leuten.«
»Warum trinken Sie dann mit mir?«
Er blinzelte. »Sie sind besser bekannt, als Sie vielleicht glauben. Schließlich leisten Sie in den Petroanlagen gute Arbeit. Jetzt, da wir den Asteroiden bei den Nahrungsmitteln nicht mehr voraus sind, ist es doppelt wichtig, zu automatisieren, unsere eigenen Schmiermittel herzustellen. Sie haben eine gute Wahl getroffen.«
»Ich habe mir das Gebiet nicht ausgewählt. Ich kam überstürzt hierher. Ein Job war frei, ich nahm ihn.«
»Egal, aus welchem Grund. Natürlich wären Sie mir vielleicht nie aufgefallen, wenn es nicht Ihre frühere Heldentat gegeben hätte, die...«
»Es ist sehr erfreulich, von jemandem wie Ihnen beachtet zu werden, Señor Gutiérrez. Schließlich gehöre ich ja noch nicht mal zur Lumpenintelligenz. Hm...« Betont schaute Manuel auf seine Fingernägel. »Schon spät. Ich sehe besser mal nach, ob etwas schiefgegangen ist.«
»Sie treffen sie immer hier, nicht wahr? Ich sehe Sie auf meinem Weg nach Hause.«

»Ich hätte nicht gedacht, daß Sie ein Zuhause haben. Die Leute in Ihrer Sektion haben dafür gestimmt, ihre Appartements ...«
»Wohneinheiten.«
»Okay, Wohneinheiten – sie in Gemeinbesitz zu überführen. Also haben Sie kein Zuhause. Sie wechseln jeden Tag.«
Manuel hatte richtig vermutet. Er hatte das Gespräch von dem Aleph weggelenkt, ohne unhöflich zu sein – in den ersten Jahren hatte er lange gebraucht, das zu lernen –, und dann war er dem Thema ausgewichen, mit wem er verabredet wäre, und jetzt hatte er eines gefunden, über das Gutiérrez gerne redete. Wenn er den Mann einige Minuten gewähren ließe, würde Gutiérrez die vorherigen Themen vergessen, und dann könnte Manuel wieder auf die Uhr schauen und ohne Probleme gehen.
»Ich halte mich aus Bequemlichkeit an ein halbes Dutzend Wohneinheiten, sie liegen alle in der Nähe des Schrankfachs, das meine Kleider enthält. Wohlgemerkt, ich sage nichts gegen die Idee. Eine wunderbare Methode, die territorialen Instinkte zu durchbrechen. Mit der Zeit werden diese Instinkte vom privaten Besitz zur Hiruko-Gemeinde als Ganzem übertragen. So wie sie es auf der Erde gemacht haben. Wir machen sogar Fortschritte bei der Beteiligung von Familien.«
»Warum soll man sie einbeziehen?«
»Weil wir Methoden entwickeln müssen, Kinder aufzuziehen, die nicht von der Familie abhängen. Weil die Familie in modernen Zeiten in romantischer Liebe wurzelt.«
»Ach?« Noch ein paar Minuten, und er könnte gehen. Jetzt, als die Sonnenfinsternis kam, trübte sich das Licht unter den Jakarandabäumen zu einem rötlichen Glühen wie bei schwelenden Kaminscheiten. Er hatte die winzigen Veränderungen beobachtet, sie trotz des Geredes genossen.
»In der historischen Perspektive ist heutzutage leicht zu verstehen, daß die Betonung der romantischen Liebe entstand, um eine Zuflucht für die Psyche zu schaffen – einen Schutz vor den Belastungen des Wettbewerbs unter kapitalistischen Bedingungen. Und die Kapitalisten wußten das – wenn nicht bewußt, so doch zumindest ahnungsweise. Um von den Ungerechtig-

keiten des Kapitalismus abzulenken, was lag da näher, als jedermann auf innere Probleme hinzuführen? Man definierte sich selbst in Beziehung zu *einem* anderen Menschen. In ›Liebe‹ eingehüllt, vergaß man seine Position in der Pyramide des Kapitals. Und wenn romantische Liebe schwindet, gibt es immer den Ansturm der Vergnügungsmöglichkeiten – grelle Ablenkungen, ein weiteres Kennzeichen der Vergangenheit. Aber nimm den Wettbewerb weg, führe den Sozialismus ein – und plötzlich« – selbstbewußt grinsend spreizte er erneut die Finger – »stellst du fest, du siehst die Frauen, wie sie sind. Als ökonomische und politische Wesen, ohne eine falsche Aura.«

Eine sanfte, aber entschlossene Stimme sagte: »Der Fehler liegt im Auge des Betrachters.«

Gutiérrez fuhr hoch. Neben ihm stand Belinda, die vollen Lippen zu einem Grinsen verzogen.

»Verstehen Sie mich bitte nicht falsch. Ich wollte nicht sagen...«

Belinda lächelte, vergab dem Mann und tat ihn ab, alles mit einem Blick. Dem Rest von Gutiérrez' Erkärung hörte sie einfach nicht mehr zu, sondern ging um den Tisch herum und legte eine Hand auf Manuels Schulter. Er sah einen besorgten Ausdruck in ihren Augen, ignorierte ihn aber. Zu erleichtert war er, daß sie hier war und sie beide gehen konnten. Er begann einen Satz, der ihren Aufbruch ankündigen sollte, doch sie unterbrach ihn:

»Ich komme so spät, weil ein Anruf für dich kam. Zu mir. Von deiner Mutter.«

»Was? Ich habe dir gesagt, ich will nichts hören...«

»Das weiß sie. Ich habe mit ihr gesprochen, in ihrer Stimme etwas gehört...«

»Das will ich hier nicht diskutieren.« Beim Aufstehen warf er den Stuhl um. *Sie ist wie die anderen*, dachte er. *Überall, vor jedermann von solchen Dingen redend, plappernd...*

»Nein! Hör zu! Der Anruf war nicht wie ihre Anrufe bisher. Das hat schon vor Jahren aufgehört. Sie...«

Sein Gesicht war zornesrot. »Nein!« Er begann wegzugehen.

»Manuel! Sie hat mich angerufen, weil sie wußte, du würdest einhängen. Sie mußte dir mitteilen, daß... dein Vater, er ist tot.«

Teil V

HEIMKEHR

1.

Prüfend sah Manuel sich im Bahnhof um. Er fühlte den Widerhall halb vergessener Emotionen, als er die Menge betrachtete, die auf den schlanken Linienzug wartete, und sich an das einzige Mal erinnerte, daß er hier gewesen war: vor sechs Jahren, als er nur mit einem Bündel auf dem Rücken, stumm und verbissen, von Zorn und Trotz beseelt, nach Hiruko gekommen war. Damals schienen die lasergeschliffenen Steinsäulen in der Unendlichkeit sich zu verjüngen, höher als jedes Gebäude, das er je gesehen hatte, höher noch als eine Agro-Kuppel. Staubkörner von beträchtlicher Größe schwebten hoch unter den glasigen Streben und fingen das Bernsteinlicht ein, das sich in den hellen Pfeilern brach. Dichte Luft hatte sich wie ein warmes Vlies in seinem Brustkorb gesammelt, das erste greifbare Zeichen von Hirukos Überfluß. Die Damen, die in ihren Spitzenkleidern gewandt die Treppen hinaufstiegen, die Männer glattrasiert und schlank – alles war ihm, verglichen mit den schwerfälligen, mit Parkas vermummten Gestalten, die er von Sidon gewohnt war, exotisch erschienen. Hier trug niemand einige Extrakilos Fett auf den Hüften oder an den Schultern zum Schutz gegen Kälte oder Erschöpfung mit sich herum. Hier wurde eine Jacke oder eine Weste fürs Auge, nicht für den Metabolismus geschneidert.

Zögernd, immer noch beeindruckt von ihrer majestätischen Wirkung, hatte er den Bahnhof verlassen. Die Mengen trugen ihn mit sich, Stunden hatte er in den endlosen, miteinander verknüpften Gängen und Korridoren verbracht, zu scheu, um an eine Tür zu klopfen und zu fragen. Die ungewöhnlich breiten Straßen hatte er zuerst für zeitweilig leere Montagebereiche gehalten, weil sie soviel Platz vergeudeten. An jeder größeren Kreuzung ragten in gleichmäßigen Abständen elegante Kristallrhomboiden über dem Menschengewühl. Er hatte eine weitere Stunde gebraucht, um zu merken, daß es sich um die Computer-Schnittstellen handelte, die er suchte. Ihre Größe erschien ihm verschwenderisch, und er hatte sich gescheut, nach einem Plan zu fragen. Erst nachdem er den Arbeitskoordinator gefunden und gemeldet hatte, daß er zur Verfügung stand, hatte er sich entspannt genug gefühlt, in einem der Gehwegcafés schüchtern einen Drink und dann eine Schüssel Suppe zu bestellen. Dann, als er fertig war, hatte er zu bezahlen versucht und war zur Zielscheibe des Gelächters geworden. Er fühlte immer noch eine Spur der ohnmächtig stummen Wut des hilflosen jungen Mannes. Es schien alles so lange zurückzuliegen.

»Ich glaube trotzdem, du hättest deiner Mutter etwas mehr sagen sollen«, meinte Belinda und schnitt seine Erinnerungen damit ab.

»Ich habe ihr gesagt, ich käme nach Sidon zurück. Darum hat sie mich doch gebeten, oder?«

»Sie schien so erschüttert.«

»Es war keine angenehme Geschichte.«

»Nein. *Mußtest* du die Bilder des Leichenbeschauers anfordern?«

Er verzog das Gesicht zur Grimasse. »*Si*, mußte ich. Ich mußte es wissen.«

»Wissen, daß er unter Schmerzen starb? Daß ein Eisbeben ihn in den Laserstrahl schleuderte? Du mußtest ihn so zerfetzt sehen?«

»Das ist etwas, was ein Sohn tun muß.«

»Ein Sohn, der ...« Sie verbiß sich die Worte. Er wußte genau, was sie beinahe gesagt hätte: *Ein Sohn, der seit sechs Jahren nicht mit seinem Vater gesprochen hat? Ein Sohn, der sich weigerte, alle ihre Anrufe, ihre Briefe entgegenzunehmen? Der die Freunde aus Sidon, die gelegentlich vorbeischauten und versuchten, das Thema anzusprechen, einfach ignorierte?*

»Richtig. Das alles ist jetzt zu Ende. Es stand etwas zwischen uns, jetzt ist es fort. Wenn er tot ist, behandelst du ihn als den Vater, der dich auf die Welt gebracht hat. Du läßt den letzten Streit nicht für alles zählen.«

»Ich verstehe«, sagte sie leise.

Ein Zug kreischte in den Bahnhof, brachte die Gleise zum

Rattern. Elektromagnetische Gegenschubbremsen erfaßten ihn, saugten seine Antriebskraft ab und speicherten die Energie. Stationsarbeiter stöhnten, während sie die eisbrechenden Rahmen um jeden Ausgang aufhebelten, die glänzende Hülle zerbrachen und die Passagiere freiließen. Der Rest würde vor der Abreise vom Zug abschmelzen.

»Dann vergibst du ihm?«

Er starrte sie in schierer Verständnislosigkeit an. Sie war der einzige Mensch, mit dem er jemals darüber gesprochen hatte. Das war, wie er wußte, ein Teil dessen, was ihn an sie band. Und nun zu merken, daß sie immer noch so wenig begriff...

»Es gab nichts zu vergeben. Ich habe ihm kein Unrecht zugefügt, er hat mir kein Unrecht zugefügt.«

Sie runzelte die Stirn. Unter dem gefilterten, wäßrigen Licht wirkte ihre dunkle Haut auf ihn immer noch magisch anziehend. Er legte beide Hände an ihr Gesicht, dann um den Kopf, vergrub die Finger in dem glänzend schwarzen Haar. Ihr üppiger Mund, immer einem Lächeln nahe, verriet Unsicherheit.

Er sagte: »Wir waren verschiedener Meinung. Er... konnte es nicht anders sehen. Ich auch nicht. Deshalb wußten wir beide, es wäre besser, wenn wir auf Distanz blieben.« *Seltsam*, dachte er, *jetzt fähig zu sein, es so kühl zu formulieren. Der Manuel, der mit großen Augen und zornig in diesen Bahnhof gekommen war, hätte es nie so gesagt.*

»Ich... Bist du sicher, daß ich nicht mitkommen soll?«

»Nein. Meine Mutter... Alles zu seiner Zeit.«

»Eines Tages muß ich.«

»Zuerst das. Wenn ich alles geregelt habe...«

»In Ordnung. Auf Wiedersehen.«

Sie küßte ihn leidenschaftlich und ließ ihn los, trat zurück, gab ihn auf. Er grinste sie an, spürte die alte, unbeholfene Jungenhaftigkeit zurückkehren, die Verlegenheit über persönliche Angelegenheiten öffentlich machte. Die Abfahrt wurde ausgerufen und er schwang sich in den Zug. Der schmale Personenwaggon war fast voll. Er verstaute sein Gepäck, fand einen Sitz und winkte Belinda zu, die sonderbar allein und verwundbar auf dem Bahnsteig stand. Erst jetzt bemerkte er, daß ihm gegenüber drei Erdler saßen, die er am Vortag von der Veranda aus gesehen hatte.

Sie verließen den Bahnhof mit schnellem Schub, gefolgt vom trägen Klappern loser Kupplungen, das zwischen den Waggons nach hinten verlief. Die Antriebsgestänge stampften, beschleunigten sie mit wuchtigen, langen Stößen. Laderampen flogen vorbei, offene Höfe, halb fertiggestellte Fabriken, Stapel aus Nickelquadern mit dem eingestanzten McKenzie-Emblem auf der grauen Oberfläche, riesige Impulsformer, entworfen für die neue Schleuder, die Frachtladungen direkt in die Umlaufbahn schießen würde, Parabolantennen-Felder, ein Steinbruch, ausgebeuteter Fels. Die ungeordnete, großflächige Petro-Fabrik wuchs hoch und schrumpfte wieder. Manuel erblickte kurz das Neongelb seines Vorbruchturms, verantwortlich für Hochtemperatur-Schmiermittel, die direkt aus dem rohen Eis Ganymeds gewonnen wurden. Dann ließen sie das Wirrwarr der Randzone Hirukos hinter sich. Die Gleise führten sie in eine weite Kurve. Manuel beobachtete, wie die Spitze des Zugs in der Weite verschwand und die Waggons hinter sich herzog wie auf einem Bild von einer Schlange, an das er sich erinnerte – ein Geschöpf, das er noch nie gesehen hatte, nicht einmal im Zoo von Hiruko, und das in seinen Vorstellungen so mythisch wie ein Einhorn war.

Ihre Geschwindigkeit nahm mit ratternder Energie zu, als sie den Hiruko Mountain hinabschossen und über eine verlassene Ebene, wo die Robot-Orbiter am Ende langer, purpurner Gleitschienen abgestellt waren. Jetzt stiegen sie zwischen runzligen Hügeln aufwärts und schreckten ein Rudel Trüger auf – die neue Bioform, die vom Central erdacht worden war, um den verblüffenden Überfluß mutierter Felskauer niedrig zu halten. Die Trüger schnüffelten an den Bahnschwellen, und der Zug näherte sich ihnen in der dünnen Luft nahezu geräuschlos. Die langsamen verwandelte er in matschige Flecken auf den Felsen am Rand der Gleise, und der Rest hoppelte aufgeregt krächzend die Ablaufrinnen hinab, in der Panik ziellos um sich tretend. Manuel fragte sich, warum Central immer solche einfältigen und abstoßenden Tiere produzierte, und er kam zu dem Schluß, es läge daran, daß sie die unglückseligen Dinger als Wegwerfstücke betrachteten, die bald durch andere belebte Chemikalienverarbeiter ersetzt würden.

Elektromagnetische Fäuste packten sie und ließen sie mit ungeduldigem *Snick-snick-snick* zwischen den Wänden undurchdringlicher, schlummernder Leere hindurchjagen. Eis begann aus den Ecken der großen Fenster zu kriechen. Manuel schaltete die eingebetteten Heizgitter ein, und die Scheibe wurde klar. Er betrachtete das sich stumm entfaltende Land, wobei seine Augen unwillkürlich nach schneller Bewegung, nach einem Zeichen für das kürzliche Auftauchen eines riesigen, landzerbohrenden Dings suchten. In Gedanken bereitete er sich für die nächsten Tage vor. Langsam begann sich ein Druck, den er bisher nicht bemerkt hatte, zu lockern.

Eine ruhige Stimme fragte: »Kennen Sie dieses Gebiet?«

Er blickte den Erdler an. »Etwas.«

»Ich bin Piet Arnold. Ich nehme an, Sie sind aus Sidon.«

»War.«

»Ich bin von der Erde.«

»Ich weiß.«

»Ist das so offensichtlich?«

»Ihre Kleidung.«

»Ich habe sie gekauft, weil ich dachte... Ah, sie ist zu luxuriös, ist es das?«

»Könnte sein. Die Hose, was ist das für ein Stoff?«

»Kord.«

»Noch nie gesehen.«

»Entschuldigung. Meine Freunde« – mit einer Handbewegung umfaßte er dreizehn von ihnen, alle identisch gekleidet, alle auf einer Seite des Waggons, alle die Augen auf Manuel gerichtet – »hier stehen unter meiner Anleitung. Ich habe bei der Auswahl ein schlechtes Urteil gefällt, das sehe ich jetzt. Wir haben nicht die Absicht, uns von den Menschen, die hier leben, abzuheben.

Es wäre aufmerksamer gewesen, in Hiruko um Kleider zu bitten und unsere...«
»Nein, mir macht das nichts.«
»Wir erhoffen eine aufrichtige Kooperation mit den Menschen Sidons.«
»Die bekommen Sie.«
»Wir sind hier, das Artefakt zu studieren.«
Manuel verzog keine Miene. »Aha.«
»Das Aleph. Wissen Sie viel darüber?«
»Sie werden draußen arbeiten, nicht in Sidon?«
»Ja. Die Eingangsuntersuchungen sind gemacht. Wir haben die Bohrlöcher und Faltungen der Tektonik sorgfältig studiert.«
»Faltungen?«
»Ja. Verfolgen Sie die Berichte nicht? Es hat viele gegeben.«
Piet sprach mit sanfter, beruhigender Betonung. Er musterte Manuel, ohne sich von den Bewegungen im Waggon oder dem vorbeifliegenden Land draußen ablenken zu lassen.
»Ich habe nicht viel Zeit.«
»Sie sollten sich die Mühe machen. Das Artefakt, das sich einmal bewegt hat, ist vielleicht die bedeutendste Entdeckung unserer Zeit.«
»Aha.«
»Wir müssen mehr darüber wissen.«
»Wieviel Wissen brauchen Sie?«
»Man kann nie zuviel wissen.«
Manuel wurde nervös. Er suchte nach etwas, um das Gespräch in leichtere Bahnen zu führen. »Wie beim Sex, hm?«
Piets Gesicht wurde ausdruckslos. »Wie meinen Sie das?«
»Wie ein Freund von mir sagt: Nur zuviel ist genug.«
»Aha. Ich verstehe.« Ein dünnes, freudloses Lächeln spielte um Piets immer noch ernstes Gesicht und verschwand ganz plötzlich.
Manuel sah, daß er den Mann gekränkt hatte. »Sie sind also zu Studienzwecken hier«, sagte er lahm.
»Ja. Studieren, ohne Schaden anzurichten. Wir haben diese Expedition mit hohen Kosten zusammengestellt. Wir auf der

Erde können uns nicht viele solcher Forschungsvorhaben leisten, das versichere ich Ihnen.«
»Ich schätze, es ist nicht wie in den glorreichen Jahren.«
»Glorreich?«
»Als die Erde viel auszugeben hatte. Sie wissen doch – die Amerikaner, die Russen, die Chinesen und so. Sie sind hier ausgeschwärmt, haben alles vermessen. Reiche Jahre für Sie.«
»Aha.« Piets Gesicht erstarrte zu Stein. »Die spätbürgerliche Kultur.«
»Ja, schätze schon.«
»Eine unglückliche Zeit. Wurzellos, mit dem falschen Bewußtsein des Spätkapitalismus ...«
»Ich dachte, es wäre ganz gut für Sie gewesen. Die Filme ...«
»Ich versichere Ihnen, wir bedauern den Verlust jener Zeiten nicht. Ebenso wie niemand die Zügellosigkeit der Höfe des monarchistischen Europas oder die Saturnalien Roms zurückwünscht.«
Manuel wußte nicht genug über die Geschichte der Erde, um zu begreifen, wovon der Mann sprach. Er runzelte die Stirn. »Aha. Werden Sie, äh, lang hier bleiben?«
Manuel blickte sich im Waggon um, aber es war kein Sitz mehr frei. Er erinnerte sich nicht, daß Piets Gesicht ihm gegenüber war, als er sich hingesetzt hatte, aber vielleicht war der Mann gekommen, während er zum Fenster hinausgeschaut hatte.
»Vielleicht den Rest unseres Lebens.«
»Was? Wieso das?«
»Die Rückreise ist teuer. Wir können unsere Funde verschikken. Sobald wir es wagen, Proben zu nehmen, können sie verschifft werden. Es besteht keine Notwendigkeit, daß wir zur Erde zurückkehren. Wir können hier bleiben, die langfristigen Untersuchungen vornehmen.«
»Nie mehr nach *Hause*?«
Piet lächelte müde. »Das ist der Preis, den ein Wissenschaftler zahlen muß.«
»Aha.« Manuel wußte nicht, was er noch sagen sollte. Ein

größeres Pech hätte er gar nicht haben können. Wenn er jetzt die Stunden der Reise redend verbringen mußte...

Piet lächelte wieder und sagte leise: »Sie müssen mich entschuldigen. Wir sind an Ihre Zeiteinteilung noch nicht gewöhnt. Ich bin müde und muß einen Moment ruhen.«

Manuel nickte. Piet faltete die Hände, schloß die Augen und war sofort entspannt. Die Furchen in seinem Gesicht verschwanden. Auch die anderen Erdler lehnten sich in ihren Sitzen zurück. Ihre Gesichter erschlafften, und im Nu isolierte ihr Schweigen Manuel auf einer Insel der Ruhe. Er kam zu dem Schluß, daß Piet so etwas wie einen eingepflanzten Befehl aktiviert hatte. Er hatte von solchen Dingen gehört: ökonomische Methoden, in Hungerzeiten Nahrungsvorräte zu strecken – auf der Erde nicht selten nötig.

Er war erleichtert, von dem Gespräch befreit zu sein. Der Gedanke, daß Piet das vielleicht gemerkt und sich deshalb zurückgezogen hatte, kam ihm nicht. Das vorbeirollende Land nahm seine Aufmerksamkeit gefangen, während die Antriebsgestänge stampften, um sie auf Geschwindigkeit zu halten. Er dachte daran, was vor ihm lag. Seine Gedanken waren so richtungslos, wie die unerforschten Wüsten draußen, wollten sich nicht konzentrieren, und deshalb bemerkte er den ersten seitlichen Ruck des Waggons nicht. Der nächste kam plötzlich, riß an den Kupplungen, daß sie quietschten und die Menschen hochschreckten und aufschrien. Manuel spürte, wie er gegen die Armlehnen des Sitzes gedrückt wurde. Sein Kopf zuckte hoch, seine Augen suchten nach einer Ursache und begegneten einen Moment lang den blauen, ruhigen Augen Piets. Dann kam der dritte, kräftigste.

Der Aufprall, den er durch seine Stiefel spürte, warf ihn quer über den Gang gegen eine Sitzreihe. Er spürte, wie der Waggon kippte. Gegenstände flogen durch die Luft, ein lautes, mahlendes Geräusch war zu hören.

Er hielt sich an einer Rückenlehne fest. Jemand rammte gegen ihn und stürzte zur Seite. Schreie. Ein hohes Alarmpfeifen ertönte, brach abrupt wieder ab. Der Waggon bebte, drehte sich

um die eigene Achse, rüttelte – und kam mit einem kreischenden Laut zum Stillstand.
Manuel kam hoch. Er bemerkte, daß er auf einem Erdler stand, trat zur Seite und fand einen Platz im Chaos schreiender Menschen, die sich nach draußen zu kämpfen versuchten, und den überall verstreuten Kleidungs- und Gepäckstücken. Er ignorierte den Lärm und lauschte. Kein Zischen entweichender Luft, kein Druckabfall. Wieder ein Zittern, einige Menschen stürzten ein zweites Mal. Eine Frau schrie gellend. Manuel hielt sich an dem Sitz fest und wartete. Ein weiteres, kaum merkliches Zittern. Dann nichts.
»Hee! Ruhe!« schrie er einmal, zweimal, bis auch die Menschen im Rückraum schwiegen. »Jemand da hinten muß das Komm-fon nehmen.«
Weiße Gesichter wandten sich um, aber niemand tat etwas. »Sie da!« Er zeigte auf einen hochgewachsenen Mann am anderen Ende des Waggons. »Nehmen Sie's!«
Der Mann tat es. Er schaute auf Manuel. »Funktioniert es?« fragte Manuel. Der Mann nickte. »Wir warten, bis der Leitwagen sich meldet. Sie werden uns die Lage schildern. Die anderen halten den Mund!«
Es dauerte lange, bis sie es herausgefunden hatten. Die Erdler halfen, den gebrochenen Arm einer Frau in eine Schlinge zu stecken, aber durch die Schlitze kam keine Luft. Als sie mehr erfuhren, wurde Manuels Vermutung bestätigt: Die Bodenerschütterungen hatten zwei Frachtwaggons aus der Spur geschleudert. In den beiden Personenwagen war niemand ernstlich verletzt. Um den Zug wieder in Bewegung zu setzen, würden sie die Frachtwaggons von den Schienen ziehen müssen.
Etwas blockierte die Luftzufuhr. Auch die Heizer liefen nur mit niedriger Energie. Bevor sie die Personenwaggons nicht wieder in der Spur hatten, war kaum zu erkennen, ob das Problem ernsthafter Natur war.
Auf Hilfe zu warten, stand nicht zur Debatte. Es würde Stunden dauern, Schlepper aus Hiruko herzubekommen. Wenn die

Lebenserhaltungssysteme beschädigt waren, wäre es besser, sich in Richtung Sidon zu bewegen, selbst mit verminderter Geschwindigkeit. Ebensowenig tauchte die Frage auf, wer die Arbeit tun würde. Der Zugführer ging durch die beiden Waggons und griff die Leute zufällig heraus. Eine der ausgewählten Frauen war verheiratet, und ihr Mann sprang wütend protestierend auf. Der Zugführer ließ zu, daß er für sie einsprang. Sonst gab es keinerlei Probleme. Die meisten Passagiere wurden für die Aufgabe benötigt, und alle wußten, daß die Zeit eine wichtige Rolle spielen mochte.

Manuel hatte Schwierigkeiten, einen Notanzug zu finden, der ihm paßte, deshalb kam er erst spät durch die Schleuse. Er stolperte einen Kieshang hinunter. In dem Anzug mit den ungewohnten Kraftverstärkern bewegte er sich unbeholfen. Fünf Waggons voraus war der Hang verschoben und eingestürzt. Manuel betrachtete die Stelle und versuchte zu erkennen, was geschehen war. Er blickte das Tal entlang, durch das die Trasse der Magnetbahn verlief. Schlamm und Eis hatten sich in die Ebene ergossen. Hänge waren aufgerissen und verworfen.

»Was ist die Ursache dafür? Ist das typisch?«

Manuel drehte sich um. Piet Arnold stand mit unsicherem Blick neben ihm. »Ich weiß nicht. Aber Sie sollten sich nicht hier draußen aufhalten. Sie wissen nicht, wie man unter dieser Schwerkraft arbeitet.«

»Wir leisten unseren Anteil«, sagte Piet einfach.

Manuel sah sechs weitere Erdler, die sich ungelenk in der Arbeitsgruppe bewegten. »Einfaltspinsel«, sagte er schroff, aber mit widerwilligem Respekt.

Die beiden Frachtwagen waren hundert Meter entfernt. Die Trasse unter ihnen war eingestürzt. Die Absenkung war nicht schlimm genug, um die superleitenden Felder zu unterbrechen. Manuel sah, daß die magnetische Aura stabil und ungebrochen verlief. Der schnurgerade, rötliche Halo hielt die Waggons in der Luft über der abgesackten Trasse.

»Das Magnetfeld muß vibriert haben, als das Beben kam«,

sagte eine Stimme über Komm. »Hat die Waggons eine Sekunde losgelassen und dann wieder gepackt.«

Die Frachtwagen sahen seltsam aus, wie sie dort schwebten, eingefangen mitten in der Bewegung, als sie aus dem Magnetdruck fielen und sich zu überschlagen begannen. Erstarrt über den Köpfen der arbeitenden Männer und Frauen, hingen sie in scheinbar unmöglichen Winkeln über dem Hang. Im bleichen Licht schaufelte die Arbeitsgruppe Kies und bildete Stützen für das superleitende Netzwerk, das entlang der Magnetbahntrasse lag.

»Wie sollen wie sie freibekommen?« fragte Piet.

»Müssen den Feldern noch einen Impuls geben«, antwortete Manuel, während er eine Schaufel ergriff. »Sie schwächen, damit sie die Waggons fallen lassen.«

»Warum graben?«

»Müssen die Trasse wieder einigermaßen aufschütten. Wenn die Felder an einer Stelle zusammenbrechen, ruft das höhere Belastung auf der ganzen Strecke hervor. Wir müssen diesen Teil des Zugs zwei, drei Sekunden mechanisch abstützen.«

Piet nickte und erklärte es seinen Leuten. Der Zugführer gab Befehle, wo sie graben sollten und wie man die Stahlstangen auf dem rutschigen, instabilen Hang festkeilte. Manuel, froh, etwas tun zu können, begann zu graben und spürte seine Rückenmuskeln schmerzen und zerren. Die Arbeit in der Petrofabrik hatte ihn ein wenig weich gemacht. Er begann, heftig zu schwitzen. Er arbeitete konzentriert, vergaß alles, schleuderte die Steine mit gleichmäßigem, schwingenden Rhythmus auf die Haufen. Seine Atemzüge dröhnten und hallten in dem engen Helm. Um ihn herum nahmen die Stützen und verkeilten Steingründungen Gestalt an. Techniker prüften, daß die Druckverteilung stimmen würde und Winkel und Vektoren ausgerichtet wurden. Er überließ die Planung lieber ihnen, bevorzugte es, dort zu graben, wo man ihn einwies, und dachte an nichts als daran, auf dem losen Hang nicht den Halt zu verlieren. Einige der Erdler arbeiteten neben ihm, aber er beachtete sie nicht und sprach nur, um Befehle zu bestätigen.

Eine Stunde verging. Dann eine zweite. Das Wartungsteam konnte das Lüftungssystem nicht auf normalen Betrieb bringen. Der CO_2-Gehalt in der Passagierkabine war zu kontrollieren, aber nur durch Ausströmen lassen. Das setzte allem eine zeitliche Grenze. Hiruko hatte drei Schlepper losgeschickt, aber niemand an Bord wollte nach Hiruko zurück und warten, bis die Strecke repariert war. Das würde ohnehin einige Zeit dauern – die seismische Erschütterung hatte überall Schaden angerichtet, und die verfügbare Arbeitskraft wurde knapp.
Schließlich war das Gestell fertig. Ein schlichter Kasten aus Stangen, die aus dem Frachtwagen gerissen worden waren, stützten das superleitende Netz nach unten. Sie kuppelten die Frachtwagen los. Die Strommonitore befanden sich unterhalb der Spur, und der Zugführer öffnete sie. Aufmerksam inspizierte er die Schalttafel und winkte die Arbeitsgruppe weg. Sie sammelte sich auf der anderen Seite der Trasse, entfernt von den schwankenden Waggons.
Manuel war müde und fühlte sich in dem schlecht passenden Energieanzug unbehaglich. Er setzte sich auf einen Felsbrokken, der von den Hügeln jenseits der Trasse herabgestürzt war. Der Bergrutsch hier war schlimmer, als er es je gesehen hatte. Er fragte sich, wo das Epizentrum gewesen war. Als Piet sich neben ihn setzte, sagte er nichts. Gemeinsam beobachteten sie die letzten Vorbereitungen.
»Meinen Sie, es funktioniert?«
»Müßte. Macht aber immer Probleme, mit so großen Magnetfeldern rumzubasteln.«
»Auf der Erde würden wir auf Hilfe warten.«
»Beim Warten könnten wir sterben.«
»Vermutlich.« Piet schien zweifelnd.
Der Zugführer stimmte sich mit Hiruko ab und rief eine Warnung über Komm. Viele wichen weiter von der Trasse zurück. Von dort, wo er saß, konnte Manuel die beiden Waggons kaum sehen, die, zur anderen Seite des Hangs geneigt, in der Luft schwebten. Ein Dutzend Meter entfernt sah er fünf Erdler, die, wie um Sicherheit zu suchen, eng zusammenhockten.

»Achtung! Fluxänderung von fünf Kilo-Gauß, Dauer zehn Sekunden. Eins, zwei, drei – jetzt!«
Der Impuls kam schwingend aus beiden Richtungen. Manuel sah, wie die Waggons von ihm zum Schwanken gebracht wurden, so daß sie wie Boote auf einer sanften Welle schaukelten. Die beiden Wellen trafen sich exakt in der Mitte des behelfsmäßigen Gestells.
Und die Frachtwaggons lösten sich drehend voneinander. Einer stürzte den entfernt liegenden Hang hinunter und war im Nu fort. Durch eine Gegenreaktion kippte der zweite rückwärts. Der silberfarbene Waggon prallte von einer unsichtbaren Strömung ab. Träge drehte er sich in den Feldern, überschlug sich langsam, dann schneller...
Manuel sprang auf. Der Waggon schoß wie ein Querschläger aus dem Magnetfeld heraus, fiel den Kieshang herab auf die Arbeitsgruppe zu. Das Feld ließ ihn endgültig los, er schlug auf, platzte, vergoß Kisten, rutschte über das Eis.
Für Manuel bewegte sich alles so langsam, als spielte sich die Szene unter Wasser ab. Die dünne Hülle des Waggons faltete sich, riß auf, die Kisten polterten heraus, und der Waggon rutschte über das Eis auf ihn zu, er kam auf die Füße, breitete die Arme aus, um die Balance zu halten, wartete auf den richtigen Moment...
Der Waggon krachte in einen Felsen, zerriß in zwei Teile, platzte auf, schleuderte Kisten heraus, aber kam immer näher, jetzt eine Masse fliegender Bruchstücke, eine Mauer wie eine brechende Welle...
Manuel sprang. Er setzte volle Kraft ein und schoß fünfzig Meter hoch. Unter ihm sprangen auch die meisten anderen, erhoben sich über das Chaos. Nicht alle. Einige sprangen zur Seite. Aber einer – Manuel sah, wie eine Kiste eine Frau voll gegen die Brust traf, ihren Körper nach hinten schleuderte, über ihn hinwegrollte und schließlich an einer Erhebung im Eis zerbrach. Er veränderte die Einstellung seiner Gyros und kam nahe bei dem Körper herunter.
Sie war eine Erdlerin. Der Brustkorb war eingedrückt, ihr glasiger Blick starrte ins Nichts.

»Erika!« schrie Piet und kniete sich neben sie.
»Bringt sie in einen Med-Stabilisierer!« rief der Zugführer.
Inmitten der Schreie und Rufe sammelten Erdler sich schweigend. Jeder hob einen Teil ihres Gewichts. Sie hoben sie hoch und trugen sie an der langen Reihe des Waggons entlang zum Leitwagen, in dem sich die Med-Einheit befand. Manuel folgte ihnen. Er beobachtete die Erdler und lauschte ihrem leisen Murmelgesang, der schwach übers Komm kam.
Sie brachten sie in den Frierer, aber es sah nicht gut aus. Die Schädigungen waren beträchtlich. Sie war ziemlich schnell auf Ganymed-Temperatur abgesunken, und das war hilfreich, aber die organischen Schockwirkungen lagen auf dem Indikator fast ganz oben. Manuel musterte die Erdler, während sie das alles in der kleinen Kabine vorn im Zug erfuhren. Zusammen mit ihnen ging er zurück. Sie sagten wenig und wirkten nach außen nicht bekümmert.
Vielleicht behielten sie es für sich oder hatten es in ihren Jahren auf der Erde durch Übung verbannt, dachte er. Er stöberte in den Erinnerungen an seine Erziehung nach einem Vergleich. Mit einem milden Schock wurde ihm bewußt: *Sie kamen aus Pflichtgefühl hierher. Nicht aus eigenem Wunsch, sondern weil das Gemeinwohl entschied. Sie sind wie Priester, nicht Forscher. Priester.*
Sie offenbarten eine stoische, erbarmungslose Seite, die er noch nie gesehen hatte, eine Art träger Hinnahme. Auf gewisse Weise beneidete er sie darum, ohne selbst so sein zu wollen. Sie trennte einen von den schrecklichen Dingen, die in der Welt passierten.
Aber – das fühlte er, ohne nachzudenken – sie legte auch etwas zwischen einen und die erhabenen, großartigen Momente. Das war ein hoher Preis.

2.

Die Beerdigung fand in der ältesten Agro-Kuppel statt. Manuel wartete steif neben seiner Mutter und konzentrierte sich auf den schweren Moschusgeruch, der die Luft erfüllte und sich mit jedem Atemzug in seinen Lungen breitmachte.

»Es ist hübsch«, sagte seine Mutter, »wie sie die Kuppel mit Blick über das Tal gebaut haben.«

»*Si*, das ist es.« Er bohrte den Zeh in den tiefen Lehmboden. Die beiden standen ein wenig abseits von den übrigen Teilnehmern. Um sie herum standen wie ein Stoppelwald die Grabsteine von Arbeitern, die hoffnungslos von Maschinen zermalmt worden waren, von krebszerfressenen, zu spät behandelten Fällen, von Nomaden, die nicht rechtzeitig zu einer Einfrierstation gekommen waren, von mißgebildeten Kindern, die man nach der Geburt dem Tod überlassen hatte, von alten Männern, die nicht mehr zu reparieren gewesen waren. Und der Grabstein seines Vaters: Die Steinplatte mit den rauhen Kanten stand direkt vor ihnen auf der anderen Seite des offenen Grabes. Die flache Oberfläche war spiegelglatt, glänzte nach einem sorgfältigen E-Strahl-Schliff. Die gestochen scharfen Buchstaben würden der Welt für Jahrtausende verkünden, daß hier Überreste von Colonel Francisco León López lagen. Es schien absurd, einen solchen mathematisch exakten Tribut einem Mann zu zollen, der runzlig und ledrig gewesen war, der gelächelt und immer nach Schmutz und Schweiß gerochen hatte.

Die Zeremonie war so schlimm gewesen, wie er gefürchtet hatte. Einige Verwandte waren gekommen, Leute, an die er sich von lang zurückliegenden Treffen an Sonntagnachmittagen erinnerte. Er erinnerte sich an sie: unbestimmte Erscheinungen, die Bier schlürften, während er draußen mit seinen Vettern spielte. Als er eintraf, waren sie schon bei seiner Mutter. Sie hatten sich bemüht, aus der Bestattung eine würdige, süßlich riechende Zeremonie zu machen, wie die, die er als Kind erlebt hatte. Er hatte nie eine bis zum Ende mitgemacht, denn er hatte immer herumgehampelt und geflüstert und mußte schließlich aus dem Raum geschickt werden. Diesmal ließ er die ganze Feier starrgesichtig über sich ergehen: erstickte Blumengebinde (ein seltener Anblick, ziemlich teuer – einige aus der Familie hatten Geld); Tanten in schwarzer Spitze, die beim Niederknien raschelte; Kerzen; glänzender Satin; Weihrauch; sogar ein Priester, von der Zanakin-Siedlung hergebracht, dunkelhäutig, rotnasig und vom Vormittagswein schwankend, mit fahrigen Bewegungen Weihwasser verspritzend.

Jetzt der letzte Teil. Männer und Frauen aus Sidon bildeten die große Menge, ein wenig weiter entfernt als die Verwandten. Vier von ihnen trugen die Zellulosekiste nach vorn. Sie war braun poliert, wie Walnußholz. Der Priester sagte noch einiges. Manuel versuchte sich auf die Worte zu konzentrieren, aber das gleichmäßige Gemurmel entglitt ihm immer wieder, und schließlich streiften seine Augen über das Tal.

Bergrutsche hatten einige Rohre verschüttet, doch sonst hatte das Beben Sidon nicht sonderlich in Mitleidenschaft gezogen. Die meisten Schäden hatte es im Süden gegeben. Die aufgerissenen Kuppeln auf geplatzten Schleusenreihen waren fast schon repariert. Die Magnetbahntrasse würde mehr Zeit erfordern. Er würde in Sidon bleiben müssen, bis der normale Verkehr wieder aufgenommen werden konnte.

»... in den großen Lohn, den wir alle erhalten ...«

Manuel schloß seine Ohren und versuchte, an den Mann in der Zellulosekiste zu denken. Das war schwer, war die ganzen Jahre in Hiruko schwer gewesen. Seinen Vater schließlich als einen Mann zu sehen, der seinem eigenen Weg verschrieben war. Leidenschaften hatten zwischen den beiden gekocht, hatten sich schließlich ergossen und alles in der Familie bitter gemacht. Selbst er verstand es nicht völlig. Aber er wußte, daß es jetzt abgelegt werden mußte. Von nun an wäre es nur noch eine Bürde. Der Colonel – in Gedanken trug sein Vater immer noch den Titel, der seit Jahrzehnten nicht benutzt wurde, außer um seinem Vater bei den Männern Sidons eine gewisse Autori-

tät zu verleihen – hatte den Moment vor der Hütte nie zu verstehen vermocht. Er hatte nur ein Prinzip gesehen, ein menschliches, daß Leben kostbarer als alles andere sei.
Und Manuel hatte dem Colonel nie etwas anderes zu zeigen vermocht. Sie waren nicht mehr gemeinsam in die Wüste hinausgezogen. Dafür gab es keine Zeit. Die beiden hatten recht schnell gelernt, daß sie nicht länger in derselben Wohnung leben konnten, nicht einmal in derselben Siedlung. Die tränenreichen Versöhnungsversuche waren sämtlich fehlgeschlagen.
So hatte Manuel schließlich ein Ende gemacht und war nach Hiruko geflüchtet. Hätte er an seine Karriere gedacht, wäre das ohnehin das Vernünftigste gewesen. Die meisten Leute hatten angenommen, er hätte nur seine Interessen verfolgt, da Sidons Handelstätigkeit abnahm und Anteile an der Siedlung nichts einbringen würden, solange die Dinge nicht wieder in Ordnung gebracht wären, was Jahre dauern würde. Öffentlich gab es keinen Grund, etwas anderes zu glauben. Keiner hatte zu irgendeinem Unbeteiligten über das Geschehen draußen im Lager gesprochen. Old Matt wurde ins Log als »Unfalltod in geistiger Verwirrung« eingetragen. Deshalb wußte niemand in der Menge am Grab, warum der Sohn nie mehr nach Sidon zurückgekehrt war. Sie beklagten den Colonel und die Ära, für die er in ihren Gedanken stand, aufrichtig. Das waren die harten Jahrzehnte des Kuppelbaus, der Dreifachschichten und grauenhaften Unfälle, des sauer verdienten, dem Lande abgerungenen Lohns.
Jetzt befand sich der Colonel inmitten all der Kreuze und Engelstatuen, die Manuel durch ein neblig-trübes Licht betrachtete. Er hatte nicht bemerkt, daß sich in seinen Augen langsam Tränen gesammelt hatten. Und er sah nicht, wer ihn am Ärmel zupfte. Es war seine Mutter. Sie führte ihn, stumm und steifbeinig, ans Grab. Er nahm die Schaufel, die Major Sánchez ihm in die Hand drückte. Der Major stand kerzengerade und blickte Manuel besorgt an.
Manuel bückte sich, nahm eine Schaufel voll Lehm und schüt-

tete ihn ins Grab. Mit hohlem Geräusch traf er auf die Zellulose auf. In wenigen Tagen würde die Zellulose sich auflösen und möglich machen, daß der Körper in den satten Lehmboden einging. Innerhalb eines Jahres würde die langsame Abwärtsströmung des Kuppelbodens beginnen, das Material in die Terrassen und Farmkuppeln einzumischen. In den ersten Tagen der Siedlung hatten sie ihre Toten in Eis begraben. Die Wärme der Gebäude hatte allmählich leichte Rutsche verursacht, und manchmal waren die Leichen an die Oberfläche gekommen, unzerstört, unnatürlich, grotesk – die Haut straff gespannt und vom Eis geschwärzt, die Gesichter stumme, vorwurfsvolle Grimassen, Exilierte in einem fremden Land. Deshalb hatte die Siedlung, sobald sie es sich leisten konnte, eine Kuppel zur Aufbereitung ihrer Verstorbenen zur Verfügung gestellt. Darüber hinaus hatte sich das Bedürfnis nach Zeremonien angestaut, das die Menschen überallhin mitnahmen, so daß fast jedes Kreuz, jede Engelstatue eine Girlande aus Gras oder Blumen trug, die regelmäßig erneuert wurde. Jedesmal, wenn er sich aufrichtete, um den Lehm in das Loch zu werfen, sah er flüchtig diese farbigen Flecken zwischen den ausgebleichten Grabsteinen.
Schließlich nahm ihm jemand die Schaufel aus der Hand. Er drehte sich um, ging zu seiner Mutter. Sie schritten durch einen trüben Gang, gesäumt von Gesichtern, die er kannte, aber seit Jahren nicht gesehen hatte. Als nächstes käme der kleine Empfang, die gemurmelten Gespräche mit den Verwandten, die Aufgabe, das Vermögen seines Vaters zu ordnen, und schließlich einige Tage mit seiner Mutter. Immer wenn er an sie dachte, spürte er einen Schmerz, aber er wollte sich ihrer Frage noch nicht stellen. Das würde er auch noch durchstehen, aber nicht jetzt.

3.

Manuel schritt neben dem sich auftürmenden, eisengewebten Gebäude aus. Hoch über ihm filterte die Druckkuppel gelbes Sonnenlicht über die unregelmäßigen, schiefen Dächer der Häuser und Werkstätten. Ursprünglich war die Siedlung in streng geometrischer Anlage geplant worden, aber sobald die Familien sich einzelne Häuser leisten konnten, durchbrachen sie das Tortenstückmuster der Bezirke. Nahe des Zentrums waren die Straßen radial oder kreisförmig angelegt, aber weiter entfernt begannen sie, mandelförmig in Bögen und verzweigten Sackgassen zu verlaufen, bis sie zum Rand der Kuppel hin wie Spaghetti ineinander verschlungen waren und vom Auge nicht mehr entwirrt werden konnten. Einwanderer, unbeeinflußt von Effizienzverheißungen, hatten ihre Viertel knäuelig und gemütlich gestaltet. Grüne Flecken wiesen auf ungeplante Parks hin. Die Häuser variierten von Stahlrippentürmen bis zu flachen Bungalows aus Stein und Mörtel. Manuel gefiel die Wirkung. Hirukos rechteckiges Straßennetz hatte ihn gelangweilt.

Er verlagerte sein Gewicht auf die Hacken und spähte zum Stützwerk des Rathauses hoch. Es besaß eindrucksvolles Volumen, offenbar in der Absicht, den Eindruck zu erwecken, im Innern würden gewichtige Dinge entschieden. Das vernietete Eisen schuf schwarze Diagramme elementarer Geometrie auf organischen Perlmuttwänden.

Ungeduldig ging er auf und ab. Eine junge Frau in einem Purpurcape und langem, weißen Kleid ging vorbei. Sie sah ihn ein wenig länger an, als es schicklich war. Ihre Schuhe klapperten auf rostroten Pflastersteinen. Die niedere Schwerkraft ließ hohe Absätze und ornamentale Formen zu. Ihre Minaretthaken glitten und drehten sich mit jedem Hüftschwung. Sie waren konstruiert, um zuerst das Ohr und dann das Auge aufmerksam zu machen. Und sie führten den Blick unweigerlich die Nähte der blauen Strümpfe hinauf. Manuel beobachtete sie, bis sie um eine Ecke verschwand, und dachte dabei nicht

an sie, sondern an Belinda in Hiruko. Er grübelte einen Moment und grinste dann ärgerlich.
Er kehrte zu dem großen Bogenportal zurück und fragte die Frau dort: »Wie lange noch?«
Die kleine, dunkelhäutige Aufseherin brummte: »Aussprachen sind unbegrenzt. Ihre Angelegenheit kommt zuletzt.«
»Es ist doch nur eine Formalität.«
»Das Syndikat muß als Körperschaft zustimmen, Manuel.«
Manuel blinzelte, überrascht, daß diese Frau, an die er sich nicht erinnerte, ihn erkannte, sogar noch seinen Namen wußte. »Hm, vielleicht während einer Unterbrechung...«
»Keine Pausen. Sie haben gerade zehn Stunden die neue Hydro-Anlage durchgekaut. Die Familien, die sie betreiben, wollen eine bessere Innenüberdachung, und...«
»Irgendwann müssen sie doch aufhören.«
»Sie waren noch nie bei einer Syndikatsversammlung, was?«
Das dunkle, gefurchte Gesicht verzog sich. »Hätten mit Ihrem Vater kommen sollen, Gott hab' ihn selig.«
»Ich war zu jung.«
»Kinder können mit rein. Dürfen nur nicht reden, das ist alles.«
»Mein Vater hat sich um diese Dinge gekümmert.«
»Jetzt ist es an Ihnen, die Erbschaft zu ordnen. Keine Sorge, das Syndikat nimmt seine Hälfte, sicher – und dann geben sie einen Erlaß heraus, schicken Ihrer Mutter Blumen und gewähren ihr zusätzlich Arbeitsgutscheine für ein Jahr, Sie werden sehen. Sie erinnern sich alle an den Colonel.«
Gereizt schlug Manuel mit der Hand gegen die Eisengitter. »*Si*, ich will nicht diskutieren. Ich will nur, daß es erledigt wird.«
Die kleine Frau zuckte die Achseln. »Wer ein Siedlungsmann werden will, muß lernen, andere auszusitzen. Hören, was sie zu sagen haben. Reicht nicht, eine Mehrheitsentscheidung zu bekommen. Sonst wird die Minderheit nicht überzeugt und unterstützt den Plan nicht. Hat keinen Zweck, Leute neben sich zu haben, die gegen das sind, was man tut. Deshalb dis-

kutieren wir es wie die Quäker aus, bis jeder zustimmt. Auf lange Sicht effizienter.«
Manuel schnaubte. »Wenn sie noch viel länger brauchen, fahre ich nach Hiruko zurück.«
»Nicht so bald, hoffe ich«, erklang eine neue Stimme.
Es war Piet Arnold. Manuel blickte ihn wachsam an. »Sobald ich meine Familienangelegenheiten geregelt habe.«
»Ich würde Sie gern zu einem Drink einladen, solange Sie warten.«
»Ich muß in der Nähe bleiben.«
Die Aufseherin schaltete sich ein: »Kein großer Andrang hier.«
»Will meinen Fall nicht verpassen.«
»Ich halte sie auf. Außerdem reden sie sowieso hinterher noch gerne ein bißchen.«
Piet sagte: »Ich hörte auf dem Komm, daß es in drei Minuten Regen gibt.«
Manuel blickte zu der purpurnen Wolkenschicht, die sich in der Spitze der Kuppel zusammenballte. »Hab' ich vergessen. Nun – *si, si*. Ein Drink. Entweder gehe ich dann zum allmächtigen Syndikat hinein, oder aber ich breche auf. Ich muß mich für meine Mutter noch um einige Dinge kümmern.« Als sie gingen, blickte er die Aufseherin böse an, obschon er wußte, daß dies nichts nutzte.
Sie fanden eine kleine, schmuddelige Kneipe in der Nähe. Sie wurde im Hinterzimmer eines Hauses betrieben, vorwiegend für Leute aus dem Viertel, und bot eine verzinkte Theke und warmes Bier vom Faß. Das dazugehörende Restaurant offerierte frische Speisen, die man vor der Zubereitung auswählen konnte. Piet starrte auf die kleinen Tiere, die wie Miniaturschweine aussahen und deren Augen im Tode glasig glänzten; Ketten roter Würstchen; Wurzelgemüse für Salate; Laurerscheiben; Rippen- und Bruststücke eines anonymen Tiers; gepfefferte Fleischportionen; sogar ein unglaublich teures Stück Rind. Piet würgte und ging schnell in eine Nische. Manuel fiel ein, daß der Mann wie fast alle Erdler Vegetarier war.

»Komisches Fleckchen« war alles, was Piet sagte. Das Zimmer war laut und voll. Neben ihnen saß ein Mann, spindeldürr und stumm, und schüttelte methodisch eine braune Flüssigkeit in sich hinein. Manuel machte ein Zeichen zur Theke. Eine Kellnerin kam mit dunklen Flaschen, löste den Drahtverschluß und entkorkte sie mit einer Handbewegung. Als Piet bezahlte, widmete sie seiner sonderbaren Kleidung ein hämisches Lächeln und zählte demonstrativ das Geld nach. Piet blickte finster. »Es ist genug«, sagte er steif. Die Kellnerin nickte und ging.
Manuel sagte: »Sie wollte nur sichergehen, daß Sie ihr kein Trinkgeld geben.«
»Nun, hätte ich ja, aber der Anblick dieser ... dieses tote Tierfleisch ...«
»Nein, hier nimmt niemand ein Trinkgeld. Eine Sache der Ehre. Sie wissen, Erdler geben immer ein Extra, deshalb hat sie nachgezählt.«
»Hm, hm. Merkwürdige Vorstellung.« Behutsam nippte Piet an seinem Bier und zog die Nase kraus. »Auf der Erde sind die Lokale groß, die Plätze weit auseinander. Tausend Gäste, vielleicht. Wir wirtschaften in großem Maßstab.«
»So ist es billiger.«
»Eine vorübergehende Erscheinung«, sagte Piet. »Wie die Siedlungen selbst.«
Manuel wich mit einem »Hm. Das Bier ist nicht schlecht hier. Viel Malz« aus.
»Ziemlich viel.« Piet schürzte die Lippen und sagte vorsichtig: »Ich wollte mich nach einem Mann namens Matthew Bohles erkundigen.«
»Ja?«
»Sie kennen ihn?«
»Ein bißchen.«
»Bei meinen Nachforschungen stieß ich auf Material über ihn. Sie verstehen, auf der Erde erhielten wir nur die wissenschaftlichen Berichte. Die Menschen hinter den Fakten ... das ist eine andere Sache.«
»Waren Sie Ihr ganzes Leben lang Wissenschaftler?«

»Ja, natürlich. Ich habe die ursprünglichen Laborstudien vieler Artefakte geleitet. Meine Isotopenanalyse hat die ersten verläßlichen Datierungen ergeben. Mein Team hat auch die inneren Schaltkreise entdeckt, die den Artefakten zu funktionieren erlaubten, wenn die Sonne auf sie traf. Ich bin jetzt Präsident des Instituts, habe meine Forschungsarbeit aber weitergeführt. Kürzlich habe ich mich für bestimmte mathematische Eigenschaften der Artefakte interessiert. Aspekte, die sich auf reine Zahlentheorie beziehen.«

»Und Sie sind hierher gekommen, um sich aus erster Hand zu informieren?«

»Ja. Jemand in der richtigen Position mußte die Leitung übernehmen. Es war auch bei der Beschaffung von Zuschüssen von Nutzen. Meine Frau starb vor zwei Jahren, und ich hatte nur noch wenig Bindungen. Die Arbeit meines Lebens hat hier draußen ihren Mittelpunkt. Bisher wurde meine Forschung quasi aus zweiter Hand betrieben.«

»Aha.« Manuel trank mit gleichmäßigen Zügen aus seinem großen Bierkrug und versuchte das Thema unauffällig abzuschließen. »Wie leben Sie dort unten, mit all den vielen Menschen?«

»Leichter als Sie hier, unter diesen extremen Bedingungen.«

»Sie sind nicht so hart.«

»Für einige scheint es ein anderes Leben zu geben. Für Bohles galt das wohl, würde ich meinen.«

Manuel nahm einen langen Schluck und sagte nichts.

»Sie warten, um die Zustimmung der Siedlung zu bekommen, das Vermögen Ihres Vaters zu erben, richtig?«

»*Si.*«

»Wieso sollten Sie überhaupt etwas bekommen?«

»Mein Vater wollte das so.«

»Diese Bildung von Dynastien – auf der Erde ist das nicht erlaubt.«

»Dynastie! Ein paar Geräte, Werkzeuge, einige Anteile an der Maschinenwerkstatt, in der er zeitweise arbeitete, die Wohnung...«

»Auf lange Sicht wird Privateigentum...«
»Wenn Sie gar nichts weitergeben, wie wollen Sie dann in Erinnerung halten, wer, zum Teufel, Sie sind?«
Piet hob abwehrend beide Hände. »Ich versichere Ihnen, ich wollte Sie nicht beleidigen. Ernsthaft. Möchten Sie noch ein Bier?«
Manuel schüttelte den Kopf.
Piet sagte behutsam: »Ich habe bei meinen Nachforschungen festgestellt, daß Matthew Bohles kein Vermögen besaß.«
»Er hat sich nie in eine Siedlung eingekauft.«
»Also hatte er auch keinen Anteil an den Profiten? Unentschuldbar.«
»Seine Wahl, Dr. Arnold.«
»Gewiß wählt niemand einen Tod in Armut.«
»Old Matt hat sein Geld nur anders ausgegeben.«
»Für was?«
»Weiß ich nicht. Hat viel Zeit allein auf dem Eis verbracht. Kontaktjagd auf Muties, schätze ich.«
»Hat man ihn angemessen bezahlt?«
»Er hat nie gejammert.«
»Nie protestiert?«
»War nicht seine Art.« Manuel stellte fest, daß die wenigen Tage in Sidon eine zurückhaltende Langsamkeit wiedergegeben hatten, eine eigensinnige Unbewegtheit, die vor den schnellen Rhythmen der Stadt zurückweicht.
»Sie haben ihn nicht von Ihren... Ihren Jagden ausgeschlossen. Obwohl er nicht zu Ihrer Klasse gehörte.«
»Nie darüber nachgedacht.«
»Vielleicht sein Alter? Eine Art Stammesältester? Jedenfalls finden sich in den Berichten von den früheren Sichtungen des Alephs einige Details, Vermutungen, daß Bohles dabei war. Ich nehme an, Sie stützten sich auf seine Kenntnisse.«
»Sicher.«
»Hat er Ihnen von der Vergangenheit erzählt?«
»Er hat mir Sachen beigebracht, das ist alles. Sehen Sie...«
»Ich habe Berichte von vor langer Zeit über ihn gefunden –

über hundert Jahre alt. Er ist auf einer der ersten Jupiter-Orbitstationen aufgewachsen – wußten Sie das? Danach nur wenige Spuren. Ich vermute, er kam hierher. Ich muß sagen, Sie führen in den Siedlungen recht dürftige Aufzeichnungen.«

»Wir sind keine Buchhalter.«

»Dennoch liegt nahe, daß Bohles viel wußte. Nichts Quantifizierbares, nichts von direktem wissenschaftlichen Nutzen, aber vielleicht, wenn wir...«

»Ich muß jetzt gehen. Danke für das Bier.«

»Verstehe. Ihr Siedlungsmänner trinkt schnell.«

»Teil der Ernährungsweise.«

»Ja, die Kälte erfordert die Aufnahme vieler Kalorien.«

»Nein, wir genießen es einfach.« Manuel grinste scheu.

»Matthew Bohles war ein interessanter Mensch. Vielleicht kann ich Sie einmal weiter über ihn befragen.«

»Viele kannten ihn.«

»Weniger, als sie sich vorstellen würden. Jedenfalls sagen sie es.«

»Eine Menge hier in Sidon.«

»Ich werde nicht mehr in Sidon sein. Wir arbeiten draußen im Feld. Heute kehre ich zurück.«

»Dann viel Glück. In ein paar Tagen bin ich wieder in Hiruko. Da wartet eine Frau auf mich«, sagte er mit hohler Herzlichkeit. Unbeholfen murmelte er ein schnelles »Auf Wiedersehen« und verließ die Kneipe.

Der Regen draußen verebbte in ein Nieseln. Er hatte die Wolken so entwässert, daß sich jetzt in der Kuppel kein Dunst sammelte. Auf dem Weg zum Ratsgebäude bemerkte er ein großes, braungeschecktes Tier, das geduldig die schlüpfrige Straße säuberte. Während er es beobachtete, schüttete das bärenähnliche Ding eine Mülltonne in einen Wagen, den es zog. Seine Bewegungen waren träge und ernst, die Vorbeigehenden schien es gar nicht wahrzunehmen. Es schniefte laut, als hätte es einen ständigen Schnupfen. *Sieht wie Petrowitschs alte Idee aus*, dachte Manuel. *Frage mich, ob es noch immer die Leute anrempelt, die ihm im Weg stehen. Nein, die Kinder-*

krankheiten haben sie inzwischen wahrscheinlich beseitigt. Er ging weiter.

Im Eingang des Ratsgebäudes saß die Aufseherin auf einem Stuhl und las eine öffentliche Verlautbarung. Als Manuel näher kam, hielt sie einen kaminroten Einlaßausweis hoch.

»Sie haben Glück. Die Schlickeiser-Familie hatte schließlich ein Einsehen. Vor zwei Minuten kamen sie zu einer einstimmigen Entscheidung. Sie können hineingehen.«

Manuel nahm den Ausweis und stieß die massive Tür auf. Er schluckte, schmeckte noch das dunkle Bier nach, und trat in das starke, farbige Licht des Ratssaals. Er fühlte schon, wie sich das Gewicht der Vergangenheit von ihm hob, als er sich darauf vorbereitete, den Echos seines Vaters auf formelle Weise ein Ende zu machen.

4.

Manuel klopfte an Major Sánchez Tür. Er hörte langsame Stiefelschritte herankommen, und dann erschien das vertraute gebräunte Gesicht, das sich aufhellte, als der Major seinen Besucher erkannte. Der Hausherr schlug Manuel auf die Schulter, und sie unterhielten sich in der ein wenig lauten, stürmischen Art, die Männern zu eigen ist, die nicht völlig ungezwungen miteinander umgehen, aber wissen, sie sollten es.

Sie nahmen ein Glas des konzentrierten braunen Whiskeys, der den Atem wärmte und hinten in der Kehle brannte. Der Major verließ mit ihm den Wohnbereich, nachdem Manuel die Frauen begrüßt, nickend und lächelnd die üblichen Fragen beantwortet und, obwohl er nicht hungrig war, etwas gegessen hatte. Die beiden gingen in das Büro des Majors – den großen, luftigen, mit Bildern geschmückten Raum, in dem Manuel, wie er sich erinnerte, als kleiner Junge auf dem Boden gespielt hatte. Sein Vater hatte hier, wenn er mit ihm zusammen in den Terrassen unterwegs gewesen war, oft haltgemacht, um an den langen Sommernachmittagen ein Schwätzchen zu halten und, natürlich, etwas von dem Whiskey zu genießen. Hinter den Fenstervorhängen lag ein Balkon, der auf den O'Hara Square hinausging. Das hatte er entdeckt, als er eines Tages – er konnte damals kaum laufen – hinter die Vorhänge gekrochen war. Warum sie der Major stets zugezogen hatte, wußte er nicht. Dieses Mal fragte er. Der Major zuckte die Achseln.

»Ich sehe mir gern die Bilder hier an« – sein Mund verzog sich zu einem Grinsen –, »und die Leute draußen, immer in meinem Rücken, das stört meine Konzentration.« Er lachte auf. »Mengen. Man sieht sie den ganzen Tag. Sollte einen Platz geben, wo man sie nicht sehen muß.«

Manuel nickte. Der Major stellte die erwarteten Fragen: wie es seiner Mutter ginge, was er vorhätte. Nachdem er sie beantwortet hatte, sagte Manuel: »Ich habe mir die Konten meines Vaters angeschaut.«

»Gut. Versuch die Siedlungen davon abzuhalten, alles zu nehmen.«

»Viel kann ich nicht tun. Sie bekommen den halben Besitz, meine Mutter die andere Hälfte. Sie kann in der Wohnung bleiben.«

»Sie erwarten, daß ein Mann das Gefühl hat, etwas getan zu haben, wenn sie am Ende alles seiner Witwe wegnehmen...« Das Gesicht des Majors verdüsterte sich, seine Augen glitzerten.

»Man kann nicht zulassen, daß sich Privatbesitz akkumuliert«, erwiderte Manuel mechanisch. »Du solltest sehen, was sie in Hiruko nehmen. Und auf der Erde...«

»Ich weiß, es ist unglaublich. Ein paar von ihnen kamen letzte Woche hier durch. Erdler. Komisch angezogen.«

Manuel nickte. »Sie sind zusammen mit mir aus Hiruko gekommen.«

»Haben sie mit dir geredet?«

»Ein bißchen.«

»Über das Aleph?«

»Nicht viel.«
»Über dich haben sie eine Menge geredet, während sie hier waren.«
Manuel blinzelte. »Tatsächlich?«
»Wieso?«
»Ich weiß nicht. Ich nehme an, sie wollen Aussagen von jedem, der dabei war.«
»Haben sie dich besucht?«
»Nein.«
»Mit wem haben sie dann geredet?«
»Mit einigen von den Jungs, die dabei waren. Hauptsächlich Petrowitsch. Jetzt, wo der Colonel und Matt nicht mehr sind, weiß er mehr als alle übrigen. Ich war ja meistens hinten.«
»Du weißt eine ganze Menge.«
Major Sánchez lächelte. »Nun ja, ich muß zugeben, ich war einige Male nicht zu Hause, als sie vorbeikamen.«
»Ha! Hätte ich genauso gemacht.«
Sie tranken noch ein Glas. »Mit einem von ihnen habe ich im Zug gesprochen«, sagte Manuel. »Sie halten uns für eine Horde unzivilisierter Kapitalisten.«
»*Mierda.* Erdler, so fromm mit ihrer sozialen Gerechtigkeit. Würden einen Syndikalisten nicht erkennen, wenn sie ihn sähen.«
»Hielten uns für Kapitalisten.«
Der Major zuckte die Achseln. »*Si.* Wir haben ein paar Regeln, zum Beispiel, daß ererbtes Vermögen sich nicht ansammeln soll – nicht, daß ich meine, das sollte für deinen Vater gelten, versteh' mich richtig. Aber die Erdler würden uns eher für rückschrittlich halten als zuzugeben, daß jemand ihre Bürokratie nicht liebt. Nein« – er schlug sich auf die Knie –, »wir sind in kleinem Rahmen Anarchisten, wie die alten spanischen Syndikalisten von Barcelona.«
Manuel wußte weder, wo Barcelona, noch ob es eine Stadt oder ein Land war. All diese alten Namen und Orte, Kulturen, die von der alten Erde ausgegangen waren – sie verwirrten ihn. Stückchen eines Kontinents, nur durch einige hundert Kilome-

ter getrennt, wurden in das Sonnensystem hinausgeschleudert, zu ganzen Welten vergrößert.
»Du solltest zur *Bourse du travail* kommen, Manuel. Du bist alt genug. Das Syndikat, es braucht...«
»Ja, vielleicht, wenn alles geregelt ist...«
Der Major nickte. Er ließ das Thema fallen. Er kannte Manuel lange genug, um zu erkennen, was mit ihm möglich war und was nicht. Sie unterhielten sich eine Weile, und allmählich wurde der Blick des Älteren finster. Nach einer Pause sagte er:
»Du hast gehört, daß sie an dem Rumpf arbeiten.«
»Ein Erdler hat es mir gesagt. Wer?«
»Ein Team aus Hiruko. Sie haben auch ein paar Leute von hier angeheuert.«
»Ach. Wen?«
»Petrowitsch zum Beispiel.«
»Verdammt. Was macht er für sie?«
»Arbeitet vor Ort. Er ist ein recht guter Techniker.«
»Hm. Du und er, organisiert ihr noch immer Ausmerzjagden?«
Der Major seufzte. Manuel bemerkte, daß Sánchez ein bißchen rundlich um die Hüften wurde. Der Mann, den er gewöhnlich in einem fleckigen Overall oder im Druckanzug gesehen hatte, normalerweise unrasiert und zwei Wochen vom letzten Bad entfernt, trug ein ansehnliches Wollhemd, gewebt in Hiruko, und eine Hose mit Bügelfalte. »Nein. Eigentlich nicht. Wir hatten noch ein paar, nachdem du gegangen warst, klar. Aber wir waren hier alle ziemlich beschäftigt. Es war eine harte Runde hier, als die McKenzies auf Touren kamen.«
»Ich habe mir die Konten angeschaut, die mein Vater über die Jagden führte. Eine dicke Akte.«
»*Si*. Er hat sie alle geführt. Weiß nicht, was die Gemeinschaft ohne den Mann tun wird. Er hat sich für jeden eingesetzt.«
»Und er hat gut Buch geführt. Ich habe es geprüft. Wußtest du, daß die Siedlung bei jeder Jagd Geld verloren hat?«
»Tatsächlich?«
»Jedes Jahr. Hiruko hat uns einiges bezahlt, klar. Aber dagegen

wurden die Freischichten der Männer und die Vorräte aufgerechnet, und dadurch kam die Siedlung zu Verlusten.«
»Hol mich der Teufel.«
»Du hast bestimmt nichts gewußt?«
Der Major zögerte. »Tja... Ich hätte es ahnen können, manchmal. Die Jagd nahm viel Zeit in Anspruch.«
»Warum hat er es deiner Meinung nach getan?«
Major Sánchez beugte sich in seinem Stuhl vor. »Ich kann mir vorstellen, er glaubte, wir brauchten das.«
»Brauchten was?«
»Hinauszuziehen. Dort hinaus. Du kannst nicht dein ganzes Leben in einem Loch in der Erde sitzen. Oder unter deiner Kuppel.«
»Das war alles?«
»Nein. Nein, es war die Sache selbst. Es war...« Der Major rieb sich das Kinn, starrte nirgendwohin. »Der Colonel hat es also die ganze Zeit mit Verlust betrieben, hm, über vierzig Jahre? Und die Siedlung hat's nie gemerkt, hm? Verdammt!« Er schlug sich aufs Knie, sein Gesicht hellte sich plötzlich auf. »Das gefällt mir!«

Sie hatten noch einige Gläser des dunkelbraunen Whiskeys zu sich genommen, als Frau Sánchez hereinkam und dem Major verlegen ins Ohr flüsterte. Ihr Kleid faltete sich, als sie sich über den großen Sessel beugte, den der Major ausfüllte. Stirnrunzelnd murmelte er ihr etwas zu. Er blickte zu den Bildern an der Wand hoch, großen Abbildungen halbfertiger Kuppeln und von Arbeitergruppen und, näher an seinem schweren Metallschreibtisch, einsame Landschaften aus Eis und Fels, die die rosafarbenen und weißen Streifen Jupiters einrahmten.
»Petrowitsch?«
»Zu Besuch?«
»Nicht für mich. Für dich. Er weiß von deiner Mutter, wo du bist.«
Manuel war verblüfft. Er nahm noch einen Schluck der braunen Flüssigkeit, und plötzlich stand Petrowitsch da, größer, als

Manuel ihn in Erinnerung hatte. Sein mächtiger Brustkorb zeichnete sich unter dem Overall deutlich ab. Er war herzlicher und stürmischer, als Manuel ihn kannte, lachte und klopfte Major Sánchez auf die Schulter.
»Habe ich dich endlich aufgespürt!« rief er und schüttelte Manuels Hand kraftvoll. »Natürlich war ich beim Begräbnis, aber ich hoffte, dich vor deiner Abreise noch einmal zu sehen.«
»Ja, sicher. Ich war beschäftigt.« Manuel bemerkte, daß Petrowitschs Stimme tiefer und sicherer war, und er hatte nicht mehr den rauhen Akzent wir früher.
Petrowitsch wurde ernst. »Ich weiß. Schreckliche Sache, diese geschäftlichen Angelegenheiten so schnell erledigen zu müssen. Aber erzähl mir, was hast du draußen in Hiruko gemacht? Wir hören Berichte, deine Mutter sagt ein paar Sachen...« Er zuckte die Achseln.
Inzwischen hatte Manuel eine Standardbeschreibung seines Lebens in Hiruko parat. Er erwähnte Belinda, ohne viel zu verraten und kam zu seinem Job.
»Gut, gut«, unterbrach Petrowitsch. »Aber wann kommst du endlich zurück?«
»Nun, später vielleicht. Wenn die Dinge besser stehen.«
Freundschaftlich breitete Petrowitsch die Arme aus. »Die Dinge stehen bereits gut. In bestimmten Bereichen.«
»Er meint die Erdler. Sie heuern Leute an.« Die Hände im Nacken verschränkt, lehnte der Major sich zurück und genoß den kurzen gequälten Blick Petrowitschs.
»Ja, das tun sie. Ich glaube, Manuel, sie wären an dir interessiert.«
»Wieso?«
»Du weißt einiges über es.«
»Du auch. Und der Major.«
»Der Major ist beschäftigt. Ich arbeite draußen, so viel ich kann, gewiß – aber es gibt viel zu tun.«
»Ich habe in der Petrofabrik eine gute Karriere vor mir.«
»Das ist mir klar. Wir sind alle sehr stolz auf dich, mein Junge. In Hiruko voranzukommen – nicht einfach! Al-ler-dings« – er

dehnte das Wort –, »ich glaube, die Erdler können das noch überbieten.«
»Nein. Kein Interesse.«
Petrowitsch warf Major Sánchez einen beschwörenden Blick zu.
»Du hast ihn schon gegen die Vorstellung aufgebracht.«
»Ganz und gar nicht.«
»Ich bilde mir selbst eine Meinung«, empörte sich Manuel.
»Natürlich«, meinte Petrowitsch besänftigend. »Ich mache dir ein einfaches Angebot. Wir vergessen alles über Jobs und eine Rückkehr nach Sidon – okay?«
»Gut.«
»Und du kommst mit mir zu einem letzten Ausflug hinaus. Wie in den alten Zeiten. Den Zeiten mit dem Colonel.«
Manuels Lippen preßten sich zusammen. Er sagte nichts.
Petrowitsch zögerte, wischte sich eine Schweißperle von der Stirn und fuhr fort: »Keine Jagd, nur ein Ausflug. Das ist alles. Eine Landpartie.«
»Sieh mal, ich...« begann Manuel und unterbrach sich, den Mund offen. Plötzlich verspürte er ein Gefühl, an das er sich vage erinnerte, heftig auf ihn einstürmen, so wie ein Duft, den man über Jahrzehnte nicht gerochen, unvermittelt einen Ort, eine Zeit zurückbringt. Er blinzelte. »Ich...«
Die beiden Männer sahen ihn prüfend an. Der Ansturm der Gefühle machte ihn benommen. So lange hatte er sie beiseite gelegt, und jetzt wallten sie frisch und übervoll auf. Er wandte sich um und sah die Bilder des Majors mit den bleichen, schlummernden, weiten Wüsten. Langsam, als überraschten ihn seine eigenen Worte, sagte er: »Das könnte mir gefallen. *Si*, das könnte es.«

Teil VI

ALEPH NULL

1.

Sie brachen aus der Sidon-Siedlung diesmal in einem langen Schlepper auf, der sich rasselnd über die fleckige Purpurebene mahlte. Neue Kuppeln waren im Bau, und an beiden Seiten hoben sich Abfallpyramiden, Produkte der Gärungsprozesse und der Terrassenernten, die Hügelflanken empor. Neben dem Raupenschlepper kläfften und zwitscherten kleine Tiere. Gruppen von ihnen arbeiteten in der Ferne, und die dünne, frostige Luft trug das laute *Rrrröörrr* und das heftige Dröhnen ihrer Arbeit herüber. Er fragte sich, ob die Menschen in Hiruko recht hätten und die Tiere eine Art neuer Klasse in der Gesellschaft wären, eine neue Quelle des Mehrwerts, und doch eine weitere Quelle für den Sturz des Kapitalismus, eine weitere, leicht brodelnde Revolution. Manuel dachte an die Namen, dic er sich seit Jahren nicht mehr ins Gedächtnis gerufen hatte – Short Stuff, The Barron, Slicky. An Adler hatte er viele Male gedacht, aber er reihte den Namen nicht unter die anderen ein. In dem Schlepper waren noch fünf Arbeiter aus Sidon, die draußen vor Ort tätig waren. Sie blieben unter sich, spielten Karten und schliefen während der Stunden der Fahrt. Petrowitsch redete über Siedlungsklatsch, die neuen Geldgewächse, die auf den Terrassen blühten – Luxusspeisen, ein Versuch, Guavas, Artischocken und knackige Äpfel im Schnellverfahren heranzuziehen –, über Gemeindeprobleme und Politik (das Lohnreferendum) und kam wieder zum Klatsch zurück. Praktisch bestritt er das Gespräch für beide. Manuel nickte und lächelte gelegentlich, starrte aber die meiste Zeit aus dem großen Haubenfenster des Schleppers hinaus. Die Aussicht war besser, als er in den verdreckten und verkratzten Ausgucklöchern der Fahrzeuge, die sie bei den Jagden benutzt hatten, jemals erlebt hatten. Ihr Schlepper trug ein Erdler-Emblem auf der Seite, ganz frisch und in grellem Blau-Weiß. Die Sitze im Innern hatten immer noch einige Noppen, und die Aufschriften auf der Kontrolltafel waren an den Stellen, an denen die Männer sich gegen sie lehnten, noch nicht abgeschabt. Die kleine Bordkombüse war verschmiert wie immer, aber für Manuel roch sie nicht so schlecht wie damals, als er ein Junge gewesen war. Er aß etwas Laurer, aber der schmeckte nicht so gut, wie er es in Erinnerung hatte. Er nahm an, beides lag daran, daß für einen Jungen alle Dinge übersteigert waren. In diesem Gedanken steckte etwas, das ihn beschäftigte, aber er konnte nicht sagen, was es war.

»Schau!« rief Petrowitsch. »Europa geht auf.«

Manuels Blick folgte der Sichel, die über einem Berggipfel aufstieg. Auf Europas zerfurchter Oberfläche sah er winzige rubinrote Flecken von Schmelzsprengern. Die Sprenger krochten die Spalten entlang, die den Mond umgaben, und schmolzen die Wände weg. Die Menschen hofften, die alten Kanäle unter den Spalten zu öffnen, durch die der Mahlstrom darunter reiche Mineralien abgeben würde. Jupiter, der ewig hoch am Himmel schwebte, war jetzt die einzige, vom Menschen noch nicht gezeichnete Oberfläche.

Io hing über dem Rand des riesigen Planeten. Jeder Mond strahlte ein diffuses Licht ab, einen Halo, der hell genug war, die nackten Sterntupfen zu überdecken. »Sieh nur!« rief Petrowitsch und streckte den Arm aus. »Auf der Kappe geht's schon weiter.«

Manuel war überrascht. »Die Monomolekularschicht?«

»Siehst du die Trübung um Io? Lichtstreuung. Die nördliche Halbkugel haben sie bereits belegt. Haben die ganze Monomolekularschicht aus dem Orbit herunterfallen lassen, bis sie in einen Druckausgleich mit der Atmosphäre kam. Hast du nicht zugeschaut?«

»In Hiruko, weißt du«, antwortete Manuel unbeholfen, »verliert man schnell aus den Augen, was sich in der Biosphäre tut.«

»Sie haben große Löcher darin gelassen, damit Orbitalschiffe hineinkommen. Scheint stabil zu sein.«

»Meinst du, es fördert die Aufwärmung Ios, wie sie vermuten?«

Petrowitsch zuckte die Achseln. »Auf Luna hat's funktoniert.

Hier – vielleicht. Einen Korken auf eine ganze Atmosphäre zu stecken – unglaublich, was? Heutzutage ändern sich die Dinge schnell.«

Manuel starrte einen Moment auf den durchscheinenden Halo um Europa und versuchte sich zu erinnern, wie es früher ausgesehen hatte. Es fiel ihm nicht ein, und diese Tatsache beunruhigte ihn. »Welcher Route folgen wir?« fragte er unvermittelt.

»Hier, nach Westen. Schneller als die alte Strecke.«

»Aha.« Manuel blickte auf die Reliefkarte, und sofort war alles wieder da. Vor seinem geistigen Auge sah er, wie die Bergkämme und Schluchten sein würden. »Was hältst du davon, wenn wir diesen Umweg nehmen?«

»Dort? Warum?«

»Da ist das Lager.«

»War. Ich war schon seit ... seit ... na ja du weißt schon ... nicht mehr da.«

»Ich auch nicht.«

Petrowitsch schaute ihn verwirrt an. »Damals, als nur noch ein paar von euch draußen blieben, als er ...« Ein Kopfschütteln. »Er war der Älteste in der Siedlung. Ich ... habe geweint, als ich davon erfuhr.«

»Ja.« Manuel blickte hinaus auf die einst gezackten Wälle eines alten Kraters, die jetzt einsackten und zerschmolzen. Auf der Leeseite eines südlichen Winds klammerten sich rosa Schneewehen noch an die Felsstücke. »Nun? Willst du?«

Wieder der verwirrte Gesichtsausdruck. »Ich ... Okay.« Petrowitsch schlug die Hände zusammen, zerbrach seine grüblerische Stimmung. »Ich kenne eine Schneise durch die Schlucht, da.« Ein fetter Finger zeigte auf die Karte. »Vor fünf Jahren gab es sie noch nicht.«

Sie fuhren durch die schmale, flußdurchspülte Schlucht und kamen unter einem Wasserfall heraus. Die ammoniakreiche Kaskade dampfte, als sie ihre Haube traf, Geysire schossen hoch, fingen das Sonnenlicht ein. Hoch oben bildeten sich feine Regenbogen, schwebten von der Oberfläche Jupiters und lösten sich dann auf. Sie schaukelten weiter, holperten über frische Ausspülungen. Einer der Männer saß draußen auf dem Deck und feuerte auf Muties, die in Schußweite kamen. Es gab eine beträchtliche Anzahl von ihnen, und Manuel fragte, wie sie niedergehalten wurden.

»*Da*, wir müssen bald etwas tun. Hiruko drängt. Aber sie zahlen nicht genug. Wir warten noch ein bißchen, um den Preis hochzutreiben.«

Manuel fragte: »Was haben sie mit dem Entwicklungsgeld gemacht?«

Petrowitsch hob die Schultern »Seismos ausgelegt. Neigungsmesser. Bergrutschanzeiger.«

»Wie das?«

»Immer noch wie früher. Sie haben ein neues Tier auf die Biosphäre losgelassen, uns kein Wort gesagt – erinnerst du dich? Bis wir raus mußten, um ihre Fehler auszutilgen. *Dann* bekamen wir die detaillierten Daten. Jetzt ist es genauso – sie heuern Trupps an, um die Meßgeräte rauszubringen, sie lächeln, sie bezahlen, sie sagen keinen Ton.«

Manuel grinste. »Gut zu sehen, daß sich nicht alles verändert hat.«

Manuel fand das Lager allein mit Hilfe der Sonnenposition und seines Gedächtnisses. Als das Land anzusteigen begann, tauchte das altersschwache Profil des Lagers am Horizont auf. Die Nordwand der Hütte war eingedrückt und mit einem grellgelben Gummistoff geflickt worden. Rundherum lagen zerborstene Kisten und vom Wind blankgescheuerte alte Geräte. Der Fusionsgenerator stand auf Minimalleistung, arbeitete mit leisem *Pock-pock-pock* und versorgte die Seismos und die übrigen, seltsam geformten Apparate, die ins Eis getrieben worden waren, mit Energie.

Er und Petrowitsch stiegen aus und gingen zu dem Hügel, der das leere, vernachlässigte Lager überragte. Manuel fand die Stelle nicht, indem er vom Hügel hinabschritt, sondern durch Gefühl, als er sich erinnerte, wie die großen Felsblöcke eine

Kette bildeten, die nach unten in das schmale, flache Gebiet gerichtet war.

»Sie haben sich in Sidon darüber gewundert?« fragte Petrowitsch.

»Gut«, entfuhr es Manuel mit plötzlich aufkommendem Zorn, der ihn selbst erstaunte.

Das Eis hier war von altem Schnee überkrustet. Manuel kratzte es mit den Händen frei und ließ die Wärme seines Anzugs die Trübung der obersten Eisschicht vertreiben.

Weit unten, von Bläschen umgeben, war eine dunkle Gestalt. Er konnte Arme und Beine kaum erkennen. Sie lag immer noch auf dem Rücken.

»Das Eis hat sich kein Stück bewegt«, murmelte er.

»Wird es aber. Ich habe den Rutschmesser da drüben geprüft. Es fließt, hundert Meter unter uns.«

»Aha.« Er spähte in das Eis und versuchte, das Gesicht zu erkennen.

»Könnten ihn immer noch für eine Beerdigung mitnehmen«, sagte Petrowitsch ruhig.

»Nein. Sidon ist nicht so arm, daß es nicht ohne eine weitere Leiche für den Dünger auskäme.«

»Du weißt, deshalb meine ich es nicht.«

»Sicher weiß ich das. Sie wollten eine kleine Zeremonie wie die vor ein paar Tagen. Gemeinschaft ist auf Zeremonien aufgebaut.« Abrupt stand er auf.

»Sie haben ihren Sinn.«

»Dieser hier ist einer, der ihr Ritual nicht brauchte. Er wollte hier draußen bleiben.«

Petrowitsch nickte stumm. Er machte auf dem Absatz kehrt und ging zum Lager zurück. Einen Moment später folgte ihm Manuel. Die Hütte schien jetzt kleiner, und die Stützen waren ins Eis eingesunken, als schlüge dieser Ort – von den Menschen vernachlässigt, als sie sich um andere vergängliche Dinge kümmerten – seine natürliche Bahn wieder ein, eingehend in die Unsicherheit der Wildnis, absorbiert in den tiefen Bewegungen des Eises.

Als er den Hang hinabstapfte, verlor sich das Knirschen seiner Stiefel auf altem Schnee in der alles umhüllenden Stille des Ortes. Er konnte die Augen zu Schlitzen zusammenpressen und seinen Vater wieder vor der Schleuse stehen sehen, zornig und doch seinem Sohn gestattend, die Leiche die Anhöhe hinaufzutragen und behutsam abzulegen und in der nächsten Stunde ein Grab im Eis auszuheben, wobei rund um die gebeugte, gleichmäßig grabende Gestalt Myriaden glitzernder Kristalle aufstoben. Für diese eine Stunde hatte der Colonel seinen Zorn begraben, weil sein Sohn ihm eine Lüge vorgesetzt hatte, die einzige Lüge, die es je zwischen ihnen gegeben hatte, eine Lüge, die bis zu ihrer Rückkehr nach Sidon standhielt: daß Old Matt den Wunsch geäußert hatte, dort draußen begraben zu werden, unter dem ständigen Wechsel von Dunkelheit und Dämmerung, nicht gefangen in Eis sondern frei im Eis. Strenggenommen war es eine Lüge, im Grunde jedoch nicht: Manuel wußte, was der alte Mann gewollt hatte, und die Tatsache, daß er nicht die Zeit gefunden hatte, es auszusprechen, spielte keine Rolle. Aber die eigentlich unbedeutende Täuschung hatte an dem Sohn genagt, und innerhalb einer Woche hatte er es dem Vater gebeichtet, und das schließlich gab im Kopf seines Vaters den letzten Anstoß und machte es beiden unmöglich, wie bisher weiterzuleben. Die plötzlich auflodernden heftigen Streite zwischen ihnen waren schlimmer geworden, die kalte, flache Stelle im Hang eines Hügels hatte einen Keil zwischen sie getrieben. *Kein Sohn von mir tut so etwas.* Und schließlich war es nicht der Tod, sondern – wie es zwischen Menschen, die sich geliebt haben, geschehen kann – der eher nichtige Anlaß des Begräbnisses, der dazu führte, daß sie einander nicht wiedersahen.

Steifbeinig kam Manuel in das Feld, die Augen wäßrig und ziellos, und die erste Erschütterung holte ihn von den Füßen. In dem einen Moment war er mitten im Schritt, im nächsten lag er auf dem Rücken und spürte, zu Tode erschrocken, den Boden erbeben. Er kam auf die Knie, der zweite Stoß folgte. Diesmal sah er ihn als dunkle Linie vom Horizont kommen, die

die Schneedecke faltete, so daß die Facetten des Sonnenlichts wie von einem Wellenkamm abprallten. Die seismische Welle jagte die Anhöhe hinauf, unerbittlich und rasend schnell, und schoß wie ein Schlag durch seine Stiefel. Die Hütte schwankte, das Metall kreischte auf – und sie brach zusammen. Zuerst stürzte das Dach ein, dann nacheinander die Wände, als der Druck ihre Flächen verbog und die Ausguckfenster zerplatzen ließ; transparente Scherben wurden über das Feld verstreut, Staubschauer und Luftströme aufgewirbelt. Ein Tragbalken kam herausgeflogen und verfehlte Petrowitsch, der sich auf dem Boden zusammengekugelt hatte, nur knapp. In einem Schneestreifen blieb er stecken.

Der Schlepper schaukelte und schwankte, überschlug sich aber nicht. Keine schweren Verletzungen, nur einer hatte sich beim Sturz eine Schulter verrenkt. Über den Horizont kamen keine weiteren Wellen. Er eilte zu Petrowitsch und fragte: »Du hast auf Hiruko geschaltet, oder? Was ist passiert?«

Petrowitsch lauschte mit abwesendem Blick. »Chaos. Große Schäden.«

»Was ist mit Sidon?«

»Einige Tunnel sind eingestürzt. Einige Verletzte.«

»Meine Mutter?«

»Nein. Niemand, den ich kenne.«

»Ich sollte sie anrufen!«

»Komm ist übervoll.« Er schüttelte den Kopf. »Verdammt, das war gewaltig.«

»Was geht vor? Zwei Beben in einer Woche.«

»Verstehe ich nicht. Die Monde, sie sind stabil.«

»Der Schmelzprozeß – er soll symmetrisch vorgehen, um keine tektonischen Beben auszulösen.«

Nachdenklich kaute Petrowitsch an seiner Lippe. »Soll – ja. Ich habe von Einstürzen weiter unten gehört, in den Minen ...«

»Fahren wir nach Sidon zurück.«

»Nein, sie brauchen keine Hilfe. Das läuft.«

»Ich meine, wir sollten uns überzeugen. Jemanden anrufen.«

»Können wir auf dem Weg zu der Stelle.«

Manuel nickte. »Okay, okay. Wir setzen die Männer an der Stelle ab. Dann kehren wir um.«
Petrowitsch prüfte die Neigungsmesser und meinte stirnrunzelnd: »Viele Eisrutsche hier unten. Komm, wir machen uns davon.«
Der kräftige Mann ging auf den Schlepper zu. Manuel verharrte. Die Hütte, an deren Innenausstattung er sich so gut erinnerte, war nun ein Trümmerhaufen aus Balken, Stahlblech und Plastaform. Nur um Sekunden hatte er verpaßt, das Innere noch einmal zu sehen. Er hatte hindurchgehen und sich überzeugen wollen, ob sich etwas verändert hatte. Natürlich, wenn er drinnen gewesen wäre, als...
»Manuel! Los!« Petrowitsch winkte ihm aus dem Fahrersitz zu. »Wir müssen aufbrechen. Von der Stelle am Aleph – keine Antwort. Aber ihr Notrufsender ist an. Strahlt SOS aus.«

2.

Der Vulkan erhob sich aus Schwaden schwarzen Staubs und strömte Orangewolken heulenden Gases aus.
»Mistding! Blockiert die Strecke«, sagte Petrowitsch und bestätigte fieberhaft die Kontrollen. Der Schlepper wich einem herabpolternden Felsbrocken aus.
»Wir können ihn umkurven.« Manuel zeigte hinaus. »Durch den Graben dort.«
Die Spurketten des Schleppers übertrugen eine rasselnde Schwingung. Die Sidon-Männer drängten sich im Rückraum des Schleppers zusammen und tuschelten. Petrowitsch lenkte sie ratternd und brüllend in den Graben, indem er einen eingestürzten Felswall umsteuerte. Dampf strömte zischend aus Rissen auf dem Grabengrund. Die Scheinwerfer des Schleppers blitzten auf, bohrten eine weiße, kegelförmige Öffnung in die trübe Unendlichkeit.
»Das Ding ist groß.«, sagte Manuel. »Vielleicht brechen entlang der ganzen Bergkette auf.«

Petrowitsch schaltete die Satelliten-Übersicht ein. Im sichtbaren Spektralbereich war das gesamte Gelände in Rauch und Wolken gehüllt. Er wechselte auf Infrarot: leuchtende Nadelspitzen, heftige Aktivität entlang der ganzen Strecke. »Verdammt!«

»Sieh mal! Das Eis – es bewegt sich.«

Das Infrarot-Bild zeigte Geschwindigkeitsvektoren im Talboden. Eine Vielzahl von Pfeilen in der Mitte, sich nach Süden schlängelnd. »Und zwar verdammt schnell!« murmelte Petrowitsch.

Ihr Fahrzeug taumelte aus dem Graben ins offene Gelände, Raupenketten rutschten im schlammigen Untergrund. Vor ihnen dampfte grüner Dunst aus den Erdspalten. Einen Moment klärte ein sanfter Wind die Luft im Tal. Schweigend beobachteten die Männer, wie eine langsam mahlende Bewegung Felsen verschob. Aus dem Bodennebel rutschten blaugraue Eisblöcke in ihr Blickfeld, sanken, hoben sich – und zerbrachen mit dumpfen Krachen. Splitter schossen wie Speere hoch, wirbelten durch die Luft. Risse öffneten sich ächzend und schlossen sich abrupt. Das Eis hob sich und wurde von anderen Eisschollen, die von den Hügelflanken herabrutschten, verschlungen.

»*Madre de Dios*!«

»Die ganze Region ist aus dem Gleichgewicht«, wisperte Petrowitsch.

Er steuerte sie an der Talwand entlang, fort von dem zermalmenden Zug des Eises. Über ihnen war der neu entstandene Vulkan von einem schwarzen Himmel in Nebel gehüllt. Durch die Wolkenbewegungen sahen sie Streifen weißen Wassers, das braun wurde, als es sich mit Staub vermengte und dann in tobenden Flüssen herabströmte. Die Ströme rannen von den Hügeln in die tiefen Risse im geborstenen, sich verschiebenden Eis.

Sie überwanden eine Anhöhe und gelangten in einen Seitenarm des zentralen Talsystems. »Hier können wir es versuchen. Siehst du? Keine Geschwindigkeitsvektoren an dieser Linie.«

»Vielleicht ist es stationär.«

Petrowitsch hob die Brauen. »Vielleicht.«
Durch den Druck unten im Tal wurde das Eis an einer Flanke des Vulkans hochgepreßt. Es floß die nackten, schwarzen Steinhänge hoch, schmolz, verdampfte und gefror wieder, als es aufstieg, die Spitze in Nebel hüllend. Manuel konnte das rote Flackern des Gipfels sehen. Es pulsierte wie Blut aus einer Arterie und war unter dem Staubschleier hell genug, um rote Leuchtstreifen über die dunklen, rauchenden Hänge zu werfen.
»Ich fürchte, unsere Freunde aus Hiruko haben sich verrechnet.«
»Die Schmelzschlepper?«
»*Da*. Es ist ein heikles Spiel. Die Atmosphäre aufzubauen, aber gleichzeitig die Landmasse im Gleichgewicht zu halten.«
»Vielleicht haben sie zu schnell Luft erzeugt.«
»Es ist das Wasser, nicht die Luft. Diese Welt ist ein kugelförmiger Gletscher, nirgendwo geht es bergab. Die Eiskappe ruht auf Felsschichten – Felsgestein aus Meteoren, die teilweise hinabsanken, als die Kruste gefror. Schmilzt das Eis, läßt der Druck auf das Gestein nach. Das Gestein dehnt sich aus, öffnet Poren. Überschußwasser aus dem Schmelzvorgang, Wasser, das nicht zu Gas wurde, sickert in das Gestein. Der Stein verhält sich wie ein Schwamm. Hiruko hat darauf gesetzt, daß das Gestein dieses Wasser aufsaugt.«
»Und wenn nicht?«
»Der Schwamm füllt sich, das Überschußwasser rinnt in die Fugen zwischen den Felsplatten. In Bruchlinien. So viel Wasser, das sich weit nach unten bewegt, der Massendruck, dazu wirkt die Flüssigkeit als Schmiermittel in den Bruchlinien... Zipp! Alter Zeichenwitz – der Mann, der auf eine Bananenschale tritt. Das Eis rutscht auf dem Wasser darunter.«
»Hiruko hat es zu schnell vorangetrieben.«
»Eine sehr schwierige Kalkulation, viele Ungewißheiten.«
»Neue Nachrichten aus Sidon?«
»Sie kümmern sich nicht um uns. Sie werden sich auch eine Weile nicht um die Grabstelle kümmern.«

»Ich frage mich, wie die Erdler damit fertigwerden«, sagte Manuel finster.
Draußen brüllte und qualmte der Vulkan und sandte rote Lichtlanzen in die dichter werdende Staubhülle.

Vorsichtig näherten sie sich der weiten Ebene. In der Ferne ragte das Tafelland aus Eis hoch, die steilen Flanken von Rutschen und eingestürzten Terrassen durchschnitten. Tiefe Risse überzogen das Gebirge. Aber die Eisebene war fest, und der Schlepper kam gut voran. Hinter dem winzigen, dahinjagenden Gefährt verflachte sich eine ebenholzschwarze Vulkanstaubwolke, als sie in Höhen stieg, in denen der Auftrieb der dünnen Luft die Teilchen nicht trug. Schon bald erstreckte sie sich wie ein gigantischer schwarzer Amboß von Horizont zu Horizont.
»Sehe niemanden«, sagte Manuel.
»Wahrscheinlich in den Unterkünften.«
Petrowitsch wies auf sieben Halbzylinder mit geriffelten Bronzewänden, in exakten Reihen angeordnet. Zwei waren eingestürzt. Hinter ihnen stand ein hohes Gerüst aus Trägern, Balken, Stützen, Streben und Querverstrebungen. Erregt wurde Manuel klar, daß dies der Außenrahmen des Aleph war. Durch das metallene Netz konnte er kühles Alabaster erkennen. Er verglich es mit dem Anblick, als es dahingeeilt war, sich umgedreht und zurückgeblickt hatte, während er Old Matt mit sich trug. Soweit er sich entsinnen konnte, lag es an derselben Stelle, aber das langgestreckte Gebilde schien jetzt breiter zu sein.
Sie bremsten ab und hielten an den halbzylindrischen Hütten. Eine Schleuse öffnete sich, zwei Gestalten kamen winkend heraus, forderten sie mit Handzeichen zum Eintreten auf. Manuel trug den Med-Pack. Das erste, was er drinnen sah, war Piet Arnold.
»Ich bin so dankbar, daß Sie gekommen sind«, sagte der Mann, »anstatt nach Sidon umzukehren.«
»Bis auf das Notsignal sendet Ihr Komm nicht.«

»Ah, gut – wir wußten nicht einmal, ob das funktioniert. Die beiden eingestürzten Hütten waren die wichtigsten. Riesiges Pech. Zwei sind umgekommen.«
»Haben Sie sie tiefgekühlt?«
»Ja. Können Sie sie trotzdem mit zurücknehmen?«
»Was ist mit *ihm* passiert?« Manuel zeigte auf einen Erdler, der mit den Füßen voraus mit dem halben Körper im Med-Monitor der Hütte steckte.
»Ein gebrochenes Bein, ziemlicher Blutverlust. Ich fürchte, der Aufschlag hat Knochensplitter in den Muskel getrieben.«
»Schmerzhaft. Wie ist das passiert?«
»Er ist vom Gerüst gestürzt.«
»Ein Monitor dieser Größe reicht nicht«, meinte Petrowitsch. »Tiefsitzende Splitter kann er nicht entfernen.«
»Mir ist klar, daß Sie ihn mit nach Sidon nehmen müssen. Zuerst sollte er aber noch etwas ruhen. Und Sie werden die Route für die Rückfahrt eingehend prüfen müssen, kann ich mir vorstellen.« Piet breitete einladend die Arme aus. »Sie können ein oder zwei Tage hier verbringen. Wir freuen uns auf die Gesellschaft.«
Manuel musterte den Mann. »Wir brechen morgen auf«, sagte er scharf.
»Es tut mir leid, daß Ihre Ankunft unter so schrecklichen Umständen stattfindet. Diese Ereignisse...« Er schüttelte den Kopf.
Manuel zog eine Grimasse. »Machen Sie sich keine Sorgen – außer um die Instandsetzung Ihres Komms. Das ist lebenswichtig. Die ganze Kruste verschiebt sich, soweit ich erkennen kann. Sie müssen mit Hiruko in Kontakt bleiben. Kommen Sie – ich fange jetzt damit an.«

Am Morgen war es still in der Hütte. Niemand war wach. Manuel stieg so leise er konnte aus den Faserdecken, zog sich an, aß einen Nahrungsriegel und stieg in den Anzug. Als er hinausging, produzierte die Schleusenhydraulik großen Lärm, so daß er sich nicht wunderte, zehn Minuten später eine weite-

re Gestalt herauskommen zu sehen. Der Mann kam auf ihn zugestapft, stellte sich neben ihn in den Schatten des Alephs. Piet sagte nichts. Die beiden musterten einander, bis Manuel schließlich ernst fragte: »Warum wollten Sie im Zug mit mir sprechen?«
»Sie waren ein Mitreisender. Sie schienen einsam.«
»Sie wußten, wer ich war.«
»Das ändert nichts. Sie schienen trotzdem einsam.«
»Sie, Petrowitsch – ich habe nicht vor, Ihnen etwas zu sagen.«
»Habe ich gefragt?«
»Sehen Sie, es ist *tot*. Lassen Sie es in Ruhe, oder lassen Sie wenigstens *mich* in Ruhe!«
»Wieso sind Sie so sicher?«
Manuel blinzelte. »Sicher?«
»Daß es tot ist.«
»Schauen Sie es sich an! Wir haben es getötet, Old Matt und ich.«
Piet lächelte breit. »Ja, sehen Sie es sich an!«
Manuel drehte sich um und betrachtete die Gerüstkonstruktion. »Sie haben es eingepfercht.«
»Um präzise Messungen vorzunehmen.«
»Ich habe bei ihm Maß genommen.«
»In gewisser Weise, ja. Ein einziges Mal.«
»Niemand wußte, was man gegen es ausrichten konnte. Sie haben doch die Berichte gelesen. Es hat zu seiner Zeit viele Menschen getötet.«
»Ja. Unfälle, offenbar.«
»Unfälle oder nicht, wir mußten es stoppen.«
»War es das?«
»Hm? Menschen zu schützen? Ich weiß nicht. Ich kam eben hierher. Es war... Jeder... Jedes Jahr kamen wir heraus, die Typen haben es überredet...«
»Warum? Warum haben Sie es getötet?«
Manuel starrte ihn verständnislos an. »Warum? Ich... Sehen Sie, Sie wissen gar nichts darüber.«
Piet wechselte das Thema: »Sie haben sich wie ein Besessener

an die Reparatur des Komm gemacht. Es hat Sie fast die ganze Nacht gekostet.«

»Und?«

»Als wollten Sie irgendwas ausweichen. Mit mir zu reden, oder hier heraus zum Artefakt zu kommen.«

Manuel blickte verdrossen. »Ich bin soeben aus eigenem Antrieb hierhin gegangen.«

»Ja, alleine.«

»Wollte einen Blick auf es werfen. Müssen bald aufbrechen. Wollen früh los. Könnte schwierig werden, durchzukommen...«

»Sie werden Zeit haben. Nach dem, was ich von Hiruko erfahren habe, sind diese Beben kurzfristige Phänomene.«

»Nehmen Sie das Hiruko-Gerede nicht als Evangelium?« Unruhig bewegte sich Manuel auf und ab. Der Schatten des Aleph bildete eine kältere Zone, die sich auf dem fleckigen, von Stiefeln zertrampelten Eis deutlich abzeichnete.

Wieder lächelte Piet. »Sollen wir hineingehen?«

»*Hinein*?«

»Sie hätten die Berichte wirklich verfolgen sollen.«

»Man kann hineingehen?«

Piet streckte eine Hand zu dem massigen Körper in dem Trägergeflecht aus. »Vor vier Jahren hat ein Wissenschaftler aus Hiruko nahe des Schwanzes eine eigentümlich keilförmige Struktur gefunden. Mit Neutronen bestrahlt gab sie einen hohen Rückfluß ab. Eine Anwendung der Resonanzabsorption – bei der hochenergetische Neutronen verwendet werden – ließ die Struktur zusammenbrechen. Das ganze Objekt breitete sich aus. Wie auf Kommando.«

Manuel runzelte die Stirn. »Dachte schon, daß es massiger wirkt.«

Piet hob einen behandschuhten Finger. »Das ist der Punkt. Es wurde breiter – die großen Blöcke krachten aufs Eis –, aber soweit wir erkennen können, hat das Nettovolumen des Dings *nicht* zugenommen.«

»Aha. Und?«

»Die Hiruko-Leute wagten sich hinein. Nicht weit – aber sie fanden einiges heraus.«

»Genug, um Sie dazu zu bringen, von der Erde hierherzukommen.«

Piet nickte. »Ja. Mehr als genug.« Er streckte den Arm zu einer Öffnung in dem Gerüstwerk. »Kommen Sie herein! Gerade Sie sollten es.«

Sie bückten sich, um die Einfassung passieren zu können. »Sie wollten die ganze Zeit, daß ich hier herauskomme«, sagte Manuel. Er war noch immer verwirrt und unsicher, und doch ... und doch ... wie sehr er dem Mann auch mißtraute, Piet Arnold schien ein Gefühl für das Ding zu haben, das er bei Major Sánchez oder Petrowitsch, nicht einmal bei seinem Vater gefunden hatte.

Bei diesem Gedanken hielt er unvermittelt inne. Sein Vater – und aus einem versteckten Winkel begann eine Gefühlsaufwallung, die ihn überrumpelte, ihm die Luft nahm. Emotionen wirbelten in ihm, löschten die Gegenwart aus. Kummer und zugleich mehr als Kummer, ein gähnender Abgrund aus Verlust und verfehlter Gelegenheit, die nicht wiedergutzumachen war, ein Gefühl des Vergehens, endgültiger Bewegung...

Er schluckte, verriet sich nicht, sondern ging weiter, der gebückten Gestalt vor ihm folgend.

Sie gelangten durch eine keilförmige Öffnung, die aus zwei gewaltigen Alabasterblöcken gebildet wurde. Ein Leuchten kreiste in den Blöcken, warf Schatten auf seine straffe, gebräunte Gesichtshaut. Seine Stiefel bohrten sich ins Eis.

»Verdammt groß«, sagte er überflüssigerweise.

»Sie müssen's wissen«, entgegnete Piet, der sich lächelnd umwandte.

Sie kamen in eine aus Sechsecken geformte Kammer. Wie Glimmer funkelte hier das Licht aus sich bewegenden Scheiben. Auf dem Eisboden waren die Geräte ausgebreitet. Sonden saßen auf den glatten Oberflächen des Raums. Meßgeräte und Analysatoren registrierten auf blauen und grünen Skalen Daten.

»Hier haben wir eine gründliche Untersuchung durchgeführt.

Natürlich waren die Hiruko-Daten von grundlegender Bedeutung. Wir wußten, auf was wir uns vorbereiten mußten. Dadurch haben nur ein paar Tage ausgeklügelter Beobachtung die Resultate bestätigt. Und zahlreiche neue hinzugefügt.«

»Aha.« Manuel hatte die Arme verschränkt, schaute in die vagen Muster, die sich in den tiefen Scheiben des Dings formten.

»Es ist – in gewissem Sinn – schierer Stein. Die Netzstruktur nahe der Oberfläche bestätigt das... Aber darunter...«

Piet betätigte einen Hebel, und der abgegriffene Stein schien sich für Manuel abzuschälen, um ein gesprenkeltes Muster freizulegen.

»Darunter stellt es sich ständig neu her. Die Molekularzusammensetzung verändert sich. Die Blöcke sind stets mechanisch fest, gewiß – aber ständig im Fluß. Neue Verbindungen, neue Gitterstrukturen. Der grundlegende kristalline Aufbau ist keiner der üblichen. Ein unfertiges, sich verschiebendes Ding aus Flächen und Winkeln.«

»Eine Maschine, die ihre eigenen Teile herstellt?« Manuel zuckte die Achseln. »Und?«

»Die ihre eigene Molekularstruktur überarbeitet! Und wäre es nur das, vielleicht hätten Sie recht – eine ausgeklügelte Maschine, eine fortgeschrittene Technologie könnte das sehr wohl. Aber die Molekularformen, die wir gefunden haben, ordnen sich neu, weil die *Atomstruktur* sich verändert. Und die Atome verändern sich, weil die Partikel sich ständig verschieben und ihre Identität ändern. Das ist es – die ständige Umwandlung von Materie in Formen, wie etwas, das sich rastlos selbst erneuert, auf immer unzufrieden...«

Piet unterbrach sich. »Ich sehe, solche Entdeckungen langweilen Sie. Vielleicht ist es das beste, Sie einfach Zeuge werden zu lassen.« Mit einer Handbewegung dämpfte er das Licht der Meßgeräte, und die Wände gewannen neues Leben. Manuel konnte die veränderten Lichter hinter der steinernen Oberfläche jetzt besser sehen, und –

– glühende Pünktchen kreisten –

– eine verzerrte Masse zitternder Linien, silbrige Windungen, die auf ihn zustießen –
– sich plötzlich zu rauchiger Weichheit auflösen, zu grünen Wolken, die mit einem Kreischen über einen rubinroten Himmel kratzten –
– leuchtende, schnelle, polierte Oberfläche –
– ein Wirrwarr von Tönen, verschwommen –
– etwas, das so schnell eilte, daß es nur den Eindruck von Größe, Geschwindigkeit und unerbittlichem Verlangen vermittelte –
– verwesendes Rosa, Grün, ein Modergeruch nach Alter –
– raspelndes, verkrustetes, schweres Licht –
– Haare wie Schlangen –
– Explosion –
»Aah!«
Manuel bedeckte die Augen, riß sich los. Doch viele der Dinge, die er gefühlt hatte, waren nicht durchs Sehen gekommen, sondern durch die anderen Sinne, Geschmacks- und Geruchssinn, Hör- und Tastsinn, die sich empfindsam und fest ausdehnten, als erlebte er sie zum ersten Mal.
Piet sagte leise: »Du verstehst. Es tut mir leid, aber... Du verstehst.«
»Ich...«
»Der endlose Wandel manifestiert sich auf jeder Ebene. Auf unserer Wahrnehmungsebene bringt er Effekte hervor, die ich, offen gesagt, nicht verstehe, nicht einmal vollständig beschreiben kann. Nicht sehen kann man, was die Geräte registrieren.« Mit einer weiten Geste umfaßte er die Regale mit den Apparaturen. »Auf der atomaren Ebene und darunter verändern sich die Kräfte selbst. Es gibt eine Erscheinung, die wir als elektroschwache Wechselwirkung bezeichnen. Verschiedene numerische Parameter beschreiben es – Parameter, die für uns von Anbeginn der Zeit an festzuliegen schienen, seit der große Knall das Universum in Gang setzte. Jetzt wissen wir durch das Aleph, daß sie nicht festliegend sind. Hier ändern sie sich. Ständig. Nichts bleibt, nichts wird konstant gehalten.«

»Wie wird es zusammengehalten?«
»Ich weiß es ehrlich nicht. Das Artefakt ist wie der Rosettastein – weißt du soviel über die Erdgeschichte? –, der alle Gesetze des Universums zusammenfaßt. Es weiß, irgendwie, wie man Gesetze *macht*. Natürlich liegt ihm ein System zugrunde. So wie ich die Daten interpretiere, scheint das Artefakt zu verkünden, daß die physikalischen Gesetze nicht immer die gleichen waren. Als das Universum jung war, waren die Gesetze jung. Jetzt sind sie gealtert. Die grundlegenden Konstanten von heute werden nicht immer so bleiben. Die natürliche Evolution gilt folglich nicht nur für das Leben – sie gilt ebenfalls für das Universum. Die *Gesetze.*« Piet legte die Hände zusammen. »Ich hoffe, du verstehst, was für eine tiefgreifende umwerfende Auffassung das ist.«
»Hm, ja.«
»Vielleicht begreifst du den Hauptpunkt nicht völlig.« Piet beugte sich vor. »Siehst du, die Physik hält für gegeben, daß Partikel von Feldern geschaffen werden – den elektrischen Feldern, den nuklearen Feldern und so weiter. Aber angenommen, es gebe etwas, das *Gesetze* schuf. Was tut es? Wie« – er packte Manuels Arm –»speichert man die Information, die die Gesetze enthält? In den Partikeln? Aber sie sind durch die Felder erzeugt und damit durch die Gesetze selbst! Ein Kreislauf. Wie transportiert man die Information? *Was macht die Gesetze?*«
Manuel starrte auf die Wände, in denen noch immer Farben und Licht blitzten. »Tja... ich weiß nicht...«
»Angenommen, das Universum ist *im*, aber nicht *aus dem* Universum?«
Manuel schüttelte den Kopf, verwirrt von den Gedanken, die der Mann ansprach. Piet erkannte seine Konfusion und ließ von seinem Drängen ab. »Es tut mir leid.«
Um seine Unsicherheit zu kaschieren, war Manuel wieder so schroff wie vorher. »Warum zeigen Sie mir das eigentlich? Ich kann Ihnen nicht helfen...«
Piet hielt eine Hand hoch. »Kommen Sie!«
Sie gingen weiter, durch enge Korridore aus dunklem Gestein,

schmale Aufstiege hoch, durch eigenartig geformte Löcher kriechend, vom Eis schlüpfrige Gefällstrecken hinab. Manuel schien, daß das Aleph kaum so groß, so kompliziert sein könnte. Die Wände waren kalter, toter Stein, und sie erstreckten sich nahtlos ohne Ende.

Sie gelangten in einen offenen Korridor, in dem Manuel aufrecht stehen konnte. Piet fragte im Gesprächston: »Wissen Sie, wer es Aleph getauft hat?«

»Nein.«

»Ein Jude, nehme ich an. Eine interessante Namensgebung. Weißt du, was es bedeutet?«

»Der erste Buchstabe des hebräischen Alphabets, hat ein Onkel von mir gesagt. Er ist Jude.«

»Korrekt. Das Interessante ist, daß es in der Naturwissenschaft mehrere Dinge bedeutet. In der Geometrie, zum Beispiel, wird es so geschrieben.« Er holte einen Block aus der Tasche und malte das Zeichen   auf. »Es bezeichnet einen Punkt im Raum, der alle anderen Punkte enthält. Alle Winkel, alle Perspektiven. Und in einem anderen Zweig der Mathematik ist die durch Aleph null gekennzeichnete Zahl« – er schrieb das Zeichen – »die grundlegende transfinite Zahl in Cantors Mengenlehre – eine Zahl mit der ungewöhnlichen Eigenschaft, daß jeder Teil von ihr so groß wie das Ganze ist.«

»Das ist verrückt.«

»Vielleicht. Vielleicht. Kommen Sie weiter!«

Sie mußten wieder kriechen und sich dann in einem Spalt vorwärtsschieben, der metallisch zu sein schien. Manuel rutschte auf der spiegelglatten Oberfläche. Weitere Gänge mit rundem Querschnitt hatten Öffnungen zu den Seiten hin. Eine Erinnerung nagte an ihm. Die Wände reflektierten sein verdrossenes Gesicht. Die Röhre verengte sich, und vor ihnen leuchtete es verschwommen weiß.

»Hier – gehen Sie vor!« Piet schob ihn.

Manuel stand in einer engen Kammer und blickte sich um. Schwache Felder griffen nach ihm, konnten aber keinen Halt finden. Vor ihm...

Etwas drehte sich in einem Lichthalo.
»Matt!«
Er taumelte vorwärts und traf auf kissenweiche Luft, die sanft nachgab und dann widerstand. Er kämpfte, konnte aber nicht näher herankommen.
Trotz des weißen Leuchtens war der Kopf beschattet. Er konnte dem Gesicht nichts entnehmen. Ein Arm war hochgehoben – wie zum Gruß, dachte er. Old Matt war nicht in Helm und Anzug, so wie Manuel ihn damals im Aleph gesehen hatte, sondern in einem locker sitzenden Overall. Der Körper drehte sich allmählich nach links, dann hob sich der Schatten ein wenig von dem Gesicht, und er konnte erkennen, daß die Lippen sich mit unerträglicher Langsamkeit bewegten. Manuel versuchte, die Worte zu erfassen, aber bevor die trockenen Lippen sich ganz schließen und die Bewegung beenden konnten, fielen wieder die Schatten – *Aber Schatten von was?* fragte Manuel sich – auf das ernste Gesicht, das reglos hinausblickte, blaß und faltenlos, scheinbar entspannt und gedankenvoll. Manuel erinnerte sich, wie die trockene Stimme *Achte auf mich!* gesagt hatte, als sie zum letzten Mal mit dem E-Strahler auf das Aleph zugegangen waren. *Achte auf mich!*
Der Körper drehte sich weiter. Der vage Halo wurde über Schultern und Rücken geworfen. Bewegte sich die Hand den Bruchteil eines Zentimeters? Angestrengt starrte er.
Dahinter war noch etwas. Eine verschwommene Gestalt von etwa der gleichen Größe drehte sich noch langsamer, die Unterarme leicht angehoben. Nur die Umrisse des Körpers waren klar zu erkennen. Im Dunst des Lichts konnte er ausmachen, daß diese Gestalt weniger Einzelheiten offenbarte. Sie war getrübt wie das dunstige Bild aus nur einem Bruchstück einer holografischen Aufnahme. Sie war behelmt, die Beine standen auseinander, als wären sie im Gehen erstarrt. Der Kopf drehte sich – Manuel keuchte. Das Licht schien in den umschleierten Helm, und er sah gerade genug, um den halb lächelnden Mund, die Augen zu erkennen...
»Was...« Er fuhr zurück. »Was ist das?«

»Wir hoffen, Sie wüßten es vielleicht.«
»Ich?«
»Haben Sie so etwas schon einmal gesehen? Petrowitsch hat berichtet...«
»*Si*, etwas. Nachdem wir auf das Aleph geschossen hatten, während ich drinnen war, glaubte ich, Old Matt zu sehen, aber als ich wieder draußen war... Ich...« Den Mund zu einer starren Grimasse verzogen, tat er noch einen Schritt zurück. »Das andere da. Das bin *ich*.«
»Das glaube ich auch. Deshalb wollten wir mit Ihnen sprechen, um zu erfahren, wie diese... Kopien entstanden sind.«
»Ich weiß nicht.« Manuel begann zu zittern.
»Haben Sie damals nichts gespürt? Etwas, das Sie festhielt, Informationen aus Ihnen herauszog...«
»Nein.« Er wich noch weiter zurück. Blinzelnd hielt er den Blick auf die ferne Gestalt gerichtet. »Nichts.«
Piet sagte besänftigend. »Ich bitte Sie inständig, das noch einmal zu überdenken, sobald Sie die erste Reaktion hinter sich haben. Bedenken Sie – Sie sind Christ, nicht wahr? Unsere Akten lassen das erkennen. Bedenken Sie, wie eng die Vorstellung der Erhaltung, der Wiedererstehung in ähnlicher, aber umgewandelter Gestalt – wie eng dies mit Ihrer Kultur verknüpft ist. Es ist die christliche Vision der Wiedererweckung und Erlösung. Und zugleich ist es die Schreckensvorstellung der lebenden Toten, der Zombies. Versuchen Sie, es im positiven Sinne zu sehen, wenn Sie können. Ich ...«
»Lassen Sie uns hinausgehen!«
Manuel stolperte fort. Piet hastete ihm nach durch einen von grünem Flackerlicht erhellten Gang. Plötzlich blieb Manuel stehen.
»Mein Gott, was ist das?«
Die aufgedunsene Gestalt vor ihm hatte armähnliche Werkzeuge, einen schief gestellten Kopf und lange, dornige Gegenstände, die aus den Augen hervorragten.
»Gehen Sie nicht näher heran!« schrie Piet.
Manuel ging weiter, traf auf schwammigen Widerstand – und

das Ding drehte sich unversehens herum. Der riesige Kopf schien in dem grellen, blinkenden Licht vorzuschnappen. Plötzliches Grauen überwältigte Manuel. Er drehte sich halb um und floh, direkt in Piet hinein.

»Weg hier!«

»Nicht nötig. Zuerst ist es ein gehöriger Schock. Hier entlang.«

»Was tut es hier?«

»Es bleibt, wo es ist«, antwortete Piet sanft. »Menschen sind augenscheinlich nicht die einzigen Geschöpfe, die erhalten werden.«

»Aber das Ding, woher ist es?«

Piet zuckte die Achseln. »Die klassische Definition des Aleph: ein Ding, das alle anderen Dinge enthält...«

»In einem Rumpf dieser Größe?« Der Rückweg führte sie jetzt durch ihm bekannte Gänge. Manuel wurde ruhiger, begann nachzudenken.

»Aber was *ist* seine Größe? Ist sie das, was uns von außen sichtbar ist? Oder was wir im Innern messen? Eine Geometrie, die andere Geometrien enthält...«

Piet gluckste. »Wir haben noch nicht alle Gänge gezählt. Es gibt sehr viele – oder zumindest *scheint* es so.«

Manuel sagte nichts. Er marschierte mit grimmigem Blick weiter, sein Gesicht gab nichts preis. Er war fast an der nächsten Biegung, als die Wand heftig zu beben begann. Mit lautem Krachen barst das Eis unter ihm. Er fiel hindurch.

3.

Der Spalt war tief. Er packte eine vorspringende Eisnase und hielt sich fest. Die Steinwände warfen trübes Licht in die Kluft, und nach einem Moment sah er, daß sie noch zwanzig Meter abwärts reichte. *Es ist gestartet,* dachte er. Natürlich würde das Eis als erstes unter dem großen Gewicht splittern. Als nächstes würde die ganze Ebene draußen folgen.

»Hier, ich helfe Ihnen«, rief Piet. Manuel blickte hoch. Piet stand acht Meter über ihm. Aber der Mann schätzte Höhen immer noch mit seinen Erdreflexen ein.
»Zurück!« schrie Manuel. Er schwang sich auf die Eisnase hoch, sammelte sich und sprang hinauf. Er überwand sogar die Kante und landete in dem Gang auf den Füßen. »Los, wir müssen das Lager abbrechen.«
»Ich hole die Geräte hier hinein«, sagte Piet und wandte sich um.
»Lassen Sie das! Dieser Felsen wird als erster betroffen sein.« Piet sagte entschlossen: »Es wurden unermeßliche Anstrengungen unternommen, um sie herzustellen und hierherzuschaffen. Ich bin verpflichtet, dafür zu sorgen, daß die Mühen der Menschen erhalten werden.«
Manuel legte eine Hand auf Piets Schulter. »Seien Sie doch vernünftig!« Piet schüttelte die Hand ab und ging los, ohne sich umzuschauen. »Schon gut, verdammt noch mal! Kreuzigen Sie sich doch für Ihr gottverdammtes Gemeinwohl!« Aber Piet war fort, ehe er den Fluch beendet hatte.
Er fand den Weg nach draußen allein. Der Boden bebte jetzt ununterbrochen, die Felsstützen ächzten und knarrten. Im letzten Korridor mußte er über eine Eiserhebung kriechen. Als er hochblickte, war die Ebene ein Gewirr zerbrochener weißer und blauer Massen.
Blinzelnd und wie von Donner gerührt, stand er langsam auf. Alle Hütten waren eingestürzt. Der Schlepper war verschwunden. Drei Erdler suchten in den Trümmern der Schlafhütte.
Er rannte zu der Stelle, an der der Schlepper zuletzt gestanden hatte. Er lag auf dem Grund eines Spalts, auf dem Rücken, die Laufflächen zerbrochen, die Teile der Spurketten überall in dem dreißig Meter tiefen Einschnitt verstreut.
»Hee!« rief er über Normalkomm. Niemand antwortete. Er schaltete den Anzugfunk ein.
». . . fünf von ihnen dort drunten. Sie hatten keine Anzüge an. Die Med-Anzeigen sind für alle negativ«, vernahm er eine Erdler-Stimme.

Manuel rannte zu der Schlafhütte. »Wo ist Petrowitsch?«
Einer der Männer blickte auf. »Er fuhr den Schlepper.«
»Verdammt. Wahrscheinlich bewußtlos. So, wie er liegt, komme ich nicht in die Luke.«
»Helfen Sie uns hier!«
»Sicher. Wo ist Ihre komplette Med-Ausstattung?«
»In der dritten Hütte dort.«
»Ich grabe sie aus. Sie müssen alle Männer schnell tiefkühlen.«
So begann eine abstumpfende Zeit harter Arbeit. Er half, die Körper freizulegen. Mehrere der Med-Stationen brachten sie wieder in Betrieb. Er sah Piet am Eingang des Aleph auftauchen und Geräte herausschleppen. Manuel fand es frustrierend, mit den Erdlern zusammenzuarbeiten. Sie bewegten sich methodisch, aber ohne Phantasie, räumten die Trümmer gewissenhaft und geordnet fort, gewöhnlich nicht die schnellste und effektivste Methode. Die Hütten waren aufgeplatzt und hatten ihre Atmosphäre verströmt, die Insassen waren eingeklemmt worden und im Vakuum gestorben. Als das Beben losschlug, waren die drei Erdler draußen gewesen. Auch Petrowitsch war draußen gewesen, hatte Manuel und Piet in das Aleph folgen wollen. Sein Versuch, den Schlepper von dem sich ausbreitenden Riß wegzufahren, war fehlgeschlagen.
Im Tal schoben sich riesige Eisschollen gegeneinander. Die Schicht begann, nach Süden zu fließen.
Es gelang ihnen, die Körper zu versiegeln, aber einige waren schlimm geschädigt: gebrochene Wirbelsäule, hervorgequollene Eingeweide, Lungenblutungen durch das Vakuum. Sobald das getan war, brachen die Erdler zusammen, nicht so sehr aus Müdigkeit, sondern als Folge des Schocks. Sie setzten sich einfach aufs Eis und lehnten, mit glasigen Augen ins Nichts starrend, jede weitere Bewegung ab. Manuel schrie sie an, aber es half nichts.
Er mußte allein in den Spalt hinabklettern. Seine Schläge auf den Rumpf des Schleppers fanden keine Antwort. Er überlegte sich einen Weg, das Fahrzeug zu kippen, indem er einen Hydraulikheber aus dem Gerüst um das Aleph benutzte. Er arbei-

tete fieberhaft, ging jedes auftauchende Problem sofort an und hörte oder sah nichts anderes. Er bemerkte nicht einmal, daß ein Teil des Gerüsts einknickte und zusammenstürzte, nachdem er den Heber unter ihm fortgezogen hatte. Aber es hätte ihn auch nicht im mindesten interessiert. Er hatte Petrowitsch nie sonderlich leiden können, aber wenn der Mann tot war, tat man alles mögliche, um den Körper rechtzeitig zu retten, bevor der Schaden durch den Sauerstoffverlust zu groß wäre. Die beißende Kälte Ganymeds würde helfen. Wenn Petrowitsch gewußt hatte, daß er starb, hätte er seinen Anzug allmählich öffnen und sich selbst ohne große Zellschäden runterkühlen können. Dann würde die Kälte den Schaden durch den Sauerstoffverlust aufhalten. Deshalb arbeitete Manuel mit dem Heber, um den Schlepper umzudrehen.

Zweimal stürzten die Wände der Spalte ein. Schnee hüllte ihn ein, Eisblöcke donnerten in dem weißen Wirbel an ihm vorbei. Er grub sich aus, zerrte die blauen Eisklötze zur Seite. Seine Brust hob und senkte sich, Schweiß vernebelte sein Helmvisier, und er konnte die Winkel- und Druckangaben auf dem Heber nicht lesen. Er keilte ihn unter den Schlepper und schaltete auf volle Energie. Das reichte, um ihn um dreißig Grad zu kippen. Manuel robbte unter ihn. Wenn der Boden wieder erbebte und den Heber verschob, würde der Schlepper auf ihn fallen. Er ließ die Luke aufspringen und kroch hinein. Petrowitsch hing aus dem Fahrersitz mit dem Kopf nach unten. Manuel blickte nicht einmal in den Helm, sondern zog ihn nur herunter und warf den Körper durch die Luke. Dann sprang er hinterher. Wieder setzte ein Beben ein und zog den Körper fort. Der Schlepper bockte hoch und rollte über, in ihre Richtung. Manuel packte Petrowitsch und sprang. Er schaffte die Hälfte der Höhe, hing einen langen Moment in der Luft und versuchte, seine nächsten Schritte zu planen. Unter ihm drehte sich der Schlepper ein weiteres Mal, so daß er nicht mehr auf dem Boden landen konnte. Er kam auf der Kanzel nieder, als das Fahrzeug weiterschaukelte, kippte, wieder zurückfiel und ihn beinahe fortschleuderte. Er behielt das Gleichgewicht und

sprang erneut. Diesmal fanden seine Füße besser Halt und er erreichte den Rand des Spalts, als große Eisblöcke mit dröhnendem Krachen aus den Wänden gesprengt wurden.
Mit einem Fußtritt schreckte er einen Erdler hoch und brachte ihn dazu, ihm mit Petrowitsch zu helfen. Der Körper schien in Ordnung, aber Petrowitsch war im Koma. Sie schoben ihn in einen Med-Monitor, der eine positive Prognose gab. Es handelte sich allerdings um einen einfachen Monitor, der zu schwieriger Wiederbelebungsarbeit nicht in der Lage war. Sie würden bis Sidon warten müssen.
Der nächste Erdstoß schleuderte den Monitor herum. Das Eis-Tafelland am Horizont sackte ein. Die rechteckige Silhouette zerbrach mit einem Brüllen, übergoß die Ebene mit Lawinenstürzen. Da dachte Manuel an Piet. Er rannte auf das Aleph zu. Es war umgestürzt. Die Geräte von drinnen waren in Sicherheit, lagen überall verstreut. Piet war gerade herausgekommen, als das Gerüst nachgegeben hatte. Es hatte ihn eingeklemmt, während das Aleph zur Seite rollte. Jetzt lag er unter Balken und Rohren, fast in Greifnähe des Aleph. Als Manuel näherkam, hob sich der Helm. Schmerzerfüllte Augen spähten heraus.
»Ich habe ... alles.«
»Die Geräte? Sie verdammter Idiot!«
»Bitte...«
Die dünne, schwache Stimme ließ Manuel seinen Zorn vergessen. »Wo sind Sie verletzt?«
»Die Beine. Unterhalb der Knie habe ich kein Gefühl.«
»Flach liegen!«
Sanft schob Manuel ihn nach unten. Piet keuchte. Auf der Rückseite des Anzugs waren Med-Anschlüsse, aber es waren Erdler-Konstruktionen, und Manuel hatte keinen passenden Stecker.
»Verdammt. Wo kann ich...«
»Im... Wohnbereich.«
Er rannte zu den Hütten zurück und suchte bei den Med-Monitoren nach Teilen. Als er zurückkam, grollte der Boden

schon wieder. Das Aleph schien ein Stückchen ins Eis gesunken zu sein. Es lag jetzt näher bei Piet.
»Ich... wäre eher fertig gewesen«, sagte Piet entschuldigend, während Manuel an seinem Rücken fingerte. Piets Atem kam in langen, pfeifenden Zügen. Manuel ließ die Stecker mehrfach einrasten und senkte sie dann in die Fassungen. Piet seufzte, als seine Schmerzzentren ausgeschaltet wurden. Sein Körper verlor die Starre.
»Hat länger... gedauert... herauszukommen. Etwas... wie Sirup... hat mich gebremst.«
»Ich werde Sie herausziehen müssen.«
»Das gleiche... weiche... Licht...«
»Dürfte nicht allzu weh tun.«
Manuel musterte das ineinander verworrene Netz aus Rohren und Streben, das über ihnen schwebte. Wenn es ungünstig fiel, wäre Piets Lage noch prekärer. Er begann, die Rohre aus dem Weg zu ziehen, und die gesamte Konstruktion klapperte und knarrte. Wenn sie zusammenfiel, würde sie in der richtigen Schwerkraft Piet nicht schwer verletzen, wäre aber nur schwierig zu entwirren. Er entschloß sich, sie wegzuschneiden.
»Ich hole einen Fräser. Alles in Ordnung. Die Körper sind versiegelt. Sie ruhen sich einfach aus!«
Er mußte in den Trümmern suchen. Es dauerte eine Weile, und als er auf das massige Werk zueilte, warf ihn eine Schockwelle nieder. Als er fast wieder stand, ließ ihn eine zweite erneut stürzen. Das Aleph kippte auf Piet zu, krachend kam das Gerüst herunter. Es stürzte nicht auf Piet. Manuel konnte ihn deutlich sehen. Piets Kopf kam hoch, und die ruhigen, klaren Augen blickten direkt auf Manuel, als das Aleph weiter kippte, schneller jetzt, während Risse das Eis unter ihm spalteten. Schwarze, gezackte Linien gabelten sich von ihm weg. Ein sich weitender Spalt tat sich nur wenige Meter vor Manuel auf, als Piet aufschrie, nicht entsetzt, sondern klagend, resignierend. Er schrie nur einmal, als das Aleph in plötzlich aufwallendem Nebel über ihn rollte. Der Nebel, einen diesi-

gen Schauer glitzernden Lichts, hielt Manuel für Eis und Schnee, hochgeschleudert von dem sich wälzenden Gewicht. Dann war Piet fort, der riesige Rumpf drückte sich weiter in das geborstene Eis, und der Boden erbebte. Manuel konnte nicht erkennen, ob die tiefe, schüttelnde Vibration vom sinkenden Wrack des Aleph oder einem fernen Beben erzeugt wurde.

Das Aleph veränderte seine Lage, und Manuel starrte auf die Stelle, an der Piet gelegen hatte. Der Mann, den er so wenig gekannt hatte, läge jetzt an dieser Stelle weit jenseits des Islamischen Halbmondes, des Römischen Kreuzes, des Hammers von Marx, in einem freien, ungeplanten Territorium, jenseits des Menschen und seiner einengenden Theorien, seiner Filter, jenseits der geschlossenen Räume zivilisierten Denkens.

Langsam ging er zu den zerstörten Hütten zurück. Hinter ihm rutschte das Aleph weiter in die gähnenden, ächzenden Abgründe. Er beachtete das Grollen und die träge Bewegung nicht. Die Erdler mühten sich bei den Med-Einheiten ab. Sie scharten sich nacheinander um jeden Monitor und brachten Kurzzeit-Energiesätze an. Erneut kamen sie Manuel wie Priester vor, geweiht den heiligen Ikonen ihrer staatlich garantierten Unsterblichkeit. Er fühlte eine bittere Abneigung gegen sie, deren Grund er nicht identifizieren konnte. Es mußte seine Müdigkeit sein, entschied er.

Der vorderste sah ihn näherkommen. »Wir... wir haben Piet beobachtet. Es war grauenhaft.«

»Ja.«

»Wir hatten Angst, näher heranzugehen, Angst...«

»Ich weiß.«

»Es gibt wohl keine Hoffnung, daß er vielleicht im Eis darunter eingeklemmt ist, daß...«

»Nein, vergessen Sie's!«

»Gut. Ich, ich muß Bericht geben, daß die Situation recht ernst ist.«

»Wie wahr.«

»Ich habe versucht, Sidon und Hiruko anzufunken. Unsere Geräte funktionieren nicht.«
»Über Anzug-Komm können wir sie auf diese Entfernung nicht erreichen. Wir müssen den Schlepperfunk nehmen.«
Sie gingen das Fahrzeug suchen. Das Eis bewegte sich murmelnd in der Ferne, verwirrte seinen Orientierungssinn. Mehrere Minuten vergingen, bevor Manuel bewußt wurde, daß die Öffnung, nach der er gesucht hatte, verschwunden war. »Verschlossen«, murmelte er. »Der Schlepper ist jetzt wahrscheinlich in hundert Meter Tiefe.«
Der Erdler blickte über die ständig arbeitende Eisebene. In der Mitte des Tals war der Eisfluß erkennbar. Blöcke sprangen hoch, getragen von dem hohen Druck darunter, und sackten wieder hinab. Die Hütten befanden sich auf einem Abschnitt der Ebene, die langsamer trieb.
»Wie lange dauert es, bis unser Bereich losgerissen wird?«
»Nicht zu sagen. Wir könnten hier sicher sein. Möglicherweise hängt das Stück auf einer Eisplatte und wird nicht weit mitgetrieben.«
Der Erdler wurde ein wenig ernst. »Glauben Sie?«
»Nein. Verdammt unwahrscheinlich. Sehen Sie, wie das Aleph einsinkt.«
»Was sollen wir denn tun?«
Manuel hatte die Hände in die Hüften gestützt, stand vornübergebeugt und prüfte seine Muskeln, ob welche gerissen waren. Dann setzte er sich aufs Eis und streckte sich. Ein gutes Gefühl. Er war müde, aber nicht sehr. Andrerseits verschmäht nur ein Narr eine Ruhepause, wenn er sie bekommen konnte. »Könnten versuchen, in die Hügel zu kommen, aber da oben gibt auch alles nach. Von daher kommt ein Teil des Zeugs.«
»Was *können* wir tun?«
»Nicht viel. Warten, bis Sidon merkt, daß wir nicht rufen. Ich wette allerdings, sie haben alle Hände voll zu tun. Wahrscheinlich zu beschäftigt, um nach verdächtigem Schweigen zu lauschen.«
»Wenn die Monitoren ihre Energie erschöpfen...«

»Richtig.«
»Vielleicht sehen die Satelliten unsere heikle Lage.«
Manuel schüttelte den Kopf. Die Männer waren an sich überlappende Sicherheitssysteme gewöhnt. Auffangnetze.
Er stand auf und ging auf die Trümmer der Hütten zu. Die aufeinanderprallenden Eisschollen waren ein stetes Murmeln im Tal.
»Was machen Sie?«
»Suche nach einem Reserve-Energiesatz.«
»Drüben in Nummer fünf ist einer. Ich zeige es Ihnen.«
Die anderen blickten von ihrer Arbeit auf, um Manuel zu beobachten. Er nahm den Energiesatz und befestigte ihn am Rücken. Dabei blickte er zufällig in Richtung des Aleph und war verblüfft, daß das Eis es bereits verschluckt hatte. Die Spalte dort schien sich nicht mehr zu weiten. Noch während er zuschaute, schloß rastlose Bewegung einen Teil des großen Lochs, in welches das Aleph gesunken war. Einen Moment dachte er bekümmert nach, dann atmete er tief und wandte sich ab.
»Wofür ist der Energiesatz?« fragte der Erdler.
»Ihr haltet hier draußen durch. Bewegt euch nur, wenn das Eis um euch herum aufbricht. Ich gehe nach Sidon.«

4.

Manuel eilte los, ignorierte die Abschiedsrufe und guten Wünsche der wenigen Erdler, hatte sich bereits nach innen gewandt, bereitete sich vor. Die mahlenden Eisklötze machten es schwierig, bei der Überquerung der Ebene Halt zu finden. Es war, als liefe er über die gischtenden Wellen eines Flusses, und er gewann bei jedem langen Hüpfschritt genug Höhe, um zu sehen, wo er landen könnte, und kam wiegend auf, um sich abfedern zu können, falls die Scholle unter ihm zerbarst und er sofort losspringen müßte.
Einmal blickte er zurück. Die eingestürzten Hütten und die

einsamen, hinter ihm herwinkenden Gestalten waren Punkte auf der zerklüfteten, weißen Weite. Das Gelände um sie herum wirkte glatter als der Rest, konnte aber, wie er wußte, jederzeit aufbrechen, wenn die Scholle sich losriß oder vorbeitreibende Felsstücke über den Untergrund schlüpften. Benommen schüttelte er den Kopf und drehte sich den aufragenden Hügeln zu. Herabrutschende Eisstücke hatten die Hänge von losem Geröll gesäubert, so daß er leichter Halt finden konnte. Die Hydraulikverstärker quietschten, als er die Hügel hinaufeilte und einen Kamm erreichte, der einen stabilen Eindruck machte. Frische, schwarze Steinbuckel bohrten sich durch uraltes Eis. Mit der Zeit würde sich das Eis rostig färben, abrinnende Flüssigkeit würde den Schnee röten. Jetzt bot das dunkle Nickeleisen seinem Fuß sicheren Halt, den er für seine Hüpfsprünge nutzte. Aus dem Norden kamen aufgewühlte Wolken, verdampft aus den neu geschmolzenen Massen. Aufsteigend wurden die Wolken dunkler. Sie trieben über die Kammlinie, so daß ihn seine hohen, langen Sprünge in ihre von Feuchtigkeit übersättigten Unterschichten führten. Tröpfchen verschmierten seine Gesichtsplatte, und einmal stürzte er beinahe, weil er die Orientierung verloren hatte. Orangefarbene Blitze züngelten aus den Bergen im Westen: neue Vulkane, deren glühende Feuer die Dunkelheit durchschnitten.

Auf der Spitze eines Steilhügels empfing er das unablässige *Bip-bip-bip* des Richtungssenders von Sidon. Die Siedlung lag noch hinter dem Horizont, aber der Sender gab ihm eine Orientierungshilfe. Er war noch zu weit entfernt, um sie über den Anzugkomm zu erreichen. Ein dumpfer Schmerz machte sich in seinen Beinen breit, er machte kürzere Sprünge. Er schaltete den Reservesatz zu. Die Täler unter ihm waren mit flüsterndem, schiebendem Eis verstopft. Das zirpende *Bip-bip-bip* war das einzige wahrnehmbare Zeichen menschlicher Herkunft in dieser rollenden Wildnis – *Bip-bip-bip*, geduldig, künstlich und winzig neben den gewaltigen Kräften, die überall am Werk waren. Ihm fiel ein, wie er jedes Jahr mit seinem Vater zum Lager zurückgekehrt war. Er hatte die gütige Landschaft hinter den Sichtluken akzeptiert, war gelähmt gewesen von ihr und hatte doch gewußt, daß Menschen dort herrschten und sie jederzeit durchqueren konnten, ohne daß mehr als zufällige Gefahren auf sie lauerten.

Ohne daß ihm das gesagt worden war, hatte er es von seinem Vater gelernt. Der Colonel hatte eine charakteristische Haltung, die mit jeder Geste sagte: *Wir werden hier unseren Stempel aufprägen, und er wird bleiben.* Die sich ausbreitenden Kuppeln, die maschinenumhüllten Tiere, die Schlepper, die Muties, die die Wildnis durchstöberten, kauend, verdauend, und geistlos des Menschen Arbeit ausführend – sie alle waren Teilhaber des erbarmungslosen Vorrückens der Menschheit, Teile des Stiefelabsatzes, mitverantwortlich für ein Ende der Rätsel.

Als Manuel zwischen den grauen Felsen eine abgerutschte Terrasse hinablief, spürte er, wie der Schmerz in seinen Beinen ihn durchdrang. Er begann heftiger zu keuchen und erkannte, daß er Sidon vor Jahren ohnehin hätte verlassen müssen, auch ohne den bitteren Ärger, den er empfunden hatte. Denn an jenem dämmrigen Morgen von Old Matts Tod hatte er sich für immer auf die andere Seite geschlagen – die Wildnis, die Öffnung nach außen, das Ungezähmte, das Land der alten, toten Zeit. Vielleicht hatte der Colonel das auch verstanden. Etwas hatte den Mann angezogen, hatte ihn dazu gebracht, die Ausmerzjagden anzuführen und die Konten so zu führen, daß sie gewinnträchtig erschienen. Etwas hatte ihn in die Weite hinausgezogen, ein unausgesprochener Zwang. Aber als der Colonel am Ende sah, was das bedeutete, wohin es führte, daß Tod und Verlust ein Teil davon waren, nahtlos und unleugbar – Old Matts Gesicht schwamm vor Manuel, die trockene Stimme klang in seinen Ohren –, da hatte der Colonel es zurückgewiesen.

Jetzt spürte Manuel einen Teil dessen, was sein Vater gefühlt hatte, jenen unerträglichen Moment vor der Hütte, auf den starren Körper niederstarrend. Die Worte des Colonel hingen noch zwischen ihnen: *Alles töten, was alt ist* – denn sein Vater hatte in Wahrheit nie vorgehabt, das Aleph zu töten, er hatte es nur jagen wollen, war von ihm aus den warmen Nischen eines isolierten Lebens hinausgezogen worden. Und im Tod des Dings hatte der Colonel in Vorahnung sein eigenes Ende gesehen...

Er landete inmitten einer niedergekauerten Felskauerherde. Sie flüchteten kreischend, wackelten mit ihren asymmetrischen Körpern, während ihre vielgelenkigen Beine in hektischer Energie klackten. Vielleicht würden auch sie von den Eisverschiebungen und Sturzbächen ausgelöscht. Aber sie würden unvermeidlich zurückkehren. *Klack-klack-klack. Bip-bip-bip.* Einmal auf diese Welt gebracht, würde das Leben nie wieder gehen – es gab kein Ende der explosiven, verzehrenden, gefräßigen Lust der Langkettenmoleküle, sich zu verknüpfen, anzupassen und mehr und immer mehr aus sich zu machen.

Schwerfällig laufend, schwer atmend, schweißbedeckt, beobachtete Manuel, wie das Land sich in veränderliche Lichtebenen auflöste. Er schüttelte den Kopf. Die Welt bewegte sich rastlos, während Eisflächen sich teilten, aufeinanderprallten, und nur die fernen Klippen fest und verläßlich waren. Er kämpfte sich durch ausgespülte Cañons. Tiere rasten in Panik über die Hügel. Wie aus großer Höhe schaute Manuel in seiner zunehmenden Erschöpfung auf die flüchtenden Gestalten. Hier wuchs und verbreitete sich Leben – wie eine Krankheit vordringt und verzehrt und beim Verzehren töten muß. *Es sollte mehr sein,* dachte er. Eine Gattung von Lebewesen könnte ins Universum kommen, die am Ende nicht alles aufzehren oder beherrschen oder jede Nische mit ihrem kostbaren Ich füllen wollte. Es würde ein eigenartiges Ding sein, mit genügend niederer Biologie in sich, um den schnellen, blitzartigen Überlebenssinn zu besitzen. Aber es müßte auch etwas von der Maschine in sich haben, von ihrer passiven und hinnehmenden Eigenschaft der Pflichterfüllung, des Wartens und jenes Denkens, das weiter ging als das endlose Aufzehren oder die Angst zu sterben. Für ein solches Ding wäre das Universum kein Schlachtfeld, sondern ein Theater, wo ewige Träume aufgeführt wurden und es am besten war, im Publikum zu sitzen. Vielleicht könnte die Evolution, die am Anfang eine blinde Kraft gewesen war, die gegen alles drängte, einen Weg zu jenem schwankenden, merkwürdig dauerhaften Stadium finden.

Manuel taumelte, fing sich wieder und lief weiter. Er fühlte sich jetzt selbst in eben diesem abgelösten Zustand. Das *Bip-bip-bip* zog ihn weiter. Sein steter Klang hallte in seinem Helm wider, und um den sickernden Schmerz in seinen Beinen zu vergessen, dachte er an damals, als er sich, Old Matt im Arm, abgemüht und den Leitsender gehört hatte – den langen, hallenden, tröstenden Funkruf, von dem jeder Impuls durch die dichte, fließende Stille drang, hinausjagte und widerhallte, wartete, bis der nächste einstimmte, jeden Ton auf den vorhergehenden türmte, hämmernd eine menschliche Präsenz im Angesicht der öden Leere formte. Doch jetzt empfand er das geistlose Zirpen des *Bip-bip-bip* nicht als Trost. Es war nur ein Idiotengeheul, so aufreizend wie die leichten Theorien und billigen Weisheiten Hirukos, so bedeutungslos wie das anbiedernde Verständnis der Erdler. Piet und die übrigen Bürger – sie waren nicht für die rauhe Welt jenseits ihrer sozialen Sicherungen geschaffen, wo sie wirklich Wagnisse eingehen und ewigen Tod riskieren mußten, sich mit einer Unendlichkeit messen mußten, welche sie anbeteten, aber nicht verstanden ...

Vor ihm explodierte ein Geysir, spie Dampf und schleuderte Felsstücke hoch. Er wich ihm über eingesackte Hügel und gefaltete Bergruinen aus. Er keuchte, nahm den stechenden Geruch heißgelaufener Lager wahr. Es war schwer, auf Ganymed zu fallen, aber als eine Platte unter ihm kippte, stürzte er mit einer Drehbewegung. Der Aufprall machte ihn benommen. *Bip-bip-bip*, riefen sie zu ihm hinaus, und ihm fiel das klägliche *Ding-ding-ding* ein, das Adler gegen seine Gitter geschlagen hatte, eine kurze Berührung, der zu begegnen oder in der richtigen Weise zu antworten er nicht das Gespür oder die Urteilskraft gehabt hatte. So hatte er die Chance verloren, an die er sich immer erinnern würde ...

Er richtete sich auf, löschte die Erinnerung. *Nein*! Die Vergangenheit war vorüber. Sein Blick suchte nach Orientierungshilfen.

Ein hochragender Bergzug war zu einer zerborstenen Ebene abgeflacht, wie niedergestampft. Von ihrem Rand spähte er durch treibende Nebel- und Staubbänke.

Da – Sidon.

Risse durchzogen die Eierschalenkuppel. Stromschnellen schossen über die Terrassen. Weizenfelder trugen eine graue, gefrorene Blässe. Eine ölige Rauchwolke stieg aus einer Reduktionsanlage.

Er rief sie fünf Minuten, bevor sie ihm antworteten. Der Anzug-Komm schwankte im Rauschen statischer Störungen und vor dem Hintergrund von blökenden Tieren, Klagerufen, gepreßten Hilfeschreien und gleichmäßigen SOS-Ausstrahlungen. Die Nischen feuchten, blühenden Lebens ließen ihren Chor über die kalte, spröde Weite erklingen. Eine heisere Stimme von Sidon Central antwortete Manuel, nahm die Daten der Unglücksstelle und die Angaben über die benötigten Gegenstände auf und versprach, die Nachricht an Hiruko zu senden. In dem Chaos wußte niemand, wann die Drohnen die Stelle erreichen und Vorräte abwerfen könnten, ganz zu schweigen davon, wann man die Männer aufzunehmen in der Lage wäre.

»Kommen Sie herein!« sagte die Stimme. »Wir brauchen Hilfe. Sie sind zwanzig Klicks entfernt. Der größte Teil der Strecke ist stabil.«

Manuel erinnerte sich an die schwellenden Kuppeln, unter denen er als Junge gespielt hatte: die fetten, blattreichen Grünpflanzen, die sich drei Meter hochtürmten und die man abpflücken und umknicken konnte, wobei die ledrigen Stachel leicht abbrachen und ein üppigweiches Blatt übrigließen, das einen süßen, intensiven Geschmack in den Mund brachte, wenn man es schließlich aß. Und die Frucht, die reif herabhing, gebadet in Ultraviolett und Böen befruchtender Dämpfe, für Sidons eigenen Verbrauch herangezogen, von Hiruko begehrt, aber nie ausgeführt, und der ranzige Geruch fettmarmorierten

Fleisches, in Fässern gezogen. Und das überschwemmende Aroma frischen Korns ...
Er dachte an Sidon. An feuchte, sich einhüllende Menschheit.
»Nein. Nein.«
»Was? Hören Sie, ich sage Ihnen ...«
»Sie brauchen mich da draußen. Sie wissen absolut nicht, wie sie alleine klarkommen.«
»Sie gehören zu uns hier! Sie bringen sich ...«
Er wandte Sidon den Rücken zu. Die heisere Stimme rief weiter nach ihm, aber er ging – in das Land, das sich im eigenen Fluß bewegte, die Hand des Menschen mit heftigem Schütteln abwarf.
Das Ende kam, und er sollte dort draußen sein. Eine tötende Leere bildete sich in ihm. Das meiste seiner Vergangenheit hatte er verloren. Viele der Hände, die ihn geleitet hatten, waren jetzt für immer zum Stillstand gebracht. Seine Erschöpfung war über den Punkt hinaus, an dem er sie noch selbst abschätzen konnte, aber er ging weiter, durchwatete Flüsse und stapfte unter Wasserfällen hindurch, die in Regenbögen über ihn hereinbrachen, kletterte Hänge hinauf, mühte sich durch frisch aufgepflügtes Geröll – und Dreckfelder, achtete in dem Donnern und Tosen kaum auf die überall verstreuten, zerknitterten Körper der Krauchies und Felskauer.
Jetzt herrschte das Land, nicht der Mensch. Sein eher beiläufiges Aufwallen hatte seinen Vater in einen Laserstrahl geschleudert, und dadurch hatte Manuels Reise in seine Heimat begonnen. War es möglich, daß der sich ansammelnde Druck nicht mehr freigesetzt wurde, sobald das Aleph vor sechs Jahren aufgehört hatte, sich durch die Eiskruste zu bohren? Hatte die Tötung des Aleph all das bewirkt?
Manuel schüttelte sich. Das war Wahnsinn. Wahnsinn.
Hier draußen verstand man nicht, indem man wie ein Wissenschaftler Vermutungen anstellte und dann prüfte, hier draußen war es eine Sache des Lauschens, des Wartens, der Beobachtung der langsamen, sicheren Schwingung der Welten, der Rhythmen von Schwerkraft und Eis; Aufwärmen, Feuchtig-

keit und dann wieder Eis; dünne, einströmende Luft und trübens, verbrannt-goldenes Sonnenlicht; stumpfe Massen und kalte Gleichgewichte; gleichmäßige Bewegungen, ohne Hast – eine alte, notwendige Trägheit, die Piet zu erspüren begonnen hatte. Die Erdler um Piet waren vom Tod besessen, waren besessen, sich selbst herabzufrieren und den einzigen Lohn zu ernten, den eine weltliche Erde ihnen gewährt hatte, die einzige Verheißung, die die Gesellschaft gegen das Grab anzubieten hatte. Indem er hierherkam, die rotierenden, schimmernden Dinge im Innern des Aleph sah, hatte Piet vielleicht eine andere Verheißung empfunden und – ohne bewußt daran zu denken, daß sie ihn am Ende beherrschte – war ins Aleph zurückgegangen, um einige Geräte zu holen, so hatte er gesagt, während in Wirklichkeit etwas in dem Mann zu einer empfundenen Vollendung zurückkehrte, und so hatte er beschlossen, dort auszuharren: eine inbrünstige Hoffnung, die Manuel als Blindheit, als Wunsch nach Umwandlung erschien, denn Manuel wollte keinen Fluchtpunkt aus dieser Welt der ewigen Kälte oder aus irgendeiner anderen Welt – er hatte noch Pläne, Ideen, verankert in diesem Land, unversöhnlich und unabänderlich dessen schwerem Schicksal folgend.

Auf einem Geröllstück landete er falsch und verdrehte sich das Knie. Als er weiterging, begann es anzuschwellen, und jeder Kilometer war ein Martyrium. Als er die Stelle sehen konnte, trottete er mit schwankendem, ungleichmäßigem Schritt.

Mehrere Kilometer vorher blieb er stehen und rief über Funk:

»Bei euch sieht's okay aus. Irgendwelche Eisverschiebungen?«

»Nein. Noch nicht. Die Leichen sind außer Gefahr. Ich...«

»Gut. Bewegt euch nicht!«

»Wir hatten Angst, Sie würden nicht zurückkehren. Ich möchte Ihnen danken, daß...«

»Ja. Ich werde das Tal erkunden. Sehen, wo es Einbrüche gibt.«

Sie waren eine Zeitlang sicher. Aber das Treibeis würde sich bald aufbäumen.

Im Moment wollte er noch nicht ins Lager zurück, wollte nicht reden. Er war todmüde, fühlte sich hier draußen aber besser.

Humpelnd ging er weiter, versuchte, einen klaren Kopf zu bekommen.
Zuerst spürte er den stummen Druck von unten nicht. Er blieb stehen, wußte, daß etwas nicht stimmte.
Unter seinen Stiefeln stiegen große Eisstücke knarrend hoch. Felsgestein ächzte. Der ganze Bergzug kippte.
Keine Stelle, zu der er fliehen konnte. Der Grund schwoll noch weiter.
Sein eigener, moschusartiger Geruch strömte in seinen Anzug, herb und nach der Niederlage riechend. Er sank auf die Knie.
Dann hörte es auf. Plötzlich machte sich Stille auf dem wilden und endlosen Landstrich breit, der sich stumm in alle Richtungen erstreckte: Ganymed, wie er in gestaltlosen Zeiten der Vergangenheit gewesen war, zerfurcht, frisch, ohne Tupfen des Menschen, öde und ohne Leben, ein Zustand, der auf den endlosen Kampf zwischen der ruhenden, trägen Wildnis und den immerwährend zehrenden Lebensketten wartete – und bei allem als Zeuge ein Ding, das alles wußte, alles enthielt, vielleicht alles gemacht hatte, aber stumm in dem Lärm und Getöse weiterzog, eingetaucht in seine Schöpfung, eilte, vielleicht aber nie aufhörte, einen Sog der Zerstörung hinter sich zu lassen, der für die Menschen Tragödie, für es selbst aber nur flüchtiges Drama war: eine riesige, unbeirrte, gespenstische Gestalt...
Das Eis hob sich erneut.
Jetzt verschwand er. Er war auf den Füßen und sah, wie in der Mitte der Wölbung Risse breiter gezwungen wurden. Sein Mund stand offen, er atmete hastig, ein Gewicht wurde von ihm genommen, und seine getrübten Augen waren heller geworden. Risse gabelten sich von der gemarterten hochwachsenden Erhebung fort. Eis löste sich mit lautem Krachen.
Manuel lächelte.
Achte auf mich!
Die ganzen Jahre liefen Menschen und Tiere umher, erregt, sorglos und vergnügt, und nie dachten sie daran, daß es sie vielleicht hier hinauszog.
Diesmal war es eine andere Gestalt.

Und als der erste der gewaltigen Alabasterblöcke aus dem einschnürenden Land brach und Steine durch die Luft regnen ließ, da wußte er: dies würde er mit sich tragen, immer mit sich tragen in den langen Jahrzehnten des Wiederaufbaus und Leidens, die nun kommen mußten, durch die schweren Jahre der Mühsal draußen im Gelände, jenseits der sich ausstreckenden Hand des Menschen. Der Gedanke daran würde ihn jeden Tag erreichen, wenn er für sein eigenes ungemindertes Ziel arbeitete, oder in der sanften Nacht, wenn er mit Belinda zusammenlag, oder in den dunklen Augenblicken, wenn die Erinnerung allein alles war, was er hatte, um Kraft daraus zu schöpfen – er würde das sichere Gefühl mit sich tragen, daß es da war, ewig, irgendwo in der Weite, und er würde sich erinnern.